读者丛书
DUZHE CONGSHU
读 者
签约作家
精品选粹

人生不确定

星竹自选集

星 竹◎著

读者出版传媒股份有限公司
甘 肃 人 民 出 版 社

图书在版编目（ＣＩＰ）数据

人生不确定：星竹自选集 / 星竹著. -- 兰州 ：甘肃人民出版社，2021.6
ISBN 978-7-226-05700-1

Ⅰ．①人… Ⅱ．①星… Ⅲ．①散文集－中国－当代
Ⅳ．①I267

中国版本图书馆CIP数据核字(2021)第103718号

出 版 人：刘永升
总 策 划：刘永升 李树军 宁 恢
项目统筹：高茂林 王 祎 李青立
策划编辑：高茂林
责任编辑：高茂林
助理编辑：李舒琴
封面设计：今亮後聲 HOPESOUND 2580590616@qq.com · 核漫 欧阳倩文

人生不确定：星竹自选集
星 竹 著

甘肃人民出版社出版发行
(730030 兰州市读者大道 568 号)

北京金特印刷有限责任公司印刷

开本 889 毫米×1194 毫米 1/32 印张 10.25 插页 2 字数 230 千
2021 年 7 月第 1 版 2021 年 7 月第 1 次印刷
印数：1~20 000

ISBN 978-7-226-05700-1 定价：48.00 元

人生不确定 /001

一条毛毯 /005

农村调研报告 /008

老　镜 /012

村　戏 /015

每当此时 /019

窗 /022

一只陶罐 /025

尘世脸谱 /029

亚马孙蝌蚪 /032

漫水桥 /038

久居小城 /041

横　祸 /044

戏　装 /048

沙鼠的焦虑 /052

秤 /055

结 /058

北方胡同 /061

计算与行动 /065

内心的尺子 /068

快乐墓地 /071

钻石城 /074

补　丁 /077

魔方石 /080

大智慧与小痴呆 /083

快的负面 /086

你不可能全知道 /090

救命的石头 /094

再活一次看看 /097

珍　珠 /101

戏里戏外 /104

内心的缺陷 /108

四根树疙瘩 /111

自判的死亡 /114

借你一盏灯 /117

看不见的"含量" /120

一张床垫 /123

努力去够 /127

赞助的故事 /130

黑　痣 /133

忌　讳 /137

变心术 /140

灶　台 /145

只要有一次机会 /148

因为喜欢 /151

付不起的是心态 /155

诱　饵 /158

误区与错怪 /161

赌　局 /164

方寸之间 /167

好心情的奇妙作用 /169

城市中的小人物 /172

不死的谎言 /177

人生驿站 /181

檀　香 /185

抓　鱼 /188

奉陪者 /191

分享你所拥有的 /193

煮鸡蛋 /196

鱼的层次 /200

总是挑错的人 /203

看玉的秘诀 /206

视而不见 /210

目　光 /212

一根稻草 /215

别再计算了 /218

不要再等了 /222

一只苹果 /225

一把纱扇 /228

心的落点 /231

黏玉米 /233

因为等得太久 /236

生活哲理 /239

换个想法 /242

上铺，下铺 /245

暖颜色 /247

失败与投降 /249

选择小齐 /252

小刺与小错 /255

过来人的财富 /257

赛马手 /261

精神，生命的配方 /264

都会遇到的选择 /267

旺旺和朱永发的生活 /270

胆为先 /274

秘密是一种黏合剂 /277

捉　弄 /280

打　劫 /284

平　庸 /287

蒙汗药 /290

造　化 /293

笔体与心态 /296

距离，只有一点点 /299

奇妙的分享法则 /302

因为已经有了 /305

奥　秘 /308

穿针眼儿 /311

简单理由 /314

砍掉一些 /317

这就是生活 /319

人生不确定

英国剑桥大学的皮尔在19岁前，一直攻读的是造船业。一天，他跑到国家图书馆去借一本自认为很重要的书。

没想到他忘记了那是一个假日，图书馆比平日提前两小时闭馆。皮尔赶到图书馆时，离闭馆时间只差三分钟。皮尔站在即将关闭的大门前很是失望，因为三分钟连查阅目录的时间都不够。好在耐心的管理人员微笑着告诉皮尔，最好能随便地先借一本什么书，以免白跑一趟。皮尔只好胡乱地从架子上拿起一本书，在最后一分钟里办理了借阅手续。

回到家后，皮尔才发现这是一本建筑方面的书。皮尔随手翻着，无意中却被书中的内容吸引，他竟然读得如饥似渴。从那天起，皮尔竟然发疯地爱上了建筑业，并从此改行。多年之后，皮尔成为了很著名的建筑设计师，英国、荷兰等一些多国家的大桥都是皮尔的杰作。

皮尔在自己的回忆录中一再提到，国家图书馆要关闭的那最后三分钟，影响了他的一生。在那三分钟里，他毫无目的，无比的慌乱，根本不知道自己手中拿的是一本什么书，更不知道这就是自己今后的命运。可就是这无比慌乱，又毫无目的的三分钟，奠定了皮尔的终身伟业。

斯曼先生，曾是美国街头一个卖冷饮的小贩。50岁之前，他的生活很不像样子。如果那时有人对他说，喂，斯曼，你将成为世界上最富有的人，那肯定是对斯曼的莫大讽刺。谁想，有一天，斯曼在街头等着去买廉价口红的妻子，妻子却被电梯卡住了。斯曼站在寒风里，不知道妻子为什么这么长时间还不出来，他实在等得不耐烦，于是便向身边的那个彩票机走去，那里可以避避风。他与卖彩票的小孩子攀谈了起来，小孩子让他买两注彩票。斯曼没有准备买彩票，可他又有些不好意思，最终他还是花了两美元，买了一张彩票。

谁想，斯曼竟然中了全美的头号大奖，也是当时全世界最高额的奖金额，9600万美元。一夜之间，斯曼成为了全世界最注目的人。斯曼将这笔钱投资了三个企业，65岁之后，斯曼成为了身家上百亿美元的富人。斯曼一直都在说着一个简单的发家史：如果不是妻子被卡在电梯里，如果他不是闲得无聊没事干，是无论如何也不会买那张彩票的。

马力家族是法国最大的化妆品业创始人。乌尔丝只是马力家的一个男仆，他长得很像这个家庭的年轻主人马力。就在马力准备接替父亲班的时候，他和父亲不幸遭遇车祸，双双离开了人世。而马力的母亲为保守秘密，防止丈夫的哥哥趁机瓜分财产，她将这场车祸隐瞒了一半，只对外宣布，丈夫死于车祸，只字没提儿子同样死于这场车祸的事。

她暗中密谋，让与儿子长得很像的男仆乌尔丝扮成儿子马力来假接班。她在幕后指挥。乌尔丝没有办法，只能演戏。然而他这一扮就扮了二十年。

想不到的是，乌尔丝这个男仆，竟然比马力家的人更能干，二十年当中，他将马力家族的事业扩大了六倍。并最终成为马力家一致通过的继承人。马力家族揭秘的那天，人们一片哗然，为之震惊。

但作为乌尔丝本人，他在演说中一再表示，二十年前的那一幕，对他就是一个梦。他怎么也无法相信降临在他头上的一切。

尼克鲁这个买水果的法国人，相继遇到不幸，先是他才结婚一年多的妻子因坐船遭遇飓风而坠入大海，接着他的才出生几个月的女儿又因脑膜炎去世。尼克鲁悲痛欲绝，跑到大海边，面对大海疯狂地大喊大叫，发泄完后，准备葬身于大海。谁想，却被一位艺术家一把拉住，并带他到了一家音乐酒吧去听歌。尼克鲁怎么也不敢相信，救他的人还会把他带到酒吧里听歌。

原来尼克鲁的大喊大叫，惊动了艺术家，艺术家惊奇地发现，尼克鲁的嗓音音域极宽，是许多歌唱家所不及的。

经过一段时间的调教和试唱，尼克鲁的歌唱天才果然显露了出来。从此，尼克鲁开始在音乐酒吧里唱乡间小调，后来尼克鲁得到深造，并改了名。他就是法国歌坛上曾经大名鼎鼎的范·巴斯亚。

人生不确定。无论是平庸的一生，还是沸腾的一生，其实改变我们命运的因素是多种多样、难以预料的，这些因素也并非我们自己能够预料或确定。

人，早上出门，并不知道晚上是否还能回来，回来后命运又会变成什么样。什么都有可能发生。这才是人生。正因为如此，无论我们怎样想过好这一生，这一生还是很难取决于我们的设想，正是因为这样，无论怎样的人生，我们都要过得快乐，从容，不悲观。这才是更为重要的。

一条毛毯

　　经常看到富人为穷人捐献、赞助的景象。只是大多数时候，富人们都显得居高临下，舍施的成分尤为强烈，尤其看到穷困地区的小学生，或是残疾人在当场接受富人名人捐助时的表情，他们通常都是感激的，但有时的表情也是很难受，很像是被谁欺辱了一样。旁观者除了为他们的贫穷难过，还会为他们因为接受如此的舍施而再次受伤的内心感到难过。

　　我住在大学多年，看到很多贫困生拒绝在食堂的贫困生窗口买饭的情景，尽管饭菜很便宜，但他们心里却受不了旁人同情或轻视的目光。因此"贫困生窗口"总是冷冷清清。由此，我经常想，帮助他人难道真的就要让人受伤吗？

　　有一次去老区，当地领导告诉我，这里好多孩子都被大城市的人救济过，其中救济他们的有市长，有名人，家家都挂有救济时的合影照片。可我去后，却没有看到这样的照片，原来是孩子们将照片摘了下来，藏到不被人看到的地方。

后来我才明白，让这些贫穷的孩子走上台，在一堆记者的拍照和采访下，让世人都知道他们是穷人，是靠着别人救济生活的人，这对他们幼小的心灵原来是一种莫大的损伤和打击，他们的内心并不情愿这样。而捐助者却很少顾及这些孩子内心的复杂感受。

说到这些，我想起小时候的一件事，那是 20 世纪 60 年代，我们住在乡下。那时大家的日子都很穷，大多数家里没有几床被，当时我们一家三个孩子，只有两床被子，冬天半夜总被冻醒。

有一天，我和母亲去城里的大姨家，临走时，大姨拿出一条毛毯，说毛毯放着都被虫子嗑了，这么放着有些浪费，让我母亲拿走。大姨还指着毛毯上的虫眼儿说，你看你看，再不用就要被虫子啃光了。大姨是诚心诚意要送给我们毛毯的。那天我们抱回了厚厚的毛毯，母亲兴奋得一路有说有笑。从此我们可以不再受冻了。毛毯比我们的破棉被还要暖和，夜晚我们躺在里面，感到的是一种难得的幸福。

谁想，第三天傍晚，邻居家的大嫂推门进来，一脸哀求地和母亲商量，她的儿子木木病了，是高烧，冷得很，他家只有一床被子，能不能晚上先住在我家，和我们挤在一张床上暖和。我们都愣了，不过只是刹那，母亲立刻就笑了起来，一脸轻松地说：她大嫂，我们家正多了一条毛毯，你快拿去，木木发烧没有被子盖怎么行。

母亲抱起床上的毛毯，强行塞进木木妈的怀里。木木妈在惊恐中不好意思地推让着。母亲说，你不要，我就送给别人了。我家被子多，这条毛毯再不用就被虫子啃光了。母亲还把毛毯上的虫眼儿指给木木妈看，好像这条毛毯真的是多余的一样。

母亲如此轻松的模样，是为了让木木妈能够接受这条毛毯，心里不要背上沉重的包袱，更不要让她产生受人馈赠的负担。

　　母亲对我们说，穷人求一次人，心里是有很多障碍的，很容易受到伤害，有时连起码的尊严都会被破坏。

　　我们都是穷人，母亲最能理解穷人的内心。她的轻松平易让木木妈的心里少了求人时的屈辱感。正是通过这件事，我从母亲身上感到了穷人的朴实和伟大。

　　多少年过去，我才惊讶地知道，原来城里的大姨送给我们毛毯时，也是怕伤害了我们，才说出不用就被虫子嗑了的话。那时城里人也都是穷人，谁会有富裕的毛毯呢，没有的。大姨对我妈，正像我妈对木木妈一样，送毛毯时，都是为了不给对方心里增加负担，都是为了让对方轻松，把好事做到底。而这，正是穷人的做法。

　　只有穷人帮助穷人时，似乎才知道该怎么说，怎样做，也才能做得这么有分寸，才能让被捐助者的内心不受伤害。很长时间，毛毯的事一直装在我的心里。我一直都在想，无论是母亲还是大姨，她们如此的做法除了一种善良，还有一种道德在里边。

　　这，正是让我几十年都感动的所在。我这一生，对人也有过小小的帮助，在我的行为里，我尽量做到不让对方感到别扭和不自在，更不要让对方在接受时，感受那份不必要的卑怜和屈辱。这，我想也是顶顶重要的事。

农村调研报告

　　他主动提出要到省里最穷困、最偏僻的山区去支农。于是上级满足了他的需要。

　　他去的地方没有通车，是山路，路也是前年才修好的。他走了三天两夜才到达。进村的第一天，村人全跑了出来，站在山坡上，像看一个怪物那样看他。村人木讷的表情让他有些不自在。这里没有电视，手机也没有信号，电也是时有时断，村长是个小校都没毕业的人，也不说话，脸上也无笑容。他在心里计算，这与他所在的城市得相差了一百年。

　　他没想到还有这么贫穷、这么偏僻的地方，一切的一切，还都有点原生态。

　　他自己住一间房，虽破旧，但挺大的，还显得有点空旷。门上的插销很不好用，他也就没插。半夜有点害怕，但也睡着了。

　　次日早上他去村道上转了一圈，回来发现，他的围巾不见了，门外传来女人们的笑声，他抬头看见一群妇女正抢着他的围巾，相互戴在自己的脖子上，像是一种体验。有的说，他怎么戴个女人围巾？有人说城里的人，男人女人混戴。然后就是不怀好意的笑声。

他看得傻了眼，怎么可以这样对待别人的东西。当围巾还给他时，已经黑乎乎脏得不成了样子。他想出门一定得锁门，这才发现，门上根本没有锁。他找村长问有没有锁？村长没弄懂，半天才说，村里没人锁门的，不用锁的。

隔天，他发现他的笔记本又没了。门外，一群村娃正翻着他的本子认字。那笔记本竟成了村娃们的教科书。街人还给他时，那上面画满了字迹和图画。他快被气疯了，别人的笔记本能是随便翻看的吗，那上面记载着他和女友的一些来往，都是隐私，这要在城市，他可以去报警，告对方一个侵犯隐私权！

再往后，他吃饭的饭碗也成了村人们的稀罕物。村人拿着他的饭碗，像是拿着天外来物，翻来覆去地瞧新鲜，一个饭碗有什么好看的。然而村里却没有这种细瓷碗，村人的碗，都是老粗的那种深色瓷碗。

更让他受不了的事发生了：村人结婚，竟然来借他的被子。他简直不相信自己的耳朵！结婚，要盖他的被子？村人说不是盖，是摆两天，显得家里阔气。

他真的愤怒了，这是他从县城特地买来的一床棉花被。这怎么可以。再说他又盖什么？村人想到了，送来一床又脏又厚的被子。

他哭笑不得。但还是咬着牙，让村人抱走了他的新被子。那一夜，他什么也没盖，好在天气也不冷。他想，他得再去县城买一床被。他想，不然还是快点走吧，这是什么鬼地方，他简直无法忍受。

一个月后，他渐渐习惯了这里的生活。这里就是这样，一切都朴实到家。他想，他要把这一切好好写进他的报告。谁想，村长来了，开门见山，说乡里给他的每月三百块钱补助，被村里克扣了，并让他写上三百块钱，全部捐献的字据。说明他是自愿的。

他如五雷贯耳！这回他真的怒了。乡下人克扣粮款，克扣教师费，克扣抗灾救济款……他都听说过。可村长竟然来克扣他的补助金。还让他写上是捐献。还这么直来直去，连一句客气话都没有！简直就是抢！

这还有王法吗！这是什么地方，竟敢如此胡来。

他万万没想到，下边是这么黑暗。比任何人说的都可怕。况且，这是他真真亲身经历的。他愤愤地瞪着村长，咬着牙，想说不给，绝不给！可他恍然明白，他根本就没有拿到过，看来早就在村长的手里了。

第二天，他走了几十里山路，来到乡里反应村长克扣他补助金的情况。他好想了，他的调研报告里一定要真实地写上这一笔。太不像话了！这样的村长早该抓起来去坐牢！他一路还想，村长是不是对别人家的媳妇，也这么霸道，都说有的村长欺男霸女，很有可能，太有可能了！

谁想，乡长的话更让他吃惊。乡长说，那个村子之所以同意接纳你，就是因为这三百块钱的补助费，这是条件。因为你，村里每天得派专人去二十里外，走山路给你挑干净水喝。因为你，每五天，村里要派人到乡里来给你挑青菜和肉回去。还有米面——这些有时还需要两个人，每月要走一千多里的山路，就算一百五十块费用吧。剩下的一百五十块，才是村里克扣你的。

他惊呆了，万没想到是这样。一百五十块，怎么可以够两个人每天专门为他挑水的，又怎么够每几天就为他往返乡里运菜的……乡长却说够了。村里只克扣了他一百五十块，不是村长用，是用于村里的办公费和小学校。

那天他回村，村长正等着他，手里拿着这个月克扣他的一百五十块钱，是要还给他。他推回村长的手。那一瞬，他的眼泪都快要掉下来了。

大雪封山的日子，他病了，病得很重。村里七个男人轮流抬着担架送他去看病，要走六十里的山路，一走就走了一整天，他想起在旅游区坐过的滑竿，一里地五百块。他悄悄地哭了，这得多少个五百块。

躺在担架上，他觉得他像是一个斤斤计较的小人。他还计较他的围巾、笔记本、被子，这一切都算什么呢，是他该着村里人啊！

本来他以为，他的调研报告写起来应该多编点故事，现在，他只要把这一切如实地写上，便是最好的调研报告了。

老　镜

小的时候，家里有一面很特别的老镜，镜框是很结实的桃木，桃木上有很漂亮的花纹。镜子有一尺高，方方正正地挂在墙上，谁来谁都会惊讶地说："哟，真漂亮的镜！"

镜的历史很悠久了，说不清是什么年代的产物。是姥姥的陪嫁品，后来又陪嫁给了我的母亲。我们家里没有什么值钱的物件，这镜，也就愈发地显得珍贵了。镜是挂在墙上，与我们的日月同在，一日日映着我们的生活。日月是烟熏火燎的日月，镜面也被日月熏得模模糊糊，尽管不很光亮，但我们却很少去擦，那时的人不讲究，能照见人就行。一家人梳头、洗脸、整理衣襟……每日站在镜前，人看镜，镜看人。镜里总是那张单纯的脸，镜外也总是那种单调而简朴的生活。

那个时代离现在显得特别的遥远了，那时的我们几年也不穿一件新衣服，逢年过节，偶尔穿一件，便要在镜前左照右照，照上几天。镜子仿佛也被我们照亮了一样。而除了年节，平日映在镜子里的更长岁月，却是变化无多的老日子，恰似这面不变的老镜。

每日照镜……不留意间，整个童年便悄然从镜中走过。

16岁那年我离家，也就离开了墙上的这面老镜。像是没有想到。记得最后走出家门的时候，还站在镜前看了一眼，不知是看什么。

工作后，很长时间也就不照镜，因为没有镜。需要时，对着窗子上的玻璃照一照，那时大家都这样。朴素得处处节省，没有给自己照镜的习惯。

可能是因为想家，可能是对镜子有一种特殊的感情，我终于还是买了一面镜。镜只有巴掌大，圆圆的，那时的商店里只有这种镜，很统一的。镜面却真真切切地比家里的老镜清楚，脸不变形，眉眼也不走样，质量很好。镜被同屋人发现，一发现就都来抢："呀，你还有镜！"

那口气，像是我置办了一件多么高级的奢侈品。好像那时的生活里不该有镜，最少可以不照镜。真的，那时我们出门在外的人，真的不是每个人都照镜。有没有镜，并不那么重要。

后来不小心，镜子摔去一块，裂了，但不妨用。后来又摔，就用胶布粘上，还用。一张脸，在摔碎的镜子里被分为几块，眉毛眼睛都分了家，甚至鼻子都被分成了两半。特有意思。一照镜子，自己都笑。但没有人觉得这不好，更不会觉得有什么妨碍。更不会扔了镜子。

那时的镜子就像那个年代，什么都困难，人们讲究凑合。生活中，缺与不缺都同样生活也就是了。没有也行，包括可以没有镜。

不知何时，大家终于都拥有了一面镜，方的圆的，不方不圆的，镜子里的颜色不再是那种单一的灰或是蓝。人们的追求也开始各异，多面的生活又产生了多面镜。有时走进商店，看到一墙一柜的镜子，便会情不自禁地站一站。是想不到会有这么多不同而漂亮的镜。回想自己的生活，心里总有一种难言的情感温升上来。

人这一生，每天都在照镜。照镜是那么习以为常，又漫不经心，可谁都有猛不丁愣在镜前，突然感慨的时候，跨过多少天，多少年，甜酸苦辣，风风雨雨，多少欢愁，对镜一照，一照多少年。

有时我很想家中的那面老镜，是想念童年时代的简朴与欢乐，广阔的原野，高耸的云天，牵牛花大片大片地连一起开放，红的蓝的，挂满清晨的水珠……对母亲的印象是在煮饭，永远的烟熏火燎……

一幕幕的生活似在老镜里重新闪现。尽管那时的镜子和镜子里的生活都很简单，却不失对未来的美好想象。

我是从那面老镜前走出家园，走到这个城市的。年深月久，老镜前的那种样子却依然不肯退化。

我也常常怀念年轻时用过的那面小镜，因为它是我自己选择的，选择它的同时也正选择了那时的生活，那面镜摔破几次，正像年轻时候的我们，跌跌撞撞地走到今天，一路坎坎坷坷过来。

而今的镜子复杂而多样，照着复杂而多样的生活。我们每日自然还是照镜，逃不脱的，人看镜，镜看人，每日照镜，每日不同。

村　戏

　　小时候，是到年根儿前的那个时候，村头旧庙前，便要挂起两盏明亮无比的大气灯。那时村里尚未有电灯，气灯就显得很庄严，很气派，很不一般了。村人在几里地远，便能看见那闪闪耀耀的光亮。心里极兴奋。

　　这时的大人们，便要放下一年里所有的事情，就是准备看戏了。别的再也不做，说出大天去也不做！就等着开戏。这是一年到头的大事。有什么事，看了戏再说！而戏的开场，却是想象不到的漫长。

　　"今年还演戏吗？"孩子们总是一如既往地不放心。

　　大人们听到这话，便会瞪起眼睛，吼一句："怎能不演戏！"仿佛一年到头不演个戏，便是村人的多大灾难和耻辱。而从立杆子，挂气灯，到搭台子开锣，这都要算作是戏的"开场"。这样的开场，当然就够上一个漫长，等啊等的。从无比的兴奋直到无比的焦躁了，才见那搭台子的人开始忙和，才见那台子慢慢地搭了起来。于是，孩子们围着台子一阵阵地欢呼。心想，终于是要开戏了啊。但戏未开，就是不开，还早着呢，于是孩子们就围着台子再等。

戏台子是由圆木和木板搭制而成的，很粗糙，但却很结实。那时村人所有的力气都没了用场，只能放在搭台子上了。那台子就搭得讲究，搭得结实。是用了多少力气啊！

台子搭成了，演戏的人还是没个影儿，小孩子们就先爬到台上去踩，每天都滚得似个土人。村里的大人们也会在台子下面走来走去，或干脆站下，掏出烟叶慢慢地卷，边卷边眯着眼望那台子。好像这台子不光是为了演戏，而是一个年景的落成，一个风吹雨打，终于奋斗到头的景象。

不管这一年里是凄惶还是好收获，总算这样连上了来年。而且年年都是这样的头尾相接啊！能看到这样的戏台，村人就算了太平，就算了喜庆。心里就得知足了！

真的，作为乡下人，只要还有戏看，还能搭得起这个台子，还有精神能来搭这个台子，日子就算还豁亮。就能过下去！于此，这戏就相当重要了。哪村还能够演上戏，连女人们也愿意往那村嫁！这说明那村子里的男人们还行。那村子上的香火还算旺盛。缘分足。

这个时候，村人们的脸上再不见一点苦煞劳累的样子。仿佛一年的笑容都被规定在了这几日里。随着村戏开场的临近，人们都变得精精神神起来。似有什么重要的事情就要来临一样。错过了，是要悔恨整整一年的。自然是不能错过的。

随着村戏开场的日子临近，村里各家的吃食也开始变得格外得好。有饺子和炸糕，还有黄豆饼和点了香油的咸菜享用。总之是什么都肯往外拿的。也只有这个时候，村人才破了一贯的勤俭，三多两少地，再不去计较。

这时村人的窗上，也尽可能地贴上些红红绿绿的窗花，都是肥猪满圈，一定要肥猪满圈。村人的院子，也尽可能地打扫干净。而这，也算村戏"开场"前的内容。日子好一点的人家，还会给小孩子们换上新衣，大都是红袄儿，绿裤儿，老虎鞋。

穿新衣与不穿新衣的孩子们，不知先要在戏台子上"演"多少次戏，都是学着往年戏里的情景，像是等不及地先来一场。打啊闹啊。常有被打哭的孩子找到家去。于是，一块炸糕塞在小孩子的手上便算完事。于是哭闹也就转为了欢笑。其实这个时候，啥都是欢乐的，啥都与往日很不相同！

大人们也只剩下说戏的话题。说往年，哪个女子好看，哪个小生嗓高。笑啊说啊的，混合着从谷雨时节直到麦落和秋收的一个个过场。仿佛能听到一年四季中，地里田上的那些响动。自然也有来年的诸多打算。是细细的，经过这样或那样的计算和安排，不怕再被多少艰难打碎，似乎只有这个时候，人们才会对某种事物具有足够的信心和希望，生活也就更有了味道。而这一切，仿佛都是随着村戏的来临而来临的，而这时的村戏还是开不了场。不开，就这么死死地熬人！

直到某个早晨，有村人骑了毛驴，毛驴上系了红花，去接戏班子的时候，事情才有了一个定数。一村人都站在街上送。那时天上地上的阳光总是亮亮堂堂地耀眼，像春天像秋天的某个日子，就是不像一个冬日。火热的等盼把什么都熔化了，哪里还来的冬日呢！

戏班子终于到来的时候，也是人们再也等不下去的时候。

每当戏班子到来时，一准太阳还老高的，台前就已经早早地挤满了村人。整个晚饭，村人都是端到台前去吃的。大碗小碗地凑在一起。说啊，骂啊，叮当地笑闹成一片。一个前所未有的高潮终于到来了。仿佛只有这个时候，才像个正经的生活，完整的生活。一年里，村人们才算是没有白干！

无论人们怎么去感受生活，只有到了这个时候，生活的味道才会变得最深，最浓，最能让人从中去领略各种体会。

而戏台前，毕竟是涌着人声涛浪。听那声音，倒像是戏早已经开始了。老远走来的人，心里也咣当地一热，似撞进了整个的春天。而戏这时还是没有开。要敲好一通的锣鼓呢。对了，几面通红的大鼓早已被抬到了台上，村里的男人们，轮起鼓槌，甩掉小褂，总要敲一个结实，敲一个痛快。

等戏真的开了时，台下的孩子们却再也经不住久日的苦熬，一个个爬在大人们的身上睡去。台上如何刀枪棍棒，紧锣密鼓，都无济于事了。

村戏终于是开场了啊！这一年，人们总是走到了头。有了一个像样子的总结。

那时村人的年终，总是这样，总是随着村戏的落去而落去。往后不管是清苦还是艰难，也无论日子怎样的漫长，总有戏盼，总有那个无尽无休的开场。大人们要有饺子和炸糕。孩子们要有红袄儿，绿裤儿，老虎鞋。这就够了。这就是村人旧日里的生活。

直到大了，我才懂得这样漫长的开场，原来是村人为了使自己的笑声与欢乐延长再延长的一种方式。乡村的戏，原来是万万不可少了这没完没了的开场的！

每当此时

乍暖还寒的春天，当第一缕暖阳照射到窗外的墙壁时，我发现墙缝儿里，慢慢地爬出一只蚊子，那时天气还很凉，它转动几下，竟然在空气中慢慢地飞翔起来，越飞越高，渐渐远去。很显然，这是一只躲藏了一冬的蚊子。望着这样的蚊子，我不觉一阵惊讶。

这一冬的天气是多么的寒冷，几次降雪，又几次寒流，冰天雪地中，这不足一指厚的墙缝儿，总有零下十几度，一只小小的蚊子，倒有多少力量来保温取暖，它怎么就能度过如此寒冷的漫漫冬季。不仅是一只蚊子，对于许多熬过严寒的小虫，我都有一种百思不得其解的好奇，自然也对他们有一种说不出的担心，更多的，便是无限的敬畏和遐想。

夏天，狂风大作，雷雨交加，比樱桃还要大的冰雹从天而降，瞬时间，天地摧枯拉朽，大树被折断，广告牌被掀翻。我站在屋里，望着窗外地上的一朵小花惊奇。小花不过手指大，被狂风暴雨吹打得东倒西歪。冰雹中，它像一片已经被撕碎的纸屑倒在泥水里，是死过千百遍的模样。

谁想，当雨过天晴，太阳穿云破雾，露出光芒的时候，它竟依然活着，而且挺拔旺盛地开放着。阳光下，是一片灿灿的美丽和红艳，以至四下都被它所耀眼。真是一种奇观。

这景象，会让我愣上许久，惊讶的感觉始终不肯退去，它那么纤细的小小直径，怎么能经受得住如此狂风暴雨的洗涤，以及比它自身要大许多的冰雹摧残。它不是早已趴下，早已腰折，早已死去了吗！谁想，它却活着，并且美丽地绽放着。

那年去西北大漠，六月骄阳下，沙滩里的温度高达六十五六度。方圆百里无水，更无一棵植物，水壶里的水，还没滴落到地上，就蒸发得无影无踪。如此滚烫的天地，让人不禁生出一些恐怖。

谁想，就是在如此滚烫的世界里，竟有一只小虫在爬行，60多度的高温，连小虫自身都要被蒸发烤熟，它怎么就能生存。然而它确实就在这里生存着，而且代代相传，这是多么不可思议的事呀。据说，这样的小虫，要在沙漠里苦其一生，一生都被炎热所烘烤，所煎熬。

活了大半辈子，一生弄通了许多活人的大道理，却没有想通，一只蚊子怎么可以在冰天雪地里过冬。一朵小花，怎么能够经受得住比它自身大得多的冰雹摧残十遍百遍而不死。沙漠里，那只无依无靠的小虫，又怎么能在滚烫的，没有水的干枯世界里生存繁衍。

我经常于无意或偶然间，注意到自然界中这些特别的现象。起初，这些现象会让我充满好奇，过后，心中便会浮现出无限的思量与震动。惊愕与感叹后，便是被深深地打动，继而又像是被一种神秘的力量所暗示，所启发。于无声之中，获得一种顿悟，收获良多，感慨良多。

日常生活中，很多的时候，并不是那些高深的书本理论给了我多少启迪，而是这些弱小生命的现象让我眼前一亮，由此而产生了人生心得。

常常，是这些恰如奇迹般的生命，给了我无尽的勇气，告诉我生命的本身，面临着多大的威胁，又存在着多么大的潜能。而作为人，我们又是多么的幸福自在：冬天，我们不用躲在冰冷的墙缝儿里栖身。夏天，我们不用在狂风暴雨中被冰雹蹂躏。六月，我们不用在干枯，高温的沙漠中苦熬苦受。也许我们太不在乎这些了，因为这些早已被我们所征服。那么我们剩下的，也许真是该好好地生活了。于是，珍惜生命，热爱生活，拥抱美好，便成了我偶然间去反复思索的事情，每当此时，我便会由衷地感到一种不断升腾的幸福在心中涌动。幸福，其实早就在我们的身边了！

窗

　　一直想拥有这样一扇窗：窗前，能看到瓦蓝纯净的天空，窗下，有郁郁葱葱的绿地。清晨，潮润的草地沾着露珠儿。每日，太阳都从窗前升起。推开窗，便是缕缕清风迎面，或艳阳，或万里无云的一片海蓝。我对窗的希望，总是有些奢侈，至少想法颇多。我希望窗前的世界，美丽，宁静，平和，时时都有新意。

　　窗是重要的，一扇窗，总会伴人许久，无论是坐，是站，人们都习惯顺窗而望。都希望那窗上的景色一片清明，铺满爽然。这是我的希望，甚至极想去创造这样一扇窗，像曾幻想着去创造生活、创造爱情、创建事业一样痴迷。

　　然而窗是固定的，窗上的景致，也从来不会因为人的非想而变成这样，或是那样。先前，我家住在六楼，窗子却被前后楼群严严实实地遮住，连风也很少穿透。当立在窗前，向外望去的时候，看到的也是别人家的窗。窗与窗并无甚区别，简直就没有什么好瞧，只有一块蓝天，且也很难看到太阳。

办公室是一座平房，窗前倒有一棵早年的石榴树，叶子贴着窗户，推开窗，有股植物的气息，绿的味道也很浓烈。树下是一块草地，虽然只有巴掌大，但也是草地。站在窗前，再加上些想象，多少倒也有些生动之感。

时间久了，对窗的渴求也就懒散了。后来喜欢读些道家佛家的语句，道家理论说无中生有。于是，再立窗前时，我便当窗前什么都有，蓝天，绿树，和风。

甚至想到大海，甚至随着季节，想到田间的收割，播种。极目千里，倒也豁然畅快。

佛家也说，既无既有，我就当窗前是有的，果然就有，美景在楼后，在楼前，这是肯定的，无非是在稍远的地方，想象帮助我看到了想看到的一切。人立窗前，心中的想象只要到达，恍惚间一切便可到达。无论面对着的是怎样的一扇窗。

那年，办公室从平房迁入了楼房，窗子大而阔，明明亮亮，铺展着灿灿阳光。走到窗前，果然看到蓝天千里万里的模样，心中豁然一振，这不正是我久盼的窗吗！

每日写作累乏，便站立在窗前，或远看一阵，或呆想一阵，轻松着，什么也不干。很有情绪时，便把种种热情汇入窗外的云天，朦朦胧胧之间，似有许多模糊的抽象及偌大的收获涌入，说不出那滋味，总之荡荡然然的也就是了。我终于拥有了这样一扇窗。

后又搬家，窗又不同，又有遗憾，可也有新的内容。

我终于发现，人的一生里，不是被固定在这扇窗前，就是挨着那扇窗子。有时，一个景致，要伴人几年，甚至是更长久的岁月。每挪动一个地方，每搬一次家，甚至每一个落脚的临时住所，窗都不同。窗上的格子，规定了外面的一方世界和特定的一片风雨，随心所欲的不多，这你必须去习惯，去热爱。这才是一种最现实的人生。

我渴望有一扇如意的窗，渴望窗前一片盎然，一片美妙，这向往是产生于老早的时光，大概是从少年，或更早的时候，这与那时向往将来的生活没有两样。

然而生活与窗前的景象却不像想象的那样。一春一秋，一草一木，在不同的窗上观望，也就有完全不同的感觉。生命无常，过多的窗，与过多的偶然，使我的命运有了这样或那样的变动，又组成了我命运的必然。

至今，我仍如渴望生活一样，渴望着有一扇美妙的窗，只是不再那样刻意地追求，不再因为它的好坏，而过于怅然或兴奋。这是在懂得了生活就是如此的道理之后，也是因为在不同的窗前，经历过了的缘故。而人的来去，也恰如这一面面的窗，几年这样，几年又那样。看窗外景致，品万物人生，所有的窗，皆为人生的片断。窗外的景致与人生一起在不断地流动。如今，我还爱站在窗前看风景，爱每一扇不同的窗，只是观念早已有所不同。

一只陶罐

二十年前，一位导演因为买我的剧本，送了我一只陶罐，大概是因为给我的价钱太低，赔上一只陶罐，也好让我心理平衡。

陶罐其貌不扬，灰灰土土的，上面还有一些裂痕。导演却说，这是一件宝贝，会值几个钱的，让我好好地保存。我不知道它的价钱，也不知道它是那个年代的，但一家人还是希望它是一件值钱的物件。

陶罐是易碎品，为了保护它，我把它高高地放在书架的顶端，爱人建议最好做个玻璃罩，再配一个底托，这样看上去，它就像一件值钱货了。我全都照做，陶罐放在玻璃罩里，远看近瞧，还真就成了一件稀罕的出土文物。但它值多少钱，将来能卖个什么价，一家人谁也不知道。只是从那个时候，一家人便对它抱有了很大希望。

有时候，情感膨胀了，大家就会望着这只陶罐胡思乱想，开口胡说，说它也许值个几万块，没准还值一套房。

那年家里要买车，一家人又都望着这只陶罐，说也许这只陶罐会值一辆车。没准还是一辆高级车。总之，欲望已经变成了无边无际的猜想，经常瞎说。

一天，女儿拿回一本书，上面都是关于文物收藏的，女儿指着一张陶罐图片说，看，跟咱家的这只是不是一样，在香港市场上卖到460万元。

我的天，460万元，我们都惊呆了。这只灰灰土土的罐子，竟然能值这么多钱。如果真是如此，我们一家就成了天下的富人。

那天晚上，一家人都很亢奋，人人一脸激动，我们重新认识到这只陶罐的价值，我们今后的生活也许都会因为这只陶罐而改变。不仅是生活，还有全家人的命运。爱人突然小心地说，你们再出门，一定要锁好门。几天后，我们在门上换了天下最结实的双险门锁。

从那时开始，一家人都有了一个习惯，每次出门，都要看看窗子是否关严了，房门是否真的锁了，有时出去好远，会突然不放心地再回来，再次检查一遍门锁。

陶罐，越来越让我们忐忑不安，神魂颠倒，神经兮兮。各种想法更多了，也让我们对生活越来越有了期待。

我开始找朋友，来认定这只陶罐的价值，第一个懂文物的朋友来了，仔细看了陶罐，给我们带来的却是打击，他说这是赝品，最多值个三五百块钱。

朋友走了，全家人都不想说话。但只过了一会儿，我们又都恢复了精神，一致怀疑朋友的眼力。如果他看走了眼呢，如果他是不懂装懂呢！

在后来的日子里，我们只要有机会，便会不断地请行家来看这只陶罐。谁想，行家原来也有分歧，有人说是真的，有人说是假的。

我们的心，今天跟着一阵喜悦，明天又跟着一阵悲伤。起起落落沉浮着。它到底是真金白银的实货，还是一钱不值的仿冒？陶罐摆在家里，越来越成了我们心中的一种困惑。但更多的时候，我们还是愿意拿它当作一件真品。况且，有人说它就是真品呢！

而那些说它是赝品的人，要是不够专业呢，何况，人心不古，难道就没有人故意把白说成黑吗！鉴定者就没有昧着良心的时候吗，另有企图的也是有啊！

二十年过去，这只陶罐把全家人折腾得够苦，激烈的辩驳，令人不快的争吵，不知发生过多少次。到了后来，大家反而都不愿意再提它了。

不过，在私下里，妻子，女儿，却成了这方面的专家，只要看到有关陶罐的知识，或是有关拍卖的消息，更会悄悄地去关注。生活中，每次发生重大变化时，比如女儿结婚，比如我们换房，大家都不由得又把目光投向这只陶罐，心里都在盘算着它能换来什么呢，只是，谁都不愿意说出口。

其实，我们都想到正式的鉴定会上去鉴别一下，可我们心里都怕，怕它不是真的。陶罐，它竟然成了我们一家人的负担。

去年七月，是极为平常的一天，我们一家人从外面回来，打开门的时候，全家人都惊呆了：陶罐竟然从架子上摔了下来，摔得一片粉碎，原来是我家的猫把它踢翻了。我家的猫从不上书架的，它怎么这回就上了书架。而且是上到了书架的顶层。

看着一地的碎片，全家人都愣了，时间仿佛永久地凝固了。随着陶罐的破碎，所有的希望，惦念，揣摩，争论，全都结束了。我以为全家人会抱怨，大怒，歇斯底里。全家人也以为我会抱怨，大怒，歇斯底里。

谁想，全都没有，而是一片寂静，过了这个晚上，一家人反而感到一种前所未有的轻松和自在。真是邪了。谁也没有抱怨。

让一件事情永久地缠绕着你，困扰着你，束缚着你，原来还不如把它打碎去求得一个安逸。这，不仅是一只陶罐，而是生活中的方方面面，打碎了，抛弃了，了结了，也就解脱了。

尘世脸谱

　　三十六年前，我长着一张娃娃脸，光光净净，年轻而又无畏，遇事敢做敢当。想啥说啥，干脆，不免带有火药味。三十六年后，我的脸上疙疙瘩瘩，落满世俗的尘埃，皱折里平添了许多的迎合与诸多的无奈。外人评价我过于谦和。

　　三十六年前，面对生活中的虚假，我会公开地挑明观点，说出自己的不满，并对许多事情都很愤然。三十六年后，我学会了随声附和，对一些并不相信的事，也会表示信以为真。

　　三十六年前，社会上的热闹我都爱参加，跑去坐在那里，发表几句感慨，便觉得自己就是其中的一分子，感觉是那样良好，有一种天下"有我"的味道，很是得意忘形。三十六年后，许多热闹我都不愿意参加，觉得麻烦。知道坐在那里，至多只是一个无关紧要的听客。有我没我，其实并没关系。

　　三十六年前，何事我都要分出一个对错善恶，观点执着，爱憎分明。与人抬杠必不可少。三十六岁后，与人说话，更多的是品味别人的观点，更多的是去发现别人的智慧。对与错，已经不再那么紧要，真理倒是站在哪一边，其实也可以忘掉。

三十六年前，与人接触，总爱指手划脚，常是以我为中心，不但要去纠正别人，还要为别人规划，并告诉他一个怎样办。三十六年后，与人接触，只想听听别人的艰难曲委，知道天下诸多现象，都有其说不清的缘由，一时一地，很难甄别对错好坏。

三十六年前，我只与"好人"来往，"坏人"一概不理不睬，做事泾渭分明。三十六年后，我竟少了"好人"与"坏人"的分辨。"好人"与"坏人"的界线模糊得难以辨认。没有了好坏之分的凭借，也就丧失了好与坏的"原则"。好坏不分地与大家来往着。没有了所谓的原则，生活反而变得柔和，有了润泽和通达。

三十六年前，名利场上的响动总会牵动着我的神经，让我兴奋而过敏。如果没有我在其中，我便会愤然，心中不平，也会想不通顺。现在再大的响动，我也懒得去理会关心。深知名利场上，亦是酿成人间悲剧的地方，没我也许倒是一种造化，能躲也就躲了。

三十六年前，我会津津乐道地观看港台电视剧，中间要是有广告，我便趁机赶紧去厕所。三十六年后，我会看看健康访谈或是科普节目，遇有广告，我会换下如何钓鱼。

三十六年前，我因为喜爱的歌子，大家叫我前卫，说我是先锋派。三十六后，我因还是喜爱那些歌子，大家说我是陈旧，古董。

三十六年前，我会尽量地在别人面前展示自己的聪明与才智，很爱听上一两句别人的夸奖与奉承，那是一种乐趣与豪迈。三十六年后，我在别人面前，会尽量让别人体现出他的才能与智慧，那是一种收益和启迪。

三十六年前，出门旅游，我想的是，那个要去的地方，该是如何的美妙而又新鲜，一定要玩个痛快。三十六年后出门，我想的是那个地方的冷暖天气，别忘了多带衣服抵寒，还得把每天要吃的药片药丸早早地装入箱中，一份不行，就带两份。

　　尘世的更改，把一切都写在了我的脸上。三十六年前与三十六年后，俨然已经是截然不同的两个你我。

　　早年读佛书，佛说："人生是片段的人生，这个时候的你，并非那个时候的你。你只是属于这个时候，或是那个时候。你从来没有始终如一过。你的一生，是由若干个你组成……"那时读得十分费解，根本不得其意。心想，一个人，怎么可以被分成不同的若干份呢。那不是成了无数个你吗。那不是"你"的那个人，又是谁呢?!

　　如今细想起来，真是一点不假，我们的一生，全被说中。三十六年前与三十六年后，我们其实只不过还是叫着那个名字，许多内容，恍如隔世，判若两人。早先的那个你，其实早已经不是现在的这个你。不是，根本不是。

　　尘世把我们分割成一个又一个不同的你。为人，做事，观点，所想及所求，已经完全不同。三十六年前与三十六年后，两下比较，竟然也是形同陌路。说是一个人，却是两个彼此不同的自己。

亚马孙蝌蚪

大约是夏末初秋的季节，亚马孙蝌蚪被大蛙产了下来，这时的所谓亚马孙蝌蚪，只是一团儿上万只粘在一起的卵子，除了一团白色的泡沫，什么也看不出来。这团白色的卵子，是被大蛙产在河塘上的一片阔大的荷叶上。通常，荷叶离水面有二尺高，腾于半空，这样，产在荷叶上的卵子就相对安全了一些。不过，也只是相对安全了一些。

这之后，卵子就要靠自己的生命力来慢慢孵化了，准确地说，是要看它们的造化如何。这时候的大蛙再也管不了这些暴露在光天化日下的孩子们了。而此时的亚马孙河两岸，艳阳高照，万物充溢，正值初秋最美好的时光。整个亚马孙河上，到处都是一片金黄感人的景象，和风徐徐，处处动人。在这个季节里，亚马孙河真是难得的宁静。

而这个时候，满天的红蜻蜓，正处于交配的旺盛期。它们在水面上飞来飞去，自由地翱翔，远远望去丰饶如海，真是美丽极了。

然而这些美丽得让人动情的红蜻蜓，却是以大蛙的卵子为餐的。这就是亚马孙蝌蚪命运中遇到的第一次危险。

这时的它们，尚无任何能力抵挡天敌的吞食，在还不知道这个世界到底是个什么样子的时候，便已经被红蜻蜓吃掉了多半。确切地说，红蜻蜓的存在，是仰仗于亚马孙蝌蚪的存在而存在的。毫无办法。

当剩下的亚马孙蝌蚪有了一点形状之后，一种叫作蓝水鸟的亚马孙水鸟，不偏不倚，正好长大。它们来到这个世界上的第一种食物，也是亚马孙蝌蚪，一切就像是准备好的一样。这种上苍安排的食物链，让亚马孙蝌蚪只好成为自然界中的一道牺牲品。

刚学会展翅的蓝水鸟，从天上俯冲下来，滑过一片片苇叶，颤颤抖抖地降落在荷叶上，开始大口大口地饱餐起来。经过蓝水鸟的再次洗礼，所剩下的亚马孙蝌蚪就更少了，它们要想真正地长成一只大蛙，往后的道路，只能被称作是一种幸运了。

亚马孙蝌蚪，要想从一团儿卵子中，变为真正意义上的，有着四肢的蝌蚪，最少也要经过一个月的时间。而这个季节，又是亚马孙河上最为变化莫测、万物峥嵘的季节。这段日子，对于亚马孙蝌蚪来说，真是即漫长又艰辛。危险对于它们来说，实在是数不胜数。然而作为生命，这时的它们，没有一点能力可以逃脱或是躲避，它们只能一直待在荷叶上，任天敌肆意攻击。

在生机盎然的大自然中，在整个秋季，亚马孙蝌蚪的弱小卑微，简直到了可以忽略不计的程度。它们靠着数量的众多，看谁的命更大一些罢了。如果说得更干脆一点，这要看它们的天敌，饱餐之后剩下的到底是谁，命运就是如此，别无选择。

能逃过这一劫的亚马孙蝌蚪，马上要赶上的，是一场惊涛骇浪般的暴风骤雨。亚马孙河的最后一次潮汛这时已经形成，整个亚马孙河上终日白浪滔天，河水猛涨，不期而至的暴风骤雨会带着嘶鸣突然间从天而降，把惊恐布满大地。比豆粒还要大的雨点，会将大多数已经成形的小蝌蚪打烂撕碎，连同荷叶一起，抛洒到湍急的河水中，一泻千里。

看到这种景象的人，都会想到那句"命如纸薄"的话。暴风骤雨过后，能留下来的亚马孙蝌蚪，只能被视为一种奇迹。干脆说是不可能中的一种可能。

当这些残留于世的蝌蚪，艰难地成长为可以活动的、带腿的动物时，它们首先要做到的，就是从还没有被摧毁的残叶上尽快地滚落到河里，然后慢慢地变成一只幼蛙。这看似已经结束了的危险阶段，却又被一种新的、更危险的情景所取代。

一种叫作红扁嘴的大头鱼，这时会准时地达到一片片荷叶的下面，日夜守候在那里，仰望着头上的叶片。红扁嘴的这种行为，完全是由于基因所致，它们能准时准点地从几十里，甚至几百里外的亚马孙河上游汇集到这里，等待着刚刚在千辛万苦中长大了一点点的小蝌蚪，这真是没有办法的事。

已经成形的亚马孙蝌蚪，为了生存，这时正开始拼命地向荷叶的下面滚去。谁想，滚下一个，红扁嘴鱼就张开大嘴，接住一个。红扁嘴鱼要在这里等候一个星期，直到把亚马孙蝌蚪基本吃光为止。能够逃过这一劫，幸免于难的亚马孙蝌蚪，就更是一种神奇了。用"虎口脱险，死里逃生"等任何句子来形容它们的命运都不足为过。

而这时水中的一种绿得不能再绿的草蛇也会跟着来凑热闹，它们爬上荷叶，或也等在水里，将一只只成形的亚马孙蝌蚪吞进肚里……

　　到了这个时候，一团上万只的亚马孙蝌蚪，能剩下三到五只，就已经相当不错了，大都是整团卵子全军覆没。如果它们真的能够滚落到河里，又逃过红扁嘴鱼和青蛇的袭击，成长为一只大蛙，那实在是上苍赐予它们的一种神奇。好在它们并没有思想，并不知道这一路活过来的苦难和艰辛，自然也就没有了抱怨。

　　经过重重的劫难，没有被吃掉的亚马孙蝌蚪，似乎已经获得了自由，然而，随着它们身体的长大成形，此时它们身边的天敌却是数倍增加。天上飞的，水里游的，路上跑的，喜欢以亚马孙大蛙为食的动物，这时会迅猛增长到二十多种，真是天罗地网，密密如丝地罩着这些弱小的生命。只是这时的它们，出于本能，多少已经懂得了一点逃生与躲避的本领。

　　是的，亚马孙蝌蚪的成活不死，始终都是一个奇迹，一个神话。

　　它们始终处于挣扎中的命运，与波澜壮阔的亚马孙风光总是有些不相符合。从降生的数万只亚马孙蝌蚪看，最后能剩下的，还不到万分之一。因此，亚马孙蝌蚪的一生，是被公认的最为不幸，最为险象环生的一生。

　　当法国摄影师德·塞克将它们一生的经历拍成影片后，每一个片段竟然都成了生死场，每一分钟里，都有惊心动魄、让人揪心的场面。事实上也是如此。亚马孙蝌蚪最终能成为大蛙的可能性，小得微乎其微，无人敢去预料。

　　当人们为它们终于在千难万险中，长成一只大蛙而庆幸时，它们的命运却猛然陡转，又一场多灾多难的经历重新开始了……简直让人喘不过气来，到了这个时候，许多人都已经不忍再看。

这时长成大蛙的亚马孙蝌蚪，会同它们的父母前辈一样，勇猛地跳上阔大的荷叶，为繁衍后代而不惜任何代价。惊险而揪心的情景也就再次出现了。为寻找配偶，它们毫无顾忌，日夜不停地对天鸣叫，这种响彻世间的蛙鸣，给它们带来的危险是毁灭性的，会招来所有的天敌。但为了赶在雨季之前产下卵子，它们只有奋然一搏。

白天，一种叫作长尾燕的大鸟循声而来，把暴露在光天化日之下的大蛙从荷叶上一嘴叼住，衔向万里晴空，景象惨烈而又壮观。夜晚，猫头鹰从几里之外便能听到呱呱噪噪的蛙声，它们从天空直落到荷叶上，一口将大蛙吞进肚里。而为了繁衍后代，大蛙们不但不会躲避这些猛勇的天敌，反而会相互挤在一起，高叫不止，比着谁的歌声更为嘹亮，用彼此的牺牲，保护着彼此。同时，这也是它们为繁衍后代吸引配偶的全部所在，有些义不容辞的味道！

结果，不少亚马孙蝌蚪，虽然经过千辛万苦长成了一只大蛙，可是在这最后的一刻里，还是无法幸免于难。

亚马孙蝌蚪的一生，算得上是生命物种中最为多灾多难的了。因此，它对人们的触动也是震撼与颠覆性的，它始终给人以心灵上的撞击。一再告诫人们，作为生命，人已经是多么的幸运和造化，又该怎样地去珍惜、热爱和善待自己。

《亚马孙蝌蚪》这部影片，在西方一直流传着。它的作用，是生命与生命的对话，就像一面镜子，对照出人类的幸运。尤其对那些患有心理疾病，和对现实生活极度不满的人，《亚马孙蝌蚪》会对他们有一种异乎寻常的疗效，看过这部片子，不少人很快就转变了对世间和自己的看法，甚至是根本性的转变。并会由衷地感谢上苍已经赋予他们的一切。

简单地说，通过这部片子，使他们豁然开朗，使他们懂得，原来只要活着，就是一件起码的、相当不容易的事了，那么还有什么想不通，还有什么可以以牺牲自己的性命为代价而换取其他的道理呢。在最为宝贵的生命面前，还有什么不能放弃的吗？

《亚马孙蝌蚪》会让人在比较中感到一种满足和庆幸。甚至会有一种重新生活，重新体验的愿望，从头开始。

"人事无常"，作为人类，本身没有那么多自然界的风雨艰辛，这本来是我们的大造化。但我们却因种种名利与欲望的争斗陷入艰辛，反而过得不愉快。甚至时时做着自我威胁、损伤自我的生命。

这正是《亚马孙蝌蚪》这部片子让我们可以对照、总结的原因。至今，这部片子被西方国家的不少人（其中包括一些富贵名流们）收藏。他们珍爱的道理，是在用亚马孙蝌蚪的一生，来劝解、告诫自己应该注重些什么。同时这部片子也更多地被宗教界人士、心理医生当作敲击人们心灵的典范。因为它揭示的是你该如何活着，如何保护你的生命和善待自己的大问题。

因此，亚马孙蝌蚪的一生，也是唤起人类内心对自我生活的某些警觉的范例，帮助我们对"平安是福"有更为深刻的理解。

英国的传教士撒拉曾向人们发出他的心声："如果你不够珍爱自己，如果你不懂得生命，如果你总是觉得不满，如果你连怎么活着都像是淡忘了的话，那么请你去看看《亚马孙蝌蚪》。"

他认为，看过这部片子的人都会受益匪浅。尤其是对如何保持内心平静，安福愉悦地走完自己一生的人，都会大有裨益。

漫水桥

　　山西张县的石弯桥，在一百二十年中，屡遭破坏，大桥不能说不结实，都是用坚实的花岗石沏成，但每次洪水到来，大桥还是必定遭殃，滚滚洪水过后，桥身被冲得七零八落，惨不忍睹。

　　石弯桥一带的乡人，祖祖辈辈因为修桥建桥而被拖累，生活极为贫困。一百多年来，附近村民的心血与财产，几乎都花在了这座桥上，修桥造桥，子子孙孙，没有穷尽。为了让桥不再被大水冲毁，当地的有识之士不知动用了多少脑筋，采取了多少办法，但每年夏秋两季，山水一来，桥的命运还是如出一辙，一幅惨兮兮的模样。

　　1957 年的秋天，山区一连降了六天的大雨，毁灭性的洪水再次把才修好不到一年的桥冲得面目全非。那时正值人们生活最困难的时期，当地政府再也没有钱修桥了。乡人也都泄了气，终于放弃了努力，甚至发誓，再也不修桥了。

　　人们出村进村，就踩着被冲毁的石墩过河。一个个石墩，也就成了村人和牲畜过河的"路"。人们在石墩上蹦蹦跳跳，虽然惊险，甚至有人不慎掉进水里，但就是这样，也没有人再提修桥的事。

第二年，洪水再次侵犯大桥，人们等待着这一回的洪水将石墩也连根拔起，彻底把一切冲毁。然而大水过后，奇迹出现了，石墩还是石墩，居然丝毫没有受损，大桥两岸的乡人无不惊讶。这一年，人们没有修桥，仍是踩着石墩过河。

几年过后，人们发现，石墩在历次的洪水中，一直都是老样子。人们在惊奇中深受启发，有人曾在大雨中仔细观察过石墩：大水淹没石墩后，从石墩上一泻而过，不受任何阻碍，畅快淋漓。大水过后，石墩露出水面，完完整整，简直就是与人方便，与己方便。人们从石墩与洪水的关系中彻底醒悟，原来如此。

当地人又开始修桥了，人们没有再建什么高大雄伟的桥，而是更多地在河里垒起一些石墩，然后在石墩上搭了石板，是为让洪水到来时，可以从桥上漫过。桥离水面只有一尺高，洪水一来，桥上桥下，都能通过，没有阻力。建这样的桥，有些不像是为了人，反而像是为了给洪水让路。没错，人向洪水低了头。

洪水再次降临，大水过后，桥完好无缺，整整齐齐。人们欢欣鼓舞。干脆，就把这一带的桥，统统改成低矮的桥。人们为这些桥起名叫"漫水桥"，就是有意要让大水从桥上漫过去。

一百二十年来，当地人在与洪水的奋争中，不知牺牲了多少性命，损失了多少财产。人们对于洪水，从不相让，但却总以失败告终。而今这一让，却让出了了不起的效果。

在西方，"漫水桥"也是很多的。这不是西方人没有造桥的能力，而是一种更科学的造桥方法。在世界很多地方，尤其许多特殊的地域，只有建"漫水桥"才是最科学、最实在、最经济、最有道理的。

天下许多事，往往费了好多劲，下了很多功夫，到头来终不理想，甚至是自讨苦吃，其原因在于，目的都是以自我为利益，以自我的意志去阻碍、约束对方或自然的力量。

天下不仅是造桥，许多事物都是含了彼此相让的法则，就像"漫水桥"，你让大水过去，大水便不再会损害你，最终你也可以过去。对方无事，你也就无事。你让了它，它也保护了你。这种平衡与玄妙的关系，便是一种天道，而且大量存在自然界与人类的关系中。

在英国的《世界自然杂志》里，曾这样评价过"漫水桥"：它是世界上最杰出，最简单，最伟大的桥。只有在人类深刻理解了自然，又理解了自己之后，才会心甘情愿地接受这种桥。它是在许多复杂事物破灭之后，生出来的简单光明。真正懂得"漫水桥"的人，大概也是最懂得如何行道的人！

久居小城

久居昌平小城，天地或宽或窄，道路或长或短，都觉得世界亦如小城。天下诸多纷繁，也都跑不出小城的模样。生活可能生动，可能冷清，可能热闹，可能平淡，但也都如小城的水土，不会陌生。这意识年深月久，日积月累，如小城里残留着的旧街面、旧景观，虽然老旧，却依然不失亲切与生动，有一种世界即小城的感觉。即便是外人，在小城里走过那么一段，便同样会染上小城人的看法，世界即小城。

大概正是基于这种偏见，小城人对小城的看法，才永远不失那种固有的亲切与温暖的感觉，走到哪里，感觉都不如在自己的小城，一个人的生活就是这整座的小城。

太阳也确实是从小城的一边升起，又从另一边落下，很近很近，世界上所有的事，也都像是发生在小城的边陲，并不遥远。

我原来住在政法大学，正好是在小城的中央，那时昌平城的面积并不大，站在它的中央，向任何一方走去，都只有一支烟的工夫。在晴朗的天气里，你会发现，湛蓝的天空是从小城的中央均衡地遮向它的四周，使人能够清楚地感觉到小城的边际与它的完整。如今却不同了，小城变成了一座大城，就是开车，从一头走到另一头，也要走上一阵子。如果步行，没有一个小时怕是不会到头。

小城的里面，原来还有些冷清，有些空旷，镇子的味道浓于城市的味道。现在却不同了，到处都是热闹的都市景象，高大的楼房，成片的居民区，一座又一座街心花园、广场……瓦亮的商店。一到夜晚，便闪起满街的霓虹灯，走在这样的小城，几乎没有什么郊区的感觉。有关它旧日里的惨淡传说与故事，也被这都市般的风貌挤落到了山乡僻壤，要想找到它的残迹，已经变得十分不易。在小城住久了的人，同样会生出一种大都市人向往乡村的感觉。

小城街头的红绿灯，比大都市里的距离还要近，骑车坐车，总是走走停停。这让整座小城显得更加拥挤，当然也更加繁茂。岁月逐流，是这些变化中的模样，贯穿着小城人的生活。

久居小城的人，自然也被小城的生活所围困，不易冲破的"小城意识"随处可见。并形成了小城人的生活习惯。人们骑车，走路，说话，办事情，甚至与小商小贩们的讨价还价，都有一种小城人自己的做法。一看便知是小城人。尤其是时光移逝，依然不肯褪却的乡音，标志着这里的传统意识。

但作为小城人，却又正是从这一份传统中，感觉到了小城的舒适与自在。一种浓郁的安详之感，也正是在这种熟知的过程中，充分得到了体验。

小城人亲戚套着亲戚，人和人的关系盘根错节，办起事来，好办也不好办。打个官司，七托八托，十有八九，双方托到的是一个律师，律师说一句："抬头不见，低头见。为了那么丁点儿的事……"这官司大概也就有了了结，倒也省事。这是小城的一大特色，由此而来，一种"共同参政"、共建小城的意识，也就尤为强烈。小城里的事，也就是大家的事，有些不分你我。

小城里的路，原是窄窄的，可能正是一种要打通什么的决心，现在环城而建的道路，都已经十分的宽敞明亮，走在上面，总有一种挺起胸膛，一直走下去的感觉。

沿着环城大道，走不多远，便是幽静、寂寥的乡村了。夏天，绿色的植物一直绿到天上去。秋天，褐色的大地弯成广阔的地平线。天穹从这里伸向更远的远方，使人觉得陌生而又被深深的鼓舞，使许多久居小城的人，会猛然感到这种外界的空间与张力，以及突然来临的豁达，甚至甘愿放弃一些在小城里久已习惯又难以割舍的东西，去服从更大的天地。这，大概就是每个小城人都有的感觉与共识，从不保守。

横　祸

一

一位原本家境就很贫寒的女大学生，从遥远的乡下来到北京上学。谁想，来京不到十天，家中就传来噩耗，父母姐妹在制作花炮的过程中，竟然在一声炮响中全被炸死。家中房倒屋塌，不剩几片瓦。消息传来，女大学生和老师们全都惊呆，无法接受。从此女大学生举目无亲，再也没有一分钱来源。

她含着眼泪向学校提出退学。看来这是唯一的选择。老师问她日后打算怎么办，她说家中有一亩一分水田，还有一头老牛。十九岁的她面临着另一种生活，回家种地，做一名乡野农妇，日后大概就是这样的生活。

老师听罢落下眼泪，同学们也在迅速地为这位还来不及熟悉的同学赞助车费。可转天有老师告诉她，说学报编辑部正需一人帮忙，一月五百五十元钱，如果可能，你还能申请补助金。其他的我们再想办法。

她没有想到人逢绝路，又生出这样一线希望。她点点头，感激得一再说谢谢。

于是，她入学十天，便成了一名学报的编辑，当然是业余的。学校八千人，学生六千五，学报二十天一张，稿子不多，她常没的看。但工资照发，月月五百五十块，加上补助金，她竟然可以待下来。报社五个人，老张、老王、小李……人人都对她很好。她因课紧不能天天来报社，然而没人找她，对她总是放任自流，就是让她看稿也十分简单。她一度以为，做个学报编辑真是很轻松。

时光飞逝，四年的大学生活一晃就过去了。她始终不知道，四年中的每月五百五十块，并非学校所发，而是五名编辑人员从工资里均摊给她。她更不知道，学报并不需要这样一位看稿编辑，一切都是为她专门设立的。

四年，没有人说破这个秘密，四年，她月月蒙在鼓里。她离校的那天，学报的全体编辑与她合了影，从此，她的相片高高地挂在编辑部的墙上。她走了，五位编辑突然觉得空落。发工资的时候，他们已经习惯了将每月的工资取出一部分，摊在一起，习惯了这种帮助别人与自我心灵的净化。献出爱心，原来也是一种人生的收获和乐趣。于是，他们决定，再帮助一位贫困生，将这种爱，永久地延续下去。

他们又雇用了一名因交不起学费要中途退学的山里孩子。

于是，每隔四年，墙壁上的合影中都要换一名新人，一位并不需要的编辑。这已经是三届。看着墙上的这一合影，他们的内心总是充满了友善和爱的光芒。编辑部的工作也因此变得更有意义和乐趣。

二

一个上大学二年级的男生，在校外游泳时，不幸溺水身亡，死时年仅二十岁。事情非常突然，学校电告他的家中，请家属速来。几天后，学校在火车站上接到了一位白发苍苍的老太太和一个十四岁的小女孩儿，两人穿戴极为破旧，原来死者的父亲也已于大学生出事的前两天离开了人世，是车祸。老太太是学生的姥姥，小女孩是他的妹妹。他们生活在老区。

学校的老师听到这个消息，全都不知怎么好，他们望着这个来自西部贫困山区的老人，无法想象她怎样承受这人间两起悲剧的重压。

学校实在担心出事，派了两名女教师看护她。十来天，两位教师一直小心地陪护在老人的左右，直到把她的儿子火化。整个过程中，这位来自偏远山区的老人悲痛欲绝，她的泪水无疑是为两个死者而淌，所有的人也都为她的不幸落下眼泪，人们更为她的日后担心。她这把岁数，还带着一个女孩儿，今后该怎么生活。

山区老人朴素而又本分，自始至终，没有向校方提出一分钱的索赔，更不知道该指责校方看管不严而导致了儿子的这场祸事。她什么也没说，只是因为要收麦了，说得赶紧赶回去，不然山坡地上的麦子不经晒。

她说到要收麦子的时候，许多老师都哭了。是再次想到她日后的生活该有多么艰难。

不过，她临走前，却得到了一个消息，就是校方有一定的补偿给她，只不过是要按月发放。山区老人不懂得要是国家的补助都是一次发给的，她弄不清这是怎么回事。

　　从此，回到家中的山区老人，月月都能收到一笔由学校寄来的生活费，六百八十元，这是她的孩子所在的系里几十名老师的资助。他们在每月交党费的时候，也按时交纳这笔费用，以前偶尔有人会忘记按时交纳党费，从这以后，再也没有一个人忘记，因为他们心上都惦记着有这样一位山区的老母亲。

　　他们中间有党员，也有普通群众，但却雷打不动。其中有两位老教授，在病逝之前，仍然让家人交上这笔钱。教授离开了人世，但他的亲属又接替上来。山区老母亲的费用仍是六百八十元。无论时光怎样变幻，这个始终没有变。几十名教师一直这样默默的，在每一次交党费时，也交上自己的一份爱心。有人还说，如果不是那么遥远，每年七月，我们应该去帮助她收麦。

戏　装

　　四十年前，我们老家的镇子上演过一台戏，演戏的全是我的家人，平日大家住在一个大院里，早上晚上的坐在一条长凳上吃饭，喝粥，是热热闹闹的一大家子。我的家人在镇子上属于苦主儿，穷人。只是男男女女都乐观，爱唱，没事儿就咧咧两口儿，惹得村人拍手叫好。又加上那年有人从县城里抱来几件戏装，于是，我的叔叔嫂嫂们就被推到了台子上，说是演戏。

　　其实我的家人不会演戏，但镇上人都希望年节上有人闹一闹。按照镇长的话说，有个乐子就行。我的家人就被推到了前面，派上了用场。

　　演戏的前一天晚上，镇长将那些花花绿绿的戏装抱来，放在我家的院子里。叔叔嫂嫂们弯下腰去，各自拿起一件戏装。那是很随便的举动，并没有想好谁扮演什么，披挂上了戏装，大家才按照戏装是啥人物照猫画虎地去比划。那时乡间的戏，是极为随便的，就是一个乐子，为了大家热闹。

我的大叔拿起的是一件奴才装，于是就扮了奴才。我的小叔将一顶乌纱帽扣在了头上，于是就成了县太爷。我的二叔穿了一件小贼的大褂，于是就成了一个偷人不做好事的小贼。我的三嫂是扮了女仆，于是就去伺候县太爷。

　　戏咋演，大家心里都没谱儿，只是跟着那身行头在走。好在镇上人要求不高，乡下人也不讲究，打打闹闹，台上有人晃着，大家能笑一笑就行了，各自发挥吧。

　　于是，我的叔叔嫂嫂们就登了台。让我始料不及的是，平常我最熟悉的他们，到了台上，一下子全变了。穿了奴才装的大叔，一下子就变得低人一等，矮人半截，在台上缩着个脖子，猫着个腰，跟在我小叔的屁股后头，也就是县太爷的屁股后头，一幅奴才样，自然而然地就拍起了我小叔的马屁，话也说得下贱，闹得我都看不下去，心里别别扭扭的不好接受。

　　在镇子上，我的大叔可是最有威望的人，咋一下变成了个这！

　　我的小叔在家里排名最小，没有地位。平常都是听我大叔、二叔吆喝的主儿。每天早晚，一路小跑着给大家盛粥，端咸菜，可戴了顶乌纱帽，就不是他了，摇头晃脑，迈着方步，大叔、二叔和他说话，他却仰着个脸，哼哼哈哈的，爱搭不理那劲儿，真就像个傲慢的爷了。我在台下，都想上去抽我小叔的嘴巴子。

　　二叔由于穿了贼人的衣服，不得不往贼人的模样上走，是很无赖的那种，一下就没了骨头。二叔平日可是我们镇上最正直的一个人，镇上人家有了纠纷，有了吵闹，都请二叔去评判是非，论说公道。咋穿了这身皮，一下子就成了一身贼气的人。

　　我的三嫂就更不像了我的三嫂了。平日我们一大家子，都尊敬着三嫂，三嫂会绣花，会算账。家中一切精细的事儿，都是由我三嫂去主持料理的。谁想，三嫂穿了女仆的戏装，竟然粗粗笨笨地任我小叔打骂，我小叔还敢踢她哩。三嫂在台子上，竟成了一个最破烂的人……

看着台子上的一切，我惊讶不已。我愕然并奇怪的是，咋一件戏装竟彻底地改变了我平日熟悉的叔叔嫂嫂们。他们为了扮得和这戏装贴近，竟然不再理会自己到底是谁，竟然把那个原本的自己丢得无影无踪。

我瞪着眼睛，简直不敢相信台子上这些古古怪怪的人，就是我的叔叔嫂嫂们。那一晚上，乡人们笑着乐着打闹着，全都无比的欢乐，我却一点都笑不出来。

戏罢，大家走下台，脱了戏装，相跟着又都回到我家的大院子里，又都坐在了那条长木凳上，是吃夜宵。大叔又像了大叔，指挥着小叔给他盛粥端咸菜。摘去了乌纱帽的小叔，一下子就没了县太爷的架子，还是一路小跑，很听使唤。我的三嫂也恢复了原本清清秀秀的模样，又文文静静的庄重起来。我的二叔又归还了那身正气。

大家各就各位，谁该是谁，谁还是谁。但这个戏，却让我记了一辈子。咋人一上了台，一换了装，就都不是了谁地走了样？再说，人咋能为一身戏装活着！

多少年过去，有一次，我也意外地穿了一回戏装，也戴了一回乌纱帽，也是扮那县太爷。我一迈步，突然就走成了四方步，一张嘴，突然就傲慢起来，一下子就不会好好说话了，对人哼哈着，让人尊崇伺候着，一身的霸道……

下了台，我自己都打激灵，刚才台上，我咋那么不是人！咋一下就失了自己。那一晚上，我感想多多。从那一次，我才猛醒，原来这世上，不论是谁，只要你换上那身打扮，穿了那身戏装，你就会自然而然地往那个角色上走，你就会努力地去扮演那个角色。不用谁对你再说啥。

穿了奴才装的，自己就想缩脖子，自觉地就低人一等。戴了乌纱帽的，自己就摇头尾巴晃，就觉得自己是个爷，还想训斥个人。原来，只要我们穿上那身皮，眨眼也就有了三分相，真是容易得很。

人生舞台上，我们扮演着各种角色，原来很多时候，我们是自觉不觉地跟着那身行头在走，是因为穿了那层皮，有了那个位置，我们才这样或是那样的，是那层皮那个位置，改变着我们，约束着我们。让我们不再是我们。

等有一天，大家都从台子上走下来，又都坐在一条长凳上喝粥时，大概才会恢复各自的本性和真实的自己。原来在台子上时，我们总是被那身戏装捆绑着。你不是在做你，而是在做那个戏装赋予你的身份和理念。

我的大叔说得好，在台子上，谁演什么都不要紧，只是别忘了，你是在为那身戏装说着唱着蹦跶着。更别忘了，那身戏装无论是披在谁的身上，谁也都会演那出戏。

沙鼠的焦虑

在撒哈拉大沙漠中，有一种土灰色的沙鼠。每当旱季到来之时，这种沙鼠都要囤积大量的草根，以准备度过这个艰难的日子。因此，在整个旱季到来之前，沙鼠都会忙得不可开交，在自家的洞口上进进出出，从早起一直到夜晚，辛苦的程度让人惊叹。

但有一个现象却很奇怪，当沙地上的草根足以使他们度过整个旱季时，沙鼠仍然要拼命地工作，仍然一分不停地寻找草根，并一定要将草根运回自己的洞穴，这样它们似乎才能心安理得，才会踏实。否则便焦躁不安，嗷嗷叫个不停。

而实际情况是，沙鼠根本用不着这样劳累和过虑。科学家经过研究证明，这一现象是由于一代又一代沙鼠的遗传基因所决定，是沙鼠出于一种本能的担心。老实说，担心使沙鼠干了大于实际需求几倍甚至几十倍的事。沙鼠的劳动常常是多余的，毫无意义的。但沙鼠并不知道这一点。

一只沙鼠在旱季里需要吃掉四公斤草根，而沙鼠一般都要运回十公斤的草根儿，才能踏实。大部分草根最后都腐烂掉了。沙鼠还要将腐烂的草根清理出洞穴。

曾有不少医学界的人士，想利用沙鼠来代替小白鼠做医学的实验，但所有的医生在实践中都觉得沙鼠并不适合试验。

其问题在于沙鼠一到笼子里，就表现出一种不适的反映。它们到处寻找草根，连落到笼子外边的草根也要想法叼进来。尽管在这里根本不缺草根和任何吃食，它们还是习惯性地不能踏实。

尽管笼子里的沙鼠可以用"丰衣足食"来形容，它们还是一个个地很快就死去。研究者发现，这些沙鼠是因为没有囤积到足够草根的缘故。这是它们头脑中的一种潜意识决定的，没有草根让它们感到威胁。尽管并没有任何实际的威胁存在。确切地说，它们是因为极度的焦虑而死亡，是来自一种自我心理的害怕。而这种威胁并非真实的状况。

这就很像是我们现代人了，沙鼠与现代人的焦虑有着惊人的相似之处。

在现实生活里，常让人们深感不安的事情，往往并不是眼前的事情，而是那些所谓的"明天"和"后天"，甚至是更远的将来。那些还没有到来，或永远也不会到来的事物。

而一般人的当下都是有吃有穿，不愁什么的，甚至没有任何事情能在当下威胁到人们。但人们总是不能踏实的原因，还是在不断地增长。人们总是为了将来的所需和将来会如何而发愁，是这种担心，令人深深地感到不安。并因为不断的想象而被无限放大。

这也正像医学界的实验所一再证明的那样，焦虑是使人寿命减短的最大因素之一。因为焦虑与抑郁，紧张和惊恐是互相联系，彼此作用的。它们对人类的伤害超过了许多疾病。许多疾病又都是来自焦虑和紧张。

在现实社会中生活的人们，实际上已经很像沙鼠了。大多数人的眼前也许并不真的缺少什么，但他们却为明天可能会缺少什么而忧心忡忡。更糟糕的是，这种担心导致他们为明天极度惶恐，反而过不好今天的日子，这使他们付出了相当沉重的代价，也是许多人终身不幸的原因。

尤其那些聪明的人，为明天的算计，总是先失去了今天的快乐。

"活在当下"是先哲们一再告诉我们的名言。因为只有"活在当下"才是最愉快，最幸福，最安稳，最科学的一种活法。

只要人处在担心中，就会有焦虑，有焦虑就不会轻松，而愉快必须是建立在轻松的当下。不要说担心，只要心里有事，人就不会那么轻松，何况愉快。

我们无论如何不能活得像沙鼠，不能为明天而发愁担忧，更不能为明天而失去健康。

总结人的一生，有许多担心都是没有必要，没有道理的，多余的。人世无常，其实谁也说不准明天的事情。我们为什么要为明天而活得如此不快和劳累呢！多看一看沙鼠的模样。也许对我们倒是一种很好的提醒。

沙鼠缺乏的正是顺其自然，随遇而安的生活。而我们毕竟不是沙鼠。

秤

　　大概是二十几年前，街上刚刚流行那种便于携带的弹簧小秤，为防止小商小贩们缺斤短两，上街买菜时，妇女、老人们都爱随身带着这种小秤。别看一杆不起眼的小秤，却简单方便地分清了黑白是非，称出了天下公道。

　　不过，自从我家有了这种秤，我的姥姥便总是不愉快，事情自然是因为买菜时，商贩们缺了斤两。姥姥每天上街，几乎都是扫兴而归，日日因为小商小贩们的奸诈而抱怨连天。说天下怎么会有那么多的黑心人。一天两天，姥姥的这种情绪发展到了对许多事物不满。日久天长，还影响到了她的身体。

　　想不到一杆小秤，竟惹出这许多的麻烦，真是不值得。为了避免事端，我劝老人把秤放在家里，眼不见为净，何苦为那一星半点的利益而伤了自己的身子，但老人不干，依然坚持拿着小秤上街。人，谁不想有一个公道呢！

　　姥姥去世之前，还对小贩们愤愤不平，像是很冤地活了一生。

我们知道，这都是因为那杆小秤。

姥姥去世后，便轮到我买菜。而姥姥用的小秤，不知丢在哪里了。妻子知道我大大咧咧，吃亏上当是常事，坚持又给我买了一杆小秤，并让我带在身上。妻子说，若是发现谁是奸商，或怀疑他缺斤短两，你就称一称，能称出一个公平总好。

一次买菜，我怀疑商贩欺诈，便拿出小秤，称了称，结果，不但不缺少分量，反而还多出了几两，我误会了人家，很不好意思。

真是奇怪，自从我上街买菜，缺斤短两的现象少之又少。每次买菜回来，我的心情都是那么愉快。原来不被人欺骗，不光是利益上的事，还能换来一种好心情，甚至生活也因此变得晴空朗日，处处光明。看来这并非小事。

姥姥当初也并非因为一点利益，而是希望讨回一个亮亮堂堂的世界。人，总是希望永远地活在公平公正里，这才是秤的作用。

看似一杆小秤，称的东西并非斤斤两两，而是一个大千世界。小秤我用了许多年，每次从菜市场回来，它都给我带来愉快。后来上街，我再不用小秤，把它丢在一边。

可是，一天在菜市场里，一个陌生路人却指着我的鱼说，先生，您买的鱼绝对不够分量。他的坚定态度，让我失去了主见，我到市场公平秤上称了称，竟然真的短了斤两。我和卖鱼人争论起来……回到家里，我忙拿出小秤去称，结果五斤鱼还是高高的，一两都不差。

我愣住了，和妻子说了此事，妻子也感到疑惑，跑到邻居家借来一杆大秤，称了我买回来的鱼，还是少了斤两。原来是我家的小秤不准，一直亏着分量。

我恍然大悟，看着小秤，像是被人冤枉了一场，甚至一生。

　　可我突然又想，小秤给我带来了一天又一天的好心情，如果我依然蒙在鼓里，我也觉得划算了。长年累月，它使我对这个世界充满了美好的看法。如果人能吃一点亏，换回如此多的好心情，那也真是太值得了。当然，我也同样痛恨缺斤短两。

　　只是冷静下来去想，人活一世，有时需要的似乎不是别的，恰恰正是这种"好心情"，而并非外表上的那些加加减减，是多是少。

　　人这一生，什么也没有比一个快乐的心情更为重要了。用好的心情去称这个世界，自然就会得到一个好的感觉。我得到了。

　　而我的姥姥，却是用一杆永不吃亏的小秤，换回来一天又一天的坏心情。

　　当然，我不光希望心理上的这杆秤能使人愉快，世间的一切，也应当是公平公正的才好。但这个世界，又确实是一个无法事事如意的世界。我们常常要做的，就是先调整好心理上的这杆秤，于此，周围的一切才能美好起来。

结

作为孩子，小时候爱玩小绳儿，玩时还常爱把小绳儿上打一个结，然后自己再去解。解了系，系了解地玩。然而有的结能解开，有的结就再也解不开了，从此便成了一个死疙瘩。这世上凡是解不开的事，原来都会令人苦恼，尽管只是一根小绳儿上的结，但也使我小小的心灵饱尝了解不开的烦恼。

大了，发现人世上有许多这样的结，大部分的结，都是由自己在无意中系上的。只是凡是结，人都是想把它解开的，不然闷在心里总是疙疙瘩瘩的不大舒服。甚至比实际上的结更让人感到别扭和难受。可有些结，你却是怎么也打不开的，因此，也就常常成为了终身的憾事。

比如第一次恋爱，女友为了能够与我天长地久，送了我一根红线，并在上面故意打了一个结。那是 20 世纪 70 年代，叫"同心结"。象征着把我俩儿这辈子的情分都拴在了一起。是一条很结实的"结"。

这根红线我放在身边保存了很久。然而光阴荏苒，后来我们还是因为种种原因，彼此分开了，并与不同的人结了婚，这条红线也不知丢在哪里了。然而那"结"，却在我心里打成了疙瘩，日复一日，年复一年，总是有些念念不忘。这当然也是属于一种结。

　　作为人的一生，每个人的心里都会系上一些"结"，各种各样的。由于内心的作用，我们常常将世事的繁杂结在心里，或因为情缘，或因为利益，或因为憎恶，或因为不满和欲望。总会在一些枝节上解不开。有些"结"，越系越大，越系越死，结果，成了我们一生的包袱，沉重地压在我们的心里。妨碍、破坏着我们的平静，甚至使我们的生活充满了艰辛和痛苦。

　　可见人生中的"结"是多么的要命。

　　那天认识了一位变魔术的朋友。大家让他露两手，他因地制宜，找出一根小绳儿，当场打了一个结，然后让我们去解。我们谁也解不开，死死的。可他只是轻轻一抖，结就开了，不费力的，绳子上平平展展，没有一点"结"的痕迹。当然，我们都知道这是戏法儿，假活儿，不服，便用我们自己的方法给他重新打了一个结，让他再抖一下。结果他也难以打开，我们为此胜利而一片欢笑，笑他的骗人。

　　然而他却严肃，说问题就在这里。

　　接着我们让他交出演变的手法。于是，他开始把秘密揭穿，原来他在系"结"的时候，与我们常人的系法儿完全两样，随时可以打开，所系的全是"活结"。

　　他说，这些"结"关键是在系的时候所采取的方法，这就是全部的秘密。系的时候你就要想到如何将它打开，不能系死，不能打了死结。会了这个，也就会了全部，事情就是这么简单。他的话，让我震动，也让我领略了许多。

　　生活中，我们每系一个结时，都不曾考虑过如何把它打开。我们总说万事都要想开，总说要将万事看淡，其实就是一个解和系的关系。要想解开我们生活中的种种结，根本不是在做事的那个后来，而是要在它的开始。人生之难，在于"心有千千结"，人间万事都为"结"，这实在不在于我们如何去解，而是在于我们如何去系。这道理，不但是佛法，也是禅宗，更是我们日常生活中的法则。

　　牢记这一条，我们的生活和心情就会变得畅顺，甚至还能躲开许多事先就埋伏在我们身边的不幸与祸端。许多"结"也才会被我们迎刃而解，不再烦恼。

北方胡同

北方的胡同，城砖老厚，有够年代，砖墙上常生出墨绿色的苔藓，胡同里，屋檐下，多是扣着不动的铁锅、石碨，甚至不完整的石磨，灰灰土土碍眼！北方胡同，总是窄得黑沉，像哪个地方总在漏雨透风，破败的墙上，尽是豁牙露齿的痕迹。偶有一根或两根黄草在飘，来年也会发绿，滋出些并不健苗的芽芽，多少年月不死，就那么顽强地伴着这老式的胡同。

北方的胡同里，掩着陈旧的老院老房，说塌不塌，说烂不烂，但看着却悬。长年累月，就那么悬着。人们进进出出，不易地活着。胡同里，总会有个主事儿的陈年大爷或是大妈。

大爷，大妈，都是脆声大嗓的那种，通常无事，闲人！整天立在胡同口上，眼睛剜着一街人的来去。总因热情过分，又看不惯啥而多事，生事。还跟人吵架。一张嘴，便带着胡同里的习气，倒是纯正的"北方腔"。

那叫大爷、大妈的人物，并非谁选，而是自告奋勇，自当会长，整天站在街上，用一根火柴棍剔着牙，指指点点，规划着岁月该是如何，大家又该如何，国家又该如何。琐碎而又麻烦。胡同里的人都还习惯，惯了，就不觉得啥。少了他，像是少了个警察！

老式的胡同里，总是有个游手好闲的人，叫柱子，或叫狗蛋，二流子相的惹眼，其实也并非鸡鸣狗盗之人。只是总没个正形，不干正经事情，却又总给你闹点故事。一胡同的人，都会因为这样的柱子或狗蛋而叹息。说："这可怎么好！"盼着柱子或狗蛋成个气候，赶紧娶个媳妇走人。一胡同人都操心。很由衷的。可当柱子或狗蛋真的走了后，大家又失落，没了话题，这也是胡同里的特色，一景儿。

老式的胡同里，总有一扇或两扇门里，住着多情的寡妇。寡妇也总是苗条的身段，总是长着好看的眉眼。也总是让人同情的遭遇。于是，总有汉子惦念。让一胡同的女人们都放心不下。目光常像绳索，劳神地盯着自己男人的脚步。本来没事，女人们的猜疑却没法解决，没事，却也闹得鸡犬不宁。这也是传统了，胡同里的那种。

老式的胡同里，三代四代同堂，小院里盖着小房，小房遮天蔽日，昏昏黄黄，一院子人的碎步，从早到晚响得稠密。绳子上晒的是谁家的被子，谁家的裤子，彼此都能认的。刮风下雨，先抱回自家房里。晚上，张家李家的，会站在院里叫：王妈，我家的那条裤儿呢？

胡同里一间厕所共用，一个水龙头共享。彼此近得无法分开，跟一家人模样。

老式的胡同，张家、李家、赵家，都相互通着，谁都知晓谁家是穷是富，有钱没钱。出不了大格。彼此借面、借米、借桌、借凳。甚至借鞋子借裤子。

胡同口上，总是站着无事的女人，女人们剥着葱蒜，手不闲，嘴也不闲，把鸡零狗碎的事情泼脏水样泼得一街。于是，就生闲事。就有矛盾。也不清静。女人们因嘴而常有摩擦。但反回头，又是姐们儿长、姐们儿短的热乎，相互端碗饺子，送张馅饼，因为深深窄窄胡同的存在，不能不如一家。不然怎么过呢，见天的抬头不见低头见，其实说的就是胡同里的人。

老式的胡同里，其实从没有少过新闻，没少过是非。故事都是一串一串的。一般都是无中生有，只要闭嘴，其实啥都没有。冷冷热热的关系，也就盘根错节。都是传统的，老旧的，民族的。不碍大局。生活嘛，就是这样过的。

老式胡同里，院里总趴着一只或两只懒猫，夜里趴上屋顶，抓了张家的耗子，又抓李家的耗子。也是同样的不分你我。哪个门洞里的孩子，打小是叫顺子，还是黑蛋，就一直要叫到娶了媳妇的日子。娶媳妇的日子上，一胡同人都难改嘴。得相互叮嘱，别再叫人家黑蛋。

老式的胡同口上，常拥着三三两两的小贩，卖花生米，也收烂纸、酒瓶。居家过日子，破烂是少不了的，逐月逐年。胡同就成了小贩们的去处。因为那是浓浓郁郁的生活。怎么能没有生活的叫卖。

老式的胡同里，早起的人们也是匆匆忙忙的，各奔东西，打仗一样，不奔行吗，不行，大家都这样奔着。暮落时分，胡同里就会变得响亮起来，一胡同的炒菜声伴着一街筒大爷、大妈的喊叫声，打鸡骂狗般喧闹。这便是胡同的声音，胡同的节奏。直到掌灯时节，直到胡同里真的黑了下来，各家拉了窗帘，闭了房门，这声音才肯息落。

如今，在北方，胡同少了许多，搬走的人会相约着回来看看，找找门前的那个石磨，找找院里的那棵老树，其实都是在找自己的影子。彼此说着，这可是咱生活了一辈子的地方，话是平平常常的话，可一出口，却引得自己和别人落下泪来。

计算与行动

　　陕北的四名青年决心到北京来卖陶瓷。他们是待业青年吴军、李建平和农民蔡阳、高小麦。四个人的想法十分简单，陕北的陶瓷历史悠久，很被北京人看中。一个月只要卖五件，就能在北京站住脚，生存发展大概没有问题，最终将实现自己的创业梦想。只是，这个想法既缺乏市场调研，也没有资料考证……四个人只是定了在北京的生活标准，每人每天不超过十块钱。他们不知道，如此低廉的标准，在北京根本无法生存。

　　四个人就这样到了北京，显然他们把什么都计算错了，北京人通常只到正规的瓷器店买瓷器，对摆在地摊上的货色一向心存疑虑。四个青年碰壁后，便分兵几路，吴军开始跟着人去做室内装修，当了小工。蔡阳到了早市，靠着身上的四百块钱贩菜卖菜。李建平去了建材城，做了一名搬运工。高小麦为水站蹬三轮送纯净水。

　　尽管四个陕北青年各奔东西，但为了省钱，他们还是住在一起，四个人租了一间 9 平方米的小房。为节约开支，他们不管多远，每晚都坚持回到自己的住地做饭吃。生活的艰苦可想而知。然而两年后，他们都有了起色，农民蔡阳在早市上已经成了蔬菜批发商。吴军也有了自己的小装修队。高小麦竟然自己办起了送水站……

他们不但比普通的北京市民过得好，而且都明确地有着自己的生活方向，很有奔头。虽然说不上是雄伟的事业，但他们发展得如此迅速，还是让人感到前途无量。

大约是在四个陕北青年进京的同时，七位北京青年开始了奔赴陕北的闯荡。他们都是大学毕业的高才生。其中两个人拿过世界大学生发明奖，五人有自己的发明专利。总之都是佼佼者。在他们身后，还有大牌的赞助商支持，只要有好的选题，赚钱的项目，一切便不在话下。

七个人马不停蹄，用四个月的时间跑遍了陕北。吃喝住行花掉了5万元。考察调研了19个项目，可行性报告写了27份。然而经过左右衡量，仔细分析，他们总是觉得这些项目各有不妥，不是风险太高，就是投资成本回报太慢，其中有两个项目，在他们的忧虑中，又被当地人先行一步立了项。

在反复的计算与斟酌中，七个人最终还是没有定下适合的项目。他们在陕北一共待了9个月，花掉资助费14万元。最终放弃陕北，两手空空地回到了北京。

同样都是青年人，陕北青年出门闯荡，重于行动，及时调整自己，无条件地迎合市场需要，一步步迈得都很扎实，虽然所干算不得什么丰功伟绩，却在最短的时间里体现出了个人的最大价值。北京的几位高才生，虽然头脑里装满智慧，才华横溢，却在无尽的算计与斟酌中丧失了一个又一个机会，放着优厚的条件，无功而返，劳民伤财。

人生在世，时间对任何人都是同等的。在同等的时间里，有人早早地拥有了自己该有的，有人却在掂量、计算中消耗掉了本该属于自己的。一名哲人说得好："天下并不缺少有才有智的聪明人，他们的复杂往往使他们并不一定能干成事，倒是缺少一步不停、勇于实践的简单者。"

英国的设计师林迪，一直梦想着盖一座世界上最高的顶尖极建筑，这是他毕生的理想和追求。为此，他准备了数十年关于高层建筑的理论，又鉴定了什么样的材料最为合适，图纸画了上千张。在他无休止的推敲与拖延中，美国、新加坡等国先后盖起了自己的摩天大楼。林迪到死也没有实现自己的愿望，他的理想还是一堆图纸。

像林迪这样，由于完美的算计而最终只能为自己落下遗憾的人，天下真是太多了。林迪在自己的遗嘱中告诫人们：不要总在自己的圈圈里打转转，世上没有被计算到最完美、最精确的事物，上帝从来也没有把万无一失，一切到位的福分交给人类。

你总要去实践，总要在差不多的时候，赶紧迈步前行。一味地计算，会使你和世界都变得复杂难办，好事也会变得一团糟。更可怕的是，如此的计算，除了一无是处，最终还会无情地吞掉你的生命，让你一生积攒起来的精华枯萎凋谢。

世上有多少本可能成为英雄豪杰的人，他们都是误在了"算计权衡"的拖延中，他们共同犯的错误，就是对事物斟酌的时间过于漫长，把利益得失估价得过于细致。天下事，并非在人们的头脑中计算出来的，而是一步步走出来的。

内心的尺子

去商店买鞋子时，新鞋子并不一定合脚，有时会稍大一点，或是稍小一点，我们会因为鞋子稍大或是稍小而感觉不适。但新鞋子正合适的似乎也少，我们只能忍耐了。时间稍长，我们便把鞋子穿大穿松，穿得跟了脚。最少我们已经适应了这种大和松的鞋子，觉得这才叫合适。

买衣服时，我们常常不一定就能买到十分合身的，不是稍长了一点，就是稍短了一点，但因为我们喜欢这种款式，往往便将就了。开始的时候，我们会因为新衣服是长款，或是短款而感到别扭。但穿上了，时间一长，我们居然一点点地适应了这种短或是长，甚至屈从了这种短或长。慢慢地，我们的内心还会转变，要是穿的短款，我们便会以为，穿短款的衣服才合适我们。反过来，要是穿的长款，我们也会觉得我们就是适合穿长款衣服的人。

而这个时候，我们却完全违背了当初买衣服时，那个内心的固有尺寸。当初的不适，也不知道跑到哪里去了。

如果时间再长，周围的人还会觉得我们穿这样的衣服才是样，才得体。我们就是穿这种短款或是长款衣服的人。

　　只是这个时候，当初我们以为的那个客观差距并没有变，仍然存在着，是我们自己收减或是放宽了心中的尺寸，是我们内心的调整，让我们接受了这个外在的，后来变化了的尺寸。

　　生活中的许多事，发展到后来，其实都不是我们当初想要的那个尺寸。但在一定的时候，时间的磨砺却让我们接受了后者，这不仅是穿衣服，还包括我们人生中一些大事，比如婚姻、事业、以及一切与生活相关的理想与目标。这种体验，每个人都有。

　　人生一世，无时无刻不是在以内心的尺子来衡量外在的事物，人间的得失轻重，利益名分，都在我们的这把尺子上，我们是抱着这把尺子过生活，做事情，选择方向和辨别是非的。只是大千世界，是是非非，符合我们内心尺寸的事物并不多，我们因此而常常不适，并会因为不适而放弃，从此离开一些人和事，去选择另一种生活或是目标。

　　每个人的内心都有一把尺子，每个人都被自己内心的这把尺子左右约束着，而这把尺子的尺度，到底有多少偏差，它何时是对，何时又是错，我们往往并不清楚，但我们却固守着这把尺子的尺寸。非常顽固。

　　不过，不管怎样，作为人，我们心中都会有一把自己的尺子。我们是在用这把尺子修正着外界的事物。只是在这种修正与衡量中，我们常常反被外在的事物所修正，不经意间，尺子上的刻度也有了这样或那样的变化。

　　这个世界，是一个心与物结合的世界，没有一把衡量万物的尺子是不行的。但当我们真诚地用心去对比，去衡量时，我们却常常处于被动与尴尬中，弄不清楚是外部的事物更正确，还是我们内心的尺寸更合理。每当这时，我们便会陷入重重的困境，迷茫在所难免。

调整我们内心尺度的尺寸，是一件漫长而痛苦的过程。修正与被修正中，我们也得到了许多真谛，获得了许多收益。当然，也折损了不少我们认为美好而纯真的东西。喜忧参半。

年轻的时候，我们内心的尺子很像是一把不折不变的钢尺，刻度分明，宁折不弯。人到中年，我们内心的尺子，则变成了一把木尺，长了可削，短了可换。上了年纪，内心的尺子，则变成了一把可以伸缩的皮尺，反而更有了张力，更能适应，更知道事物该是放在哪个尺寸上。

每个人的内心，都会有一把尺子。时世变迁，我们在用这把尺子度量外界时，似乎越来越不是在于它的精确，而是在于它对我们内心的某种调整。我们能把钢尺变为木尺，又能把木尺变为皮尺，人生似乎辩证了许多，宽阔了许多，也好活了许多，这是风雨的阅历，挫折的回报。经过一世的消磨，至今仍能留在尺子上的刻度，大概才是较为精准，较为适宜我们的人生刻度。

快乐墓地

在非洲一个叫散拉的小镇上，有一位名叫布基的老人，他的一生都过得很不愉快。究其原因，无非是人生的许多目标都没有实现。因此，他很不满意。布基的一生，都是在郁闷与烦恼中度过的。好在，在他临死前的一刻，他终于认识到，其实自己的一生，并不比旁人少多少。世界上还有许多不如他的人。这时他才醒悟到，人，无论是在什么情况下，都不应该以牺牲自己的情绪为代价。

人生一世，是否快乐，往往并不取决于你拥有了多少。快乐往往只是你对生命和世界的一种惯有的感觉。布基认识到，他的许多苦恼，原来都是毫无价值的。有些简直没有一点必要和意义。

但他的认识已经太晚了，因为，这时他已经从大夫那里得知了自己大概的死期。

布基不知道自己在临死前还能做些什么，但他希望世上所有的人都不要像他这样活着。

他想啊想。最后，他终于想好要为后人写下几个字。于是，布基让他的儿子按照他的想法，在他的墓碑写下了这样的文字："我是一个本应该快乐的人，虽然我的一生也遇到了许多麻烦，但我相信，这一切都并不严重。我却因为这些并不严重的原因，而一生不快。我是多么的傻啊。我希望活着的人们不要像我。不要总是让自己处于自寻烦恼的不快中，自寻烦恼，是人生最大的自我冤枉。何必要冤枉自己呢！请不要像我这样……"

布基没有想到，他墓碑上的这段话，给人们的印象有多么的深刻，因为这是一个死者对活人的忠告。

后来许多死者，都向布基学习，他们在临死前，纷纷要求死后葬在布基的左右，与布基做伴，成为他的邻居。他们留下的遗言，也都和布基相似，告诉活着的人们，应该怎样更好地生活和热爱生命。遗言也是越写越长。

请看这些遗言："笑口常开，知足者常乐。学我吧，我没有什么，只有两亩沙地，一片不成材的树林。一生除了饼子和粥，我没吃过什么，但我每天都在说笑中度过，我总对自己说，就这么快乐地活着吧。这么活着真好。我这么快乐地活了一生。我不知道我缺什么，也许缺很多东西。但也许什么都不缺。愿你们也像我一样快乐。不要老是感觉自己缺什么，只要快乐，你就什么也不缺了！"

另一块墓碑上写着："我的前半生还算是富有的，但为了更富有，我不但一天到晚地拼命，还总要为一些不值当的事情发愁苦恼。真是不幸。后来我想通了，放弃了许多应该的得到。生活反而变成了一种轻松。人生在世，真的不在你干了些什么，也不在你是否成功或失败。而在于你的感觉，千万别再去折磨自己，那样你会把自己弄得很不快乐！"

有一块墓碑上这样写道："我活了近百岁，长寿的秘诀，就是心胸开阔，什么也不计较。其实人越活越懂得，人的一生，干什么都不会那么顺利，但却没有过不去的事。只要你别太在乎，一切都会好起来。像我一样吧，祝您比我活得更长久。"

所有的墓碑上都是这种普通人的名言和他们一生的体会，出自自然，发自内心。后来人们就管这里叫作"快乐墓地"。

一来二去，"快乐墓地"便成了活人们常来学习体验的地方。虽然这里是死者的天堂，但却成了一本教活人如何生活的课本。它给人们的震动是深刻而又强烈的，许多活着的人，虽然早就懂得这些道理，但在这里看到这些话时，感觉还是不一样，这些话是那样的刻骨铭心，难以忘怀。很多人甚至驱车几百里，到"快乐墓地"里转一转，聆听一下死者的教诲。

因为，这是死者们一生的总结，它比任何一种教科书或哲学理论都更发人深省，让人确信，也都更具有实际意义"请快乐地活着吧"这样的字，就像金子一样闪闪光，灿烂如痴。它让前来参观的人，马上就能放下一切！内心平静，一脸祥和。

钻石城

南非的卡布弯，曾是一片一眼望不到边的无垠大漠，除了漫天黄沙，这里连一只鸟也没有。但是有一天，却从这里传出了让人惊异的消息：卡布弯有钻石，有天下最昂贵的钻石！人们为此而震惊，奔走相告。

很快，这个消息就被第一批勇敢的淘金者所证实。于是，更多的淘金者千里迢迢地涌进了卡布弯大漠。他们或是靠着手工，或是带来了隆隆的大机器。

寂静的卡布弯突然沸腾了，往日渺无人烟的旷野，一下子充满了人声、机械声、牲畜声。随着淘金者的不断涌现，跟随而来的，是为淘金者提供衣食住行的人。商人趁机在这里兜售食品，建筑师开始在这里建造板房。甚至娱乐界的经济人，也在这里开起了赌场。接着，修路的、办小诊所的、银行家、电信部门，交通营运商……统统卷了进来。

卡布弯，竟然变得像一口开锅的水，热气腾腾，一下子成了人们实现发财梦的天堂。所有来卡布弯闯荡的人都是那么雄心勃勃，意气风发。谁都准备在这里大捞一把。卡布弯，全世界的人都在拭目以待，注视着这座闪闪发光的钻石城。

然而，一两年过去，来卡布弯寻找钻石的人，并没有挖到真正有价值的钻石，除了少量的，并不纯正的一点金子，没有一个人见到过钻石。但奇怪的是，却没有人罢手或是离去。欲望的驱使，反而使人们向更深的大漠进军，随着淘金者的奋进，卡布弯的道路越来越长，房子、商店、娱乐场所越来越多。甚至建起了第一所幼儿园，第一所小学校。

人们发现，就是没有钻石，卡布弯同样是一块可以开采的乐园。只要有人，只要有生活，就会有各种各样的所需，只要有所需，人们就能实现自己的梦想。

几年之后，卡布弯有钻石的谣言终于不攻自破，卡布弯没有钻石。有钻石的说法是一个天大的谎言。人们停止了开采。但这时人们发现，卡布弯已经变成了一个偌大的，生机勃勃，充满了浓郁生活的城市。是个什么也不缺的地方。男人女人，老人孩子，有人在这里死去，有人在这里降生，有人在这里恋爱，有人在这里成家。

没有钻石，除了没有钻石，这里什么都有。往前看，没有钻石的卡布变一片光明，到处充满动人的景象。各种商机相互依赖，相互供给，行成了结结实实的生存链条。卡布弯，已经成为了一座发展最快的新兴城市，一块宝地。它是那样活跃又充满生机。

没有人因为卡布弯没有钻石而离去。没有钻石的卡布弯，在人们眼里就是一座钻石城，在为这座城市命名的时候，卡布弯的市民一致表决通过，卡布弯，就叫钻石城！

难道不是吗，卡布弯的繁荣，美丽，是卡布弯人亲手开采出来的一块巨大钻石。它闪闪发光，魅力无限。

岁月如痴，在这个世界上，有多少乡村，多少城市，有着与卡布弯一样的命运，人们为钻石，为黄金，为美梦来到一片光秃秃的土地上，像是一个童话中的诱惑，最初的梦想虽然类似谎言，却支撑着人们走下去。最终实现的，虽然不是原汁原味的初衷，但却同样值得庆幸，同样会使生活焕发出灿烂的光彩。

每一个人来到世上，都有自己最初的梦想。每个人的最初梦想，到后来都未必能够实现，但每个人的后来，都会变得一样拥有。虽然并非那枚想象中的钻石。但在我们寻找乙的路上，常常却得到了甲。这并非意外，而是我们努力中的结果。不要怕没有钻石。

一位哲人说得好：在人生的路上，当一扇门关闭的时候，上苍总会为我们打开另一扇门。当一件事不再属于我们的时候，另一件事便会主动找上门来，失去一种想念，得到一种幸福。

只要去努力，只要勇敢地走下去，我们就会拥有生活的另一块钻石。

补　丁

　　小时候，姥姥缝得一手好针线。可惜，那个年代，人却没有钱缝制新衣服，姥姥的好针线便只能体现在补丁上。姥姥总能把我们衣服上的洞洞和破处修补得整整齐齐，是模是样地好看。东家西家，也就都因为姥姥缝的一手好补丁，送来些衣裤儿让姥姥补。时间久了，姥姥的手艺便得到了远远近近人们的夸奖。姥姥也因为缝的一手好补丁，而闻名天下，成为那时乡间的一个特别人物。

　　大概正是因为姥姥的这一手漂亮补丁，我从小便很注意别人衣服上的那些针缝功夫，看是否缝得整齐漂亮，暗暗地是在和姥姥的手艺比较。渐渐地我知道，天下的补丁，原来不仅只是衣服上的一种，世上还有各种各样的补丁，补丁的名堂原来是多种多样的。

　　战争期间，法国将军赛拉特所"缝补"的补丁，更是全世界有名。他总会在最靠近前线的地方盖一所房子，以指挥战斗。因此，房子常常被流弹击中，甚至遭到轰炸，墙上经常被炸得破烂不堪，十分丑陋。赛拉特将军经常要在这些房子里接见战地记者。于是，每次房子被流弹击中，赛拉特将军便会提着油漆桶，亲自动手在炸烂的墙壁上做一些"补丁"。所谓的补丁，就是在墙皮脱落的地方画上一些图案。久而久之，赛拉特将军的房子上，几乎被美丽的热带植物所掩盖，那些新到的战地记者们，谁也想不到，这些让他们眼前一亮，倍感亲切和振奋的漂亮壁画，竟然是为了遮掩一块块弹痕的"补丁"。

19世纪，意大利的赛车手罗曼，是万人瞩目的对象，他常常更换的赛车更是人们关注的焦点。谁想，在一次重要的世界大赛前，由于不小心，罗曼的新车在最后的检查中，反被铁器划坏，车上的红漆被擦下了好几块，整个车子非常难看。人们焦虑万分。这样的车子怎么能在次日参加世界顶级的大赛。

喷漆显然已经来不及了。罗曼当即拿起刀，索性将脱漆的地方再划掉一些，一笔两笔……渐渐的，他的车身上被刮出一只凶猛的猎豹。

次日，赛车场上，人们惊奇地看到，罗曼的赛车上，竟然出现了一只奔腾的豹子。没有人看出来，画有豹子的地方，原来是车皮受损的地方，更没有人想到，那是一块补丁。

豹子遮住了脱落的车皮，反而给人一种威武雄壮的感觉。本来是难堪的、令人沮丧的事，转眼之间，却被一种新颖而别致的景象所取代。赛车手都知道，爱车在赛前的损坏，是最容易给赛车手的心理造成阴影的，但具有积极心理的罗曼，却因势利导，为自己平添了一份惊奇。

也是19世纪，美国漂亮的电影演员凯丽，到电影厂第一次试镜时，因为家境的贫穷，找不到一件合适的衣服，唯一一件较适合的衣服，袖口上还有两个破洞。没有办法，凯丽连夜在洞上绣了两朵粉红花。耀眼的粉红花，在次日的试镜中，吸引了各位大师们的目光。人们以为，这是凯丽精心挑选，甚至以为是凯丽到商店里提前定做的。没有人想到，这竟是因为贫穷而修补漏洞的两块补丁。

积极的心理，让凯丽在那一天光彩照人，赢得了初试的胜利。她的那件衣服，也在后来的年月里，成为了摄影记者们争相拍照的对象。

凯丽成为一名全美知名的影星后，这件绣着粉红花的补丁衣服，被美国的一家电影博物馆收藏，成为积极思想的典范。

无论是墙上的画、赛车上的豹子，还是袖口上的粉红花，它们都属于补丁。世上会有许许多多这样或那样的"补丁"，它们不仅是一种掩盖和弥补，同时还是一种修缮缺憾、打造美好生活的顽强心志。

补丁，不仅只是一种表面的缝合，还是一种发自内心，出自自然的努力和热爱。生活中，难免会有疤痕、创痛、不完整，以及缺损和破坏。努力去缝补那些残缺的事物，尽力去为每一处的缺损打好补丁，正是人生的一种积极心态。

补丁缝补得是否好看，是否妥帖，是否精心，常常反映着修补补丁的那个人的内心世界。它是一种心灵的反射。一个积极向上，充满向往的人，从不怕生活的残缺，他们总能想方设法，让残缺变得漂亮，美丽而又别致。因此，在这个世上，补丁，往往也是一种美丽，一种感动，一种大爱。

魔方石

位于太平洋布拉斯岛的深海区域，在深达 500 米以下的海底，有一块巨大的方石，被人称为魔方石。魔方石直径 12 米，高 84 米。它的存在，搅乱了那里的海底世界。居住在那里的鱼类，本来相安无事，更很少相互侵犯，但只要游到魔方石的附近，不管什么样的鱼种，便都要改变性情，与其他鱼种发生冲突。就像染上了一种魔力。

因此，魔方石的四周永远从来都没有安宁的日子。海底探测人员每次到达那里，看到的都是一片战争的景象。

原来魔方石本身带有某种磁性，有极大的吸附力，会把一些小鱼虾吸附在石壁上。被吸附在石壁上的小鱼虾经过氧化，又变成一种十分可口的食物，鲜美无比。不仅是这些，魔方石的石缝里，还有一股股温暖的泉水涌出，藏有需多的洞穴可以做窝。石柱的一面，还布满了一种可以发光反亮的水晶石。在黑暗的水下，这种水晶石是唯一可以发出光亮的物体，对鱼的吸引很大，还可以使它们精神振作起来。

魔方石真是一个宝贝，从吃的住的，到精神的需求，一应俱全。为此，鱼们游到魔方石的近前，便会产生占有欲，相互争夺领地。少则希望在那里获得一口食物，多则希望能住在魔方石的洞穴里。更有甚者，希望将魔方石永久地据为己有。

因此，布满魅力的魔方石便使鱼们失去了平日的自我，这里成为了鱼们争夺的战场，景象残酷。就是那些平日最温和的鱼，在魔方石的跟前也会变得异常凶猛，主动攻击另类。

在魔力的作用下，鱼们普遍地失去了理智，变得疯狂而兴奋，生死不顾！

在这个世界上，其实到处都有魔方石。在加拿大西域的原始森林里，生长着一种魔方树，树上的花朵，使树的上半部沾满了蜂蜜，而树的下半截，尤其根部，则又滋生出一种矿物盐，整个树身，都散发着一种特别的气味。

因此，所有的动物都会集中到这里，能爬上树的，去吃蜜，不能上树的，则在下面吃矿物盐。动物间的争斗可想而知，有的动物并不吃蜜，也不吃盐，专门到树下来嗅那种特别的气味，据说这种气味有刺激神经的作用，嗅得多了，便会获得一种生理上的快感。

因此，魔方树下，平日互不发生关系的动物，便会变成你死我活的敌人。

魔方，到底是一种什么东西，据西方魔法书上的描绘，凡是可以占有的东西，便都会出现魔方的现象。只要是生灵，便会因为魔方的存在，而失去理智，付出代价。

现代社会，凡是权利名望集中的地方，其实全是魔方存在的地方。魔方就像一个巨大的漩涡，离它越近，人的占有欲也就越强，占有欲越强，人就越站不稳。人们只要聚集在这个漩涡之中，再温顺，再平庸的人，也会彼此展开争斗，变得疯狂。

魔方的可怕，在于它不可抗拒的引力。人们为它付出的代价往往是高昂的，甚至要失去幸福和生命。

要想躲开魔方的漩涡，最好的办法就是远离魔方，躲开魔力所照应的范围。这个很难，因为人的抵抗力，通常都低于魔方的引力。

无论是在魔方石下，还是在魔方树下，只有那些遍体鳞伤的动物才会有所体会。远离魔力的它们，也是在尝到了苦果，甚至生死感受之后，才学会了如何保持距离。

人是有思想的人，人不一定要真正进入鬼门关后才会醒悟。先人们早已告诉我们关于魔方的种种陷阱。我们这一辈子，可能过得较为平淡，可能过得较为清贫，可能过得不声不响没有辉煌。但也许，这正是我们的造化和福分所在。珍惜这种平淡和清贫的日子，珍惜这种不声不响的平凡人生。恰恰是这种平凡，让我们守住了福分。这，正是那些经历过魔方漩涡人的感慨。

上苍总会给那些没有得到过什么的人一份安宁。这就是天下最大的公平和公正！而人世间领教过魔方的人，无一不同意这种观点。

让我们过得平淡、安宁而又幸福，远离魔方给我们制造的苦难。

大智慧与小痴呆

　　"梅花洞的故事"被世界各国的宗教界人士和心理学家一致认为是人生的一个典范。

　　故事是把人生万象为背景，浓缩在一个洞穴中。说的是梅花洞里潜藏着人们一生的追求、惦念、渴望和需求，以及一不留神便要遭受的种种苦难。人们只要走进梅花洞，就会看到你欲望中所展现的一切。人世间的一切都被装进了这个洞穴，应有尽有。

　　问题是，你在这些欲望中，是否还能顺顺利利地走出梅花洞，最终达到你人生的圆满，这才是一个大问题。而洞中由欲望所组成的景象，也将伴随着人生的种种险境，相辅相成。你稍不留意，就会步入歧途，吃尽苦头，甚至落入人生的种种陷阱。

　　故事的命题是：谁能躲过欲望的危险，看穿诱惑，走出梅花洞，谁才是这世界上的真正大智慧者。

　　人们尽管事前就已经知道了梅花洞中的种种陷阱与不测，但是否能够躲闪，是否能够明智的走出来，还是一个相当的考验。

据说，至今只有两种人可以顺利地走出梅花洞，一种是拥有大智慧的人，如南天寺里的宏妙法师。一种就是世上的痴呆之人，曾经就有一个十八九岁的小痴呆顺利地走出了梅花洞。

一次，又有一批人来到梅花洞，所有的人都立志要走出梅花洞，并试图躲开人生欲望的陷阱，得以今生的大圆满。

但当人们真正进入洞里时，才发现根本不是那么回事，洞中布满了人世间的迷宫，更多由诱惑组成的洞穴，四通八达，皆为陷阱。

人们走进洞口，便会遇到五光十色、金碧辉煌的金银洞，遇到美女如云的仙人洞，遇到如天堂一样美丽的享乐洞，以及由权势、地位、名誉组织的各种洞穴。躲过了第一关，未必能躲过第二关。躲过了第二关，未必能躲过第三关……原来人是很难经住诱惑的。人们怀着复杂的心情，起先只是试探，为自己留有余地。但随着一步步诱惑的深入，人们往往还是失去了左右，越陷越深，最终步入歧途，直到永远迷失在洞穴里。

虽然人人心里明白，自己步入的大概就是陷阱，但在欲望面前却无力自拔。最终还是被吸附在四壁上，再也动弹不得。

整个梅花洞，都是由人生的各种欲望所搭建，当一切美好过去，便会呈现出欲望所带来的种种苦难。然而这时再想回头，已经晚矣。

至今为止，真正能走出梅花洞的，只有充满大智慧的宏妙法师这类人，和那个十八九岁的小痴呆。

这个故事说明，人要想平平安安的走完一生，必须具备大智慧，修炼一生。或者就是不懂欲望为何物的痴呆人。

大智慧需要一生的努力才能达到目的，而痴呆人因为没有区别也可以达到。他不识金银，看不出美女，更不懂权贵。

世界各国的宗教人士与心理学家，都很欣赏这个故事。因为他给人讲的许多道理，都没有离开这个故事的宗旨。道理其实相当简单，如果你做不了大智慧，那么你尽管做一个小痴呆好了。一个小痴呆往往也能达到大智慧的境界。

凡事傻一点，呆一点，愚一点，往往正是我们人生的保全。回头去看看我们走完的那些坎坷经历，看看我们身边人的各种苦难。掂量一下我们为欲望所付出的代价，以及落在我们内心的那些伤痛残疾。我们就会明白，有时我们真不如傻一点，呆一点，反会少受一点人间磨难。

呆者固然愚笨，缺少头脑，但往往却相当地平安顺当。他们与拥有大智慧的人一样，可以走出整个梅花洞，躲过各种险境。这是何等的了得。

甚至不能不让人去想，因为呆，上苍反而赋予了他们大造化。因为呆，冥冥之中有一种东西反而维护、保佑了他们。仔细去想，这往往就是人生的一份福分。甚至恰恰就是我们想得到的人间大智慧。

快的负面

很多人都以为，皮肤病是因为皮肤长不好，所以才出现了问题。但事情恰恰相反，大多数的皮肤病，反而是因为皮肤生长得过快，才导致了皮肤病。

皮肤的代谢周期一般是二十四天，也就是说，正常的皮肤生长，大约需要二十四天的时间。由于免疫系统的被破坏，打破了皮肤的正常生长周期。不少皮肤病患者的代谢周期缩短到了七天，甚至三天，最快的只有一天，快得让人吃惊。因此，旧的皮肤还没有长好，又被新的皮肤破坏，而新的皮肤又被更新的皮肤所破坏，周而复始。皮肤永远无法痊愈。

长期以来，皮肤专家一直都在与这种鬼怪的"快"现象做斗争。如果说得明确一点，只要治愈了这种"快"，限制了这种快，皮肤病就会被根治。然而这个快，却成了患者与研究者的大敌。

人体的许多疾病，很少是因为生长缓慢而出现问题的，大都是因为人体的某一部分生长过快，才出现了病变，甚至快得长成了肿瘤。人体的各个器官，如果能稳定的生长，就会减少许多疾病。所以，正是因为过快的增长，给人造成了疾病。准确地说：快速，是病变的元凶。

越南有一种野稻米，一年四季都在疯长。不用浇水施肥。但它像许多物种一样，由于生长得过快，机体里屯集了大量的有毒物质，反而使它成了无法食用的废物。不过，科学家发现，只要控制了它的生产速度，让它缓慢下来，一切问题便可迎刃而解，毒素就会被它自身排除。野稻米从此变为金米粒。于是，如何使这种野稻米的生长速度慢下来，成了越南人研究的一大课题。

科学技术的发展，使美国的白条鸡生长速度从半年缩短到三个月，两个月，一个月……最后美国人发现，他们的技术足可以使一只小鸡在二十天里长到五斤以上。相当可怕，那已经不再是鸡，而更像是一块放在笼子里膨胀的肉。鸡肉的味道全被削损。

无独有偶，有些淡水鱼在生长素的催促下，二十天就能长到三斤重。人吃了难免要患上种种怪病。

于是，"肯德基"曾多次停止购买过快生长的鸡，并规定最少要在三个月以上长大的鸡。在西方一些国家，因为生长的过快，鸡已经沦为了垃圾食品，让人们感到恐慌。

各国海岸线上的红树林，应该是最好的一道堤坝，但在几百年前不是这个物种，而是另一种快速生长的浮萍树。这种树以每年两倍的速度扩张，以至于大片的海岸和农田被它占领。居住在海岸线上的居民苦不堪言。如果任其发展下去，浮萍树就会覆盖整个世界。于是，各国都在海岸线上砍阀浮萍树。经过几百年的努力和改良，如今各国的海岸线上，迅猛扩张的浮萍树被红树林所取代。浮萍树原是人类的一笔巨大财富，但因为它生长得过快，反而给人类造成了灾难，不得不让它灭绝。

英国人早就发现一种对人体非常有害的物质——空气胶。许多人因为呼吸了过量的空气胶，而患病甚至死亡。但研究发现，空气胶又是一种特殊的漆，这种漆变化后的坚固性能赛过钢铁，非常的坚硬。只要把它留住，人类就将受益，甚至生活都会被它改变。

但非常遗憾的是，这种空气胶只要被生产出来，瞬间就会化成气体挥发掉。正因为它挥发的速度太快，又对人体构成了危害。因此，至今各国还在研究，如何减慢空气胶的挥发速度，让它慢下来。只要慢下来，它便可以被人存放和利用，人类生活的许多方面就将被改变。

世界上的许多东西，从来就不是越快越好，有些反而因为过"快"而对人、对物种不利，甚至造成危害。

然而如今却是一个讲究"快"，被"快"字充斥的时代。没有什么事物不是用速度和"快"字来衡量的，全天下的人都在讲究一个"快"字。快代替了一切。仿佛只要"快"便是先进，便是优越，便是真理。

人们把"快"当成了宝贝，完全失去了对"快"公平公证的全面评判，导致了许多误区和灾难。

生活中，许多过快的东西不但没有好处，还与生活相悖。不但不适于用人类，还会给我们带来麻烦。据心理学家总结：如今人类犯有的焦虑、不安、失眠，抑郁，紧张及许多疾病，都与生活中过快的节奏，过快的追求有关。是"快"改变了我们，让我们过得不幸福。快的负面，已经让我们付出了很多代价。我们深受其害，却依然不知。

　　许多心理学家都发现：如果把追求的脚步放慢一些，把对利益的索取放缓一些，去掉三分急切，留住三分轻闲，过随遇而安的生活，人反而能好活许多。许多心理疾病也会不治自愈。

你不可能全知道

师傅让小和尚惠云看管寺里的经书，惠云看管得仔仔细细，如有破损，他都会用黄纸立刻补上，粘齐，弄得整整齐齐的。谁想，六月的雨季，一天深夜，寺庙的房顶漏了雨，经书一半被雨水打湿，损失惨重。小和尚惠云后悔不已，并且深深地自责。

惠云主动去向师傅检讨，承认自己的错误。没想到师傅听了，反而很生气，问他：你知道夜里一定要下雨吗？

惠去说不知道。师傅又问：就算你知道下雨，同时你还知道三十年没漏过雨的屋顶，昨晚就要漏雨吗？

惠云回答不知道。师傅说，好好去修炼吧，修佛讲经，就是要去除人生的烦恼苦难，你怎么反而要为你的不知道而检讨自责呢！

老和尚的话，让惠云费解。他不知道自己错在哪里。

一条鱼习惯性地在河里觅食，他发现了一只虾，便本能地开始追逐，不小心落入了渔民布下的围网，于是成了网中鱼。一条狼在丛林里东跑西颠，不小心掉入了猎人的陷阱。无论是鱼还是狼，要是人的话，一定会很后悔，并要深深的自责。人生做事，谁能不后悔呢，后悔是很多很多的。

赵杰就因为一件事，后悔了十七年，也深深地自责了十几年，检讨了十七年。十七年，都是活在自责的阴影里，苦不堪言。十七年前，赵杰与几个朋友相约，去爬北京昌平的野长城。傍晚时候，他们迷了路，那是终天，太阳被群山挡住的那一刹那，整个长城便黑成了一片，什么也看不见。惊慌中的他们反而爬上了更危险的山峰……

半夜，他们选择了向北的方向下山，谁想，走了不到 20 米，队友李玉鹏便一脚踏空，跌到了山崖下边，虽然经过抢救，李玉鹏还是不幸身亡。为此，赵杰后悔终身，因为他说，当时的李玉鹏，就在他的身边，离他最近，如果他反应及时，拉他一把，他就不会丧生。赵杰的后悔其时有些牵强。

刘滨九年前步入股市，并做权证交易，他十分幸运，半年时间里，他梦一样赚了 4500 万元。在整个中国，能赚到如此之多的人几乎没有。那时他 30 岁出头，算得上是天下少有的有钱人了，只要他懂得收手，他就是最大的赢家。谁想，后来的股市一路狂跌，不到十几天的工夫，他不但赔净了 4500 万，反而还背上了 1000 多万元的债务，沉重的包袱让他后悔至今，那次他还险些自杀。

生活中，除了这样的典型例子，其实大多数人的一生都离不开后悔，为生活中犯下的错误，为一次次判断上的失误，为不小心说错了的一句话……除了这些关键的时刻，人还要为更多的小失误、小错误后悔不断。

据心理机构统计，人在一生中，会有十分之一的时间，为每天大大小小的事情后悔，有时是为自己的一言一行，有时是为自己的一个态度，有时是为自己的一个选择，一些焦虑、抑郁的情绪，甚至也是这么诱发的……

在进一步的调查中，研究人员还发现，世界上竟然有百分之三以上的人，终身都在为自己曾经做过的某件事后悔，并常常在心里暗暗地自责。

而心理研究却表明，人类大部分的后悔和自责，实际上都是没有道理的，心理学上有一句名言：你的不幸，不是在于你做错了什么，而是由此引发的过度后悔。

据心理研究提供的参数表明：人要想做到不后悔，就得做一个"全知道"的人，既知道自己的一切，也知道别人的一切，既知道天下的一切，也要知道天下所有变术的来去。即，你要做到一个"全知道"的"神人"才能避免后悔。

只是人类的缺陷，就是不可能"全知道"。人是在许许多多"不知道"的情况下生存的。而常常后悔和自责的人，其实不是在责怪某一件事，而是在责怪自己没有"全知道"的本事。这是一种对自己要有"先知先觉"的苛刻要求，因此，一个总爱后悔的人，也一定是一个完美主义者。

完美主义者，最容易犯的错误，就是要求自己"全知道"。这是在要求一个永远的不可能。

小和尚惠云并不知道天要下雨，就是知道，他也不知道屋顶要漏雨。因此，他的后悔和自责就全无道理可言，老和尚指责他，并不是因为屋子漏雨，而是因为他不该为这类事情过分的自责。

人要快乐轻松地过一生，就要学会不被烦恼所束缚，人生一世，没有必要为那么多不知道而又发生了的事情去负责，更没有必要为不知道而发生了的事情去后悔。这是同一个道理。

救命的石头

在偏僻的南方小镇，他突然觉得全身无力，心口憋闷得厉害。此时已是夜晚，他躺在小镇简陋的旅馆里，浑身大汗淋漓。他应该尽快去看医生，可这里离最近的乡镇医院也有五十里地，离县医院要走八十里地，路是翻山越岭的路，夜晚几乎无法行车。他大口喘息着，一动不能动。同事们都急坏了，唯恐他出现意外。

他努力而喃喃地说："石头，石头，要是有一块高原的石头就好了。"

他22岁时去过青藏高原，在那些缺医少药的边塞，人们病了，常常会把一块石头抱在肚子上，据说那里的石头对许多疾病都有疗效。石头的神奇作用，被那里的人们广泛认识。

那一年，他也病过一次，在无医无药的情况下，用的就是石头，很管用的。可自从离开了高原，也就远离了这种神奇的石头。只是眼下，在这个偏僻的小镇，实在太像荒凉的高原边塞了，在这毫无办法的要命关口，让他自然而然地想起了那里的石头。

不过，这里是南方，怎么会有高原的石头。他开始感觉空气稀薄，呼吸更加困难，大家已经把门窗全都打开，可他还是喘得厉害。

"我要死了吗?"他喃喃地说。脸色苍白，神情绝望。

旅馆里的服务员也闻讯跑来，同样急得一头汗水，在这如此闭塞的地方，谁也拿不出办法。服务员问清了他的情况，突然眼睛一亮，像是想起来什么说:你们等一下，我马上就来。服务员跑出去，一会儿工夫便抱着一块石头跑了进来:原来楼上住的团队就是从高原来的旅行团，他们自然也用石头治病，并随身带着几块神奇的石头。真是无巧不成书。服务员把石头递给了痛苦中的他。

大家都松了一口气，想不到在这里竟然会遇到他的老乡，真是天无绝人之路，属于不幸中的万幸。

接过石头的那一瞬间，他的脸上露出了一丝难得的微笑，他像是抓住了一根救命的稻草，紧紧地抱着石头不放。石头的作用果然神奇，他渐渐开始好了起来，可以喘上气来了，一会儿工夫，他便觉得空气有了流动，胸口有了舒畅，也不在大口地喘气了。一小时后，他完全好了。

大家让他躺着不要动，再好好恢复一下。这一夜，他抱着石头睡得很香很甜。次日早上，他的精神是那么饱满，他真的是好了。大家也跟着谢天谢地。他去还石头，并要向高原的朋友表示感激。可是，那支旅行团已经提前离开了旅馆。服务员说，他们留下了话儿:石头就送给你了。

他很感激，带着这块神奇的石头，旅行一路，一路不但没病，反而心情格外地愉快。他对大家说:你们看，高原的石头有多管用，他的神奇力量真能赛过万能的良药。同事们都点头。说他精神难得地好。他说，就是因为这块神奇的石头。

只是他不知道，这是服务员和大家急中生智，临时想出来的一个办法。这块石头并非来自高原，而就是旅馆门外的一块石头。

有很多时候，我们的疾病或是身体的不适，并非属于实质性的疾病，而是由于我们的压力与内心的纠结，造成了我们精神上的紧张和焦虑。并会在不知不觉，没有防备的情况下突然暴发，让我们非常的不适，其实这是假象，都是精神被深深困顿的结果。

尤其是长期精神负担过重的人，和那些内心常常伴随着焦虑与恐惧的人。于此，我们只能缓解精神的压力，让内心保持平静和放松，当那些说不明，道不清的内在障碍被清除掉时，这种紧张和焦虑带给我们的不适就会被驱散。我们就可以重回健康，精神抖擞地去生活。

让我们更多地去舒缓我们的内心，抚慰他，照顾他，调解他，如此，我们就不再需要任何方式的石头。

再活一次看看

　　再有几分钟，商人就要结束自己的生命了。没有人能在这个时候拦住他，他离自己的葬身之地，只有一步之遥。

　　商人所在的区域有座 400 米高的山，山上有个专门的跳崖台，从古至今，不知道有多少自杀者在这里结束了自己的性命。所以人称跳崖台。

　　跳崖台自然是在山顶上，崖壁直上直下，刀切的一样，深深的，令人眼晕，自杀者站在崖上，只要向前迈一小步，便可以顺利地结束自己的生命。这个地方真是绝了，仿佛就是为了自杀者设计的，活人不方便，想死是真方便。

　　几乎每年都有人来到跳崖台上寻求短见。商人也是，他是因为经营不善，多年的奋斗，一夜间化为了乌有，且该了一屁股债而痛苦万分，决定自杀的。一了百了不能不说也是个办法！

　　走投无路的商人，爬上山顶，用不了一分钟，他就可以把事办完。此刻灿烂的晚霞把天空铺成一望无际的红色，一条尺来宽的小路展现在商人的眼前，小路直通崖壁，距离不过一二十米。也就是说，商人的生命也只剩下这最后的一二十米的路途便可以走完。人生是多么的短暂啊。

谁想，就在这个关键时刻，前面却有哭声，一个人挡住了商人的去路。事情真是巧了，挡住商人去路的，也是一个来跳崖的人，而且还是一个女人。这个商人万万没有想到，谁也不会想到。

商人愣住，心想，莫非这也是一个想跳崖的人？女人坐的地方，正好把前边的小路堵住了，商人进也不是，退也不是。事情怎么会这样，生死路上还会有人来陪伴。这么一幕让商人有些尴尬。女人坐在地上悲痛欲绝，哭泣不止，看到商人她也是一愣，接着又哭起来，一边唠叨着什么。商人站了一会儿，仍不见那女人动弹，自己又不好退下去，只好上前询问。

商人问："姑娘，你跑到这里来做什么？"

女人把商人当作了来劝自己的人，愤愤地回头瞪他一眼："我就知道你们会找到这里，你们谁也不要拦我，今天我一定得去死！"说着女人站起身，直奔崖边跑去，眼看就要一头跌下崖去。

商人惊出一身的冷汗，一瞬间，他急得大喊："姑娘，你弄错了，我不认识你，我，我也是来跳崖的！"

商人的话让女人愣住，站在悬崖边的女人收住脚步，显然她也没料到，跳崖也是成双成对儿的人多。她扭过头来看商人："我，我还以为你是他们让来劝我的。"

商人说："不是不是，我和你一样，都是不想活的人。姑娘，你有什么大不了的，也要跳崖？"

女人答说："我的男朋友跟了别的女人，他抛弃了我，没有他，我就活不下去。我真是太痛苦了！"

商人觉得有些古怪，一个人怎么离开了另一个人就要跳崖呢。商人脱口而出道："那以前你没有男朋友时，是怎么过来的，怎么说没有他，你就会活不下去呢。以前你肯定没有他。你不是也活过来了吗。"

女人听了愣愣，显然，商人的话很有道理。女人不哭了，认真地看商人，问："你真是来跳崖的，那你是为什么要跳崖？"

商人也被问得一愣，叹一声道："我跟你不一样，我一夜之间，赔了个精光，好几千万啊，公司还该了债。真是太痛苦了，死了也就一了百了！"

女人不屑地说："就为这？！你以前肯定也没有那么多钱，那时你不是也活过来了吗！你还说我！没钱就去死啊？那世上得有多少人去死啊！"

商人听了，心里也一惊，心说，是啊，自己劝别人张口就来，怎么到了自己这儿，同样想不开呢。没钱就死，那世上得死多少人啊！一瞬间，商人有一种从未有过的感觉，他突然觉得自己的行为有些好笑，就笑了一笑，虽然是苦笑，但还是笑了。一个想要死的人，竟然突然笑了……

这是一个真实的故事，两个人那天谁也没有死。他们以自己的"死"，点拨了对方，让对方在一瞬间里感到震动，并幡然醒悟。人，有时看别人，会看得清清楚楚。看自己，却难上加难。看别人的问题，都不值当，看自己的问题，却比天大。

多少年后，女人又有了自己的新欢，而且令她满意。多少年后，商人也又有了自己的天地，而且更有潜力。人，有时不免会把事情走死了，眼前全是绝境，只有跳出这个圈，才能发现，一切并非像你认为的那样，真的不一定。

所谓人要想开，是要站在不同的视角。在不同的角度，你的目光就会是全新的，你的天地也会是全新的！即便你已经站在了死亡的一刻，一切也会被这种全新的视角所改变！

珍　珠

　　珍珠大王赵愚，曾经也和村民们一样，梦想着靠养珍珠致富。开始的那两年，闪闪发光的珍珠确实让他挣到过一些钱，可是，随着这一经营之道不断被人认识，各地养珍珠的人陡然增加，珍珠再也卖不上价去。

　　后来，珍珠几乎到了没有人收购的地步。正像世上许多可以让人效仿、重复的行业，由于过剩和泛滥，使那些开始以为可以长久发财的人，变得走投无路，陷入泥沼，甚至死在这一行当上。

　　赵愚和许多养珍珠的人一样，大片的养殖场不但不再为自己创造利润，反而成了赔钱的包袱，养一年就赔一年，眼看着不但把自己的所挣赔了进去，连自家的房子、地，也要抵押进去了。高的有树，矮的有井，赵遇死的念头都有了。

　　珍珠，这闪闪发光的天下宝贝，竟让赵愚倾家荡产，一天天在要他的命。

　　已经很长时间，没有人来收购赵愚的珍珠了。这一天，终于有一位香港人走进了赵愚的养殖场，香港人说，我只挑选 100 颗，赵愚痛苦无奈地点点头。

往日，他是成筐成筐的卖，一卖就是十几筐，大概要以几万颗珍珠来计算。现在人家只要 100 颗，他的心真是承受不住这种衰落的打击。

香港人说，按照我的标准，你给我挑出来就行。说着，香港人拿出一颗珍珠，扔在赵愚的珍珠堆里，与成千上万颗珍珠混同着。赵愚惊叹，说你不怕与我的珍珠混在一起找不到吗？

香港人笑说，怎么会，好的就是好的，怎么会混同。赵愚往珍珠堆里看，果然，香港人的那颗珍珠个头大了他的珍珠一倍还多，光泽无比鲜亮，根本无法混同。赵愚按着这个标准，怎么也挑不出来。香港人说，我知道你没有这么好的珍珠，小一点的也成。赵愚勉强挑了 100 颗，比香港人的标准还是差了许多，但比自己的珍珠又好了许多。

赵愚奇怪，天下怎么会有这么大的珍珠，原来珍珠和珍珠比，珍珠也是该扔的，原来不一定是珍珠就是好东西，有些也是一文不值的。

香港人走后，赵愚关了他的养殖场。人比人该死，货比货该扔，他不再养珍珠了。一年之后，赵愚意外地去香港，在市场上，他发现了一个奇怪的现象，在内地卖不动的珍珠，在香港市场上却是销路旺盛，价钱高得让人吃惊。只是，那些珍珠真是属于百里挑一，千里挑一的上品了，颗颗都是又大，又圆，又光亮。

在香港珍珠市场，赵愚还见到了那个一年前收购他珍珠的香港人。赵愚感慨，都说珍珠市场很萧条，想不到，香港市场却是一个例外。

香港人道，这些年，国际市场上的珍珠价格一直都在上涨啊，从没萧条过！只要你的珍珠有价值，只能越卖越好，越卖越贵，怎么会萧条！当然，你的货得是那颗最好最大的珍珠。

赵愚的心中一震，像是有人在他胸中陡然点起了一团火。

赵愚从香港回来，开始培育新的珍珠了，他买来最好的品种进行杂交，精心养殖。几年之后，赵愚养的珍珠也成为内地最好的，又大，又光，又鲜亮，全部销往国际市场，他也因此成为了江浙一带的"珍珠王"，事业不断发达。如今，他靠养殖珍珠，已经成了上亿资产的企业家。

很多报刊都来采访他，问他的成功之道。为此，赵愚有一段深刻的话：天下很多人都以为自己就是珍珠，这样的人很多很多，当初我也是。但天下珍珠有的是，不一定是珍珠就值钱，不一定是珍珠就是好东西，你即便就是一颗珍珠，也不一定会被人欣赏，因为珍珠太多了。

你要想做珍珠，就得做得再大一点，再亮一点，再耀眼一点。总之你要想在这个世界上真正的成功，就得做最特别，最独到的那一个，而不是与多数人一样的那一个，不是很普通的那一个！

戏里戏外

　　第一次被舞台上的绚丽所打动，还是在童年时代，那时我们家附近有个部队，部队里有个很高级的礼堂，我初次看到舞台时，一下子被它的宏大和气派深深地震慑住了。我望着它灿灿的灯光，艳艳的红地毡，顶天立地的蓝色大幕，呆呆地愣了许久，我从没有见过这么辉煌透顶的世界……

　　这一切，在我的童年时代里，显得那么缤纷而又壮丽，让我久久地不能忘记，那大概是 1962 年。

　　然而，更让我惊奇的，是台子上穿了红，披了绿，描了眉，涂了粉的女子们，望着那一队队翩翩起舞，天仙样的美女，看着这世上如此惊艳的美人，我真的是傻了一回，心里好生地奇怪：天下怎么会有这等好看、这等深入人心的美。

　　在后来的年份里，我在梦中不止一次地梦到过这光亮的舞台，纤纤的美女，大红的地毯……我像是中了魔，被那一片光鲜的世界所深深地打动。

一次，跟母亲回山西老家，是大年三十的时候，镇上搭了戏台，我和母亲顾不得大雪纷飞，一路崎岖，走了二十里。当看到那高台上锣锣鼓鼓，红红艳艳的一片时，我的心里禁不住一阵猛烈地震动。这乡下的台子，竟也是这般地辉煌，这般地动人。那晚，台上演的是"穷书生艳遇，富小姐钟情"。

21岁那年，我去乡下挖河，傍晚的时候，工地上突然涌来一队军人的演出团，同样是搭起了高高的台子，同样是张灯结彩，演员们化了妆，涂了粉，个个的美人，我好一阵吃惊，想不到，在如此闭塞，贫穷的角落，竟也能有这么光鲜的世界，以及天仙美女们的舞姿。

就是那天，我突然心里一热，竟油然而生对未来的想往：将来有一天，我要是能天天伴着舞台，专门做舞台工作该是多好啊，一时间，这竟成了我的终身凤愿……我喜欢舞台，是因为它独特，神秘，绚丽而又美妙。舞台，它是天下最能打动人心的地方。

令我想象不到的是，在我32岁那年，我竟因为写作，被调到了地方文化馆，专门搞起了与舞台有关的创作。

从此，我和舞台有了关系。我的周边竟是些靓男艳女，还有高高大大的舞台，每当演出之际，演员们便将自己打扮得美丽如炽，耀眼精致得让人动心，甚至美得让人失魂。不过，这时我已经懂得，这只是戏！戏里戏外，天壤区别呢。演员们一旦卸了妆，去了粉，一个个也就一般般了，再无灯光下的粉红艳丽。

我的创作室离舞台很近，几步之遥就是演员们的排练大厅，整天都是咿咿呀呀的声音。从小就想往的世界，竟一下子变得这样近。

但让我没有想到的是，就是因为离得如此之近，我竟对舞台生出了厌烦之感，是被舞台上的排练声吵闹得不行，常常写不下去，领导就让我回家创作。

躲开舞台，我反而生出了阵阵的疑惑，是想，舞台，它不是我曾经憧憬和向往的天地吗，它不是我追求的世界吗，怎么离得近了，我又有了厌倦之感。看来，戏里戏外，还是两码事情。台上台下，本质还是根本不同。

一晃，二十几年过去了，我依稀记得小时候，初次被舞台打动的情景，依稀记得母亲领着我的小手，在山路上奔向舞台的情景。那是黄昏，月上枝头，远处有起伏的狗叫声。今天，母亲已在天堂，而我对舞台的感情竟渐渐地淡了许多。

只是，舞台并不理会儿我的怎样，台上还是那样热闹，还是那样锣鼓声声，一出出戏上演着，一声声唱腔衔接着。回首惊看，我的大半生已经过去，不过在心中，我还是很喜欢舞台的，喜欢它五光十色的光鲜，喜欢台上翩翩起舞的艳女。

人生如戏，戏如人生。这些年，我从向往舞台，到亲自成了与舞台相关的一个小角色，似乎对舞台上的事情看得更清楚了。我曾以为，我已经到了锣声响起时，不再起心动念的程度。已经到了关起门来，赖得再去究竟台上的谁是谁非的程度。

谁想，并非如此，全都不是！

去年夏天，好久没有看戏的我，被同事们拉去看戏，大幕缓缓拉开，台上五光十色的灯光如潮水般地涌来，我突然一阵振奋，看着台上的靓男艳女，我一下子又惊呆了，心里明明知道，这所谓的演员，都是我的同事，都是平平常常的人，可描了眉，画了眼儿，又天仙一样地成了美人，我又被感动得失了魂。左右望去，亦真亦幻，真实一半，梦境一半。陡然间，我又有了一种神往的情绪按捺不住，像是又被诱惑了一次一样，心中好一阵感叹。

这些年，我总以为自己是戏外的人了，总以为我不会再被台子上的事情左右了，可到头来，我依然没有做到。依然被锣鼓，被光鲜的世界勾了魂去。可见，人生与舞台，都是何其的不易，何其的艰难。这大半生的时间，看戏、做戏、写戏，像是什么都明白了，想不到，其原来，自己还是戏中人呢。该遭遇的，该经历的……笑和泪，苦和难，是是与非非，亦如台上戏，是一样也没有少啊！

内心的缺陷

　　他逛完了野生动物园后，准备走出大门，谁想，却误入了巨大的狮子洞。这让他没有防备，显然他吓坏了。

　　他望着虎视眈眈，蹲在他眼前的一只公狮，不觉打了个冷战。这一切太突然了。狮子正好挡住了他的去路，看样子随时都会向他扑来。他纳闷，狮子怎么会跑出了笼子？此刻，他的心脏狂跳不止，一阵紧似一阵，浑身缩成了一团。他想，自己怎么这么倒霉，竟然不慎要跌入狮子的大口。

　　狮子不动，他也不动。狮子就那么盯着他，他想，他彻底完了。

　　那一刻，他想到家人，想到自己的曾经……总之一闪念中，他想到了很多很多，是一种人生告别时的总结。自然他很惋惜。生命是何等的美好，而他的死法却是如此的滑稽……他似乎看到了自己死后的景象，人们争先恐后在买报纸。报上是他血淋淋的尸体和一只威猛的狮子。

　　可他稍一打愣，就发现完全不对，他周围的人们神色自如，步履匆匆地从他的身边走过，没有什么人理会这只狮子，根本没有人。狮子一直蹲在那里，一双眼睛死盯着前方。

他使劲甩甩头，终于醒过味来，原来这是一只蹲在门口的假狮子，并且很容易就能被辨认出来。只有他误以为真，看走了眼。他深深地喘过一口气，笑自己的可笑，这是哪对哪呀！他误认为的狮子洞，原来正是野生动物园的出口。

尽管他从陷入恐惧到缓过神来，不过短短的几秒钟，但他内心承认，他确实被这只假狮子吓得够呛，虽然是一场虚惊，但他完全当了真。这种以假乱真的恍惚情景，他不是第一次了。

他去建筑工地采访一位工头，一个民工往大厦上一指，示意工头就在上面。他向大厦的高处望去，大厦最少也有二十几层，他有些目眩。但他还是沿着木板铺成的梯子往上爬。还没有竣工的大厦仿佛到处都在颤抖，脚下的木梯发出就要断裂的吱呀声，整座大楼似乎随时会塌下来。梯子上的一些木板已经脱落，有的地方空出一块，真是吓人。他每走一步都胆战心惊。

他缓慢地向上挪步，梯子的两边竟然没有扶手，他有一头跌入万丈深渊的感觉。惊惧中，梯子越来越窄。木板很像是虚掩着铺在梯子上的，不像用钉子钉过，不小心就有可能蹬翻木板的危险。这一切让他心跳如鼓，两腿打颤，他的感觉就像踩在巍峨万丈的高山之巅，脚下的峡谷深不见底。

大汗爬满他的面容，又顺着他的脖子从后背拥在腰上，难受，他后悔这么冒失地爬了上来。此刻，他的脑子里再也没有了别的，全是不慎坠落下去的可怕镜头，一个个惨烈的场面浮现在他的眼前，任凭他如何努力也挥之不去。

他哆嗦得越来越厉害，他实在经受不住。他想，最好还是退回去，可下去似乎比上来更难。他站在原地，颤抖的双腿，一步也迈不开了，他索性蹲下来，两手扶着脚下的木板，面色苍白，很想呕吐。

就在这时，他的耳边响起一片楼板的颤动声，脚下抖得就像是大地震，整座大厦都在倾斜。他吓坏了，除了哆嗦，脑子里一片空白。待他抬起头来才发现，原来是三名工人正从梯子的上面走下来。三名工人的身影让他十分疑惑，原来楼板还是很宽的，可以并排走两个人。他往下看，他以为的万丈悬崖，原来也只有二层楼高。两边还有护网，就是真的掉下去，也不会有任何危险，哪怕就是真想死的人，也不可能在这里死成。可他明知如此，两腿还是哆嗦。

一切都是他的错觉。他缓缓神，努力站起来，尽量让自己放松。他知道，他的恐惧毫无道理，但他却无法消除这种恐惧。他反复想，自己这是怎么了，是病了吗？

很多时候，我们的内心会产生一种无名的胆怯，这种胆怯就是躺在床上，有时也会出现，莫名其妙。它是一种判断上的误差，是内心产生的自我惊厥，和对事物的过分忧虑所导致的生理现象，是我们内心的严重失调，并会让我们踌躇不前，老是怕着什么。

问题是，这并非真实的外在世界，而是我们的内心，是由我们深藏不露的内心体验和自我的损伤所造成，而不是伸手就能触摸得到的现实世界。从心理学上讲，这证明我们平时太担忧，太紧张，负担太重。我们真的缺乏好好的休息和调理。

在我们面对惊吓、疑惑、误判、担忧所造成的阻碍时，我们最好冷静下来，问一问我们自己是怎么了，我们的内心世界是否存在着某种不良，或是因为生活的挫折与重压而导致了一些内心缺陷。

四根树疙瘩

农民张宝贵，经常到山上去挖树根，目的是用来烧火，有时赶巧了也做烟袋，反正都不白挖。张宝贵挖的树根，都是死树或是被人砍伐后的树疙瘩。张宝贵所居住的山沟沟，偏僻得不能再偏僻了，烧火做饭都还是用山柴。而山上的树根根由于山石和地质的作用，长得十分特别，疙疙瘩瘩的。但张宝贵不知道它们的特别。张宝贵没有出过大山，也没有见过其他地方的树疙瘩是个什么样子，因此，他没有这个感觉。

在张宝贵住的村里，也只有张宝贵爱挖树根，说不出为啥，也许是没事闲的，也许是一种嗜好。在张宝贵挖树根的三十多年里，他挖到过四根很神奇的树疙瘩。连他这个没出过大山的农民，都觉得这四根树疙瘩实在是有些新奇怪异。

这四根树疙瘩身上长得有小桥、森林、山洞、动物和流水，就像四件天然的木雕。摆在那里，望着就新奇耐看。可惜，张宝贵不懂得艺术。

当初挖到第一根树疙瘩时，张宝贵看了一阵，回来就当柴给劈了，因为那一天家里没了柴。对于一个农民来说，首先得是顾肚子，其他的都是瞎掰。

后来张宝贵又挖到这样的树疙瘩，由于挖到的树疙瘩还是与众不同，家里又有柴烧，张宝贵就没有立即当柴给劈了。也许是一种鬼斧神工的自然力量，让张宝贵没有当即举起斧子。

后来有人进山，意外地发现了张宝贵家的神奇树疙瘩，便买了走，给了张宝贵五十块钱。把张宝贵乐坏了。他没想到，卖卖力气，流点汗水，就能换来五十块钱。这对张宝贵来说，属于天上掉馅饼了，绝对的大福大贵。一年他也挣不到几百块钱，这一下就是两个月的收入。

张宝贵不知道，这块树疙瘩在往后的数年里，被人几次转手，几次参加国内、国际的天然艺术品大展赛，价值一直滚到了十几万元。一个树疙瘩，竟是张宝贵祖祖辈辈，加在一起也挣不到的天文数字。

后来，又有人进山，买走了张宝贵挖来的另一根树疙瘩，说是作为私人收藏。这一回，对方给了张宝贵二百块钱。接钱的时候，张宝贵的手哆嗦了老半天。这块树疙瘩怎么就值了这么多钱，没把张宝贵吓死。

张宝贵不知道。这块树疙瘩要是在世上转悠一圈，又会是一个惊人的天价。张宝贵的家里还有一根和前几根差不多的树疙瘩，被丢在柴房里。张贵宝想，也许等上一年半载，说不定能买到三百或四百块钱。

张宝贵这辈子挖到的四根神奇树疙瘩，外貌都是差不多的，都是鬼斧神工般的奇。价钱也该是差不多的。可实际上不是这样，一个被翻来覆去地在世上展览，被人吆喝吹捧，价钱一升再升，到了吓人的地步。一个则是作为私人收藏，也珍宝一样，随时也可以卖个大价钱。一个却被丢在柴房里，无人问津。另一个是早早地就被他一斧子劈了，当了柴，烧了火。

天下事就是这样，同等的事物，遭遇却差得天上地下，让人无法解释。更何况还有许多更好、更绝、更精、更奇的树疙瘩埋在土里根本没人发现。

树根根的命运如此，人的命运何尝又不是如此。一样聪慧，一样能耐，一样有才干的人，天下真是太多了，有被当了柴的，有被丢在黑暗处的，也有出人头地，大红大紫的。不平等，不一样原来才是这个世界，才是生活。

但这都不重要。重要的是人要知道，我们可能是这四根树根根中的任何一种，我们有可能是被外在左右着，被人高了低了的吆喝着，也有可能默默无闻。所以，那出人头地的，被张扬得神乎其神的，万不可以觉得自己真的就是这世上最值钱的。

那被当了柴的，或被丢在无人之处的，也不要以为自己真的就不如人，更没有必要以别人的小视而小视了自己。

无论被人抬"高"了的，还是被人看"低"了的，其实都不重要，重要的是自己能否活得安然，自己能否保持住内在的本质而不受外界的忧扰。这才是大自在，大安逸。这辈子，也才是过着自己的生活。

自判的死亡

　　非洲沙漠上有一种罕见的灰兔，当苍鹰向它俯冲下来时，如果它跑出了 300 米还没有逃脱掉，它便会肚皮向上一翻，身体在一阵剧烈的哆嗦中，突然停止呼吸，自己死掉。

　　海刺鱼在遇到鲨鱼凶猛的攻击时，如果不能马上逃走，通常也会因吓破胆而自毙。鲨鱼在吃海刺鱼时，实际上常常吃的已经是一条死鱼了。这个已经被渔民和科学家们所证实。

　　因为海刺鱼是一种较为聪明的鱼。而越是聪明的动物，越能感受到威胁的可怕，甚至死亡的临近。于是它们做出了自毙的死亡，以减少痛苦。

　　这种自毙的死亡虽然罕见，但在动物中一直存在着。

　　动物在自身面临巨大的危险时，它们能凭借直觉感觉到死亡的来临。并能自我毙命。

　　人类对某种危险的预测，也能使人提前得出死亡的结论。有时还会相当的准确。尤其被无电"电"死的人，世界上已经发生过多次。

在我国也发生过这类的事件，电工在无电的高压线上工作，因为自判的触电，而当场死亡。而电线上根本就没有电。他们死亡的现象却跟真正的触电一模一样。

英国的泰尔森冰库里，曾经在没有冷冻的时候，冻死过两名工人。两名工人被无意间关进了冰库。而门又打不开，他们先是无比的恐惧，全身发抖。接着他们越来越感到来自冰库的寒冷。他们只好抓紧时间，各自写下遗嘱。第二天早上，当人们打开冰库的大门时，发现这两名工人已经死去。

奇怪的是，冰库那天是停电，正是因为没有电，门才打不开，冰库中的温度虽然比外面寒冷许多，但却因为没电而不制冷，不可能冻死人。原来两名工人都是因为自判会"冻死"让自己的心冷却到了极致。

像这类带有传奇色彩的事情，全世界几乎每年都有发生。

人一旦意识到死亡的临近，就会做出相应的反应。在极度紧张的刹那，肌体会做出与真实死亡相一致的情景。而这种自判的程度达到一定程度时，人便会自毙。可见，强大的心理作用是足以将一个人杀死的。

从心理学的角度讲，自毙也是要有先决条件的，不管是动物还是人，在如此宣判自己的时候，内心一定是悲观，消极、自暴自弃和恐惧的，是一种全方位的绝望，认赢和放弃。

人对自己的生命都会做出"死刑"的判决，那么对自己所做的事情，就更会做出消极的判定。

人在一生中，要经历很多事，之所以失败或是放弃，除了客观原因，还与人心理上的"自毙"现象有关。人由于悲观、沮丧、害怕等因素过多，而阻碍了自己，扼杀了那些本该成功的事情。甚至否定了自己的人格与智商。

因此，在这个世界上，成功更多的是属于那些乐观主意者。因为他们很少想到自己不行，很少会有那些愚蠢的念头。

所以，乐观，向上，光明，这些简单的道理，永远都是人生事业有成的基本保障。

借你一盏灯

　　琼斯是美国最著名的影视制片人之一，然而他出道的时候却非常惨痛，他制作的第一部电影，因在审核时没有通过，使他走到了悬崖边上，背上了700万元的巨额债务。

　　琼斯毫无办法，只想找一根绳子一了百了。这时从乡下到城里打工的好友普拉尼来找他。琼斯不好意思地对普拉尼说：对不起，我曾经答应过你，要为你在城里找一份工作。但是现在，我连自己都活不下去了……

　　普拉尼听了琼斯的经历后，便把琼斯拉进路边的小酒馆，谈天说地，告诉琼斯这可用不着死，他们可以回乡下，去为农场主打工，也可以去抓奖券，说不定什么时候，就能捡到一块大金砖……普拉尼的开朗，和总向光明去看的生活态度，缓解了琼斯要死的念头。

　　面对困难，普拉尼是那么轻松，他的活法是那么广阔，他愉快又欢乐的性格，深深感染了琼斯。琼斯惊讶地想，普拉尼一分钱也没有，却能活得这么开心，而自己却想着怎么去死，难道就不能开心一下吗？普拉尼的欢笑与豪爽，给琼斯的心里吹进了一丝春风，琼斯不禁想，我要能有普拉尼这样无忧无虑的性格该是多么好啊！

在那段日子里，琼斯一步也离不开普拉尼。他需要普拉尼的乐观，豪爽和简单，甚至是挂在普拉尼脸上的那种微笑。

在与普拉尼为伴的日子里，琼斯渐渐地活了过来，他的心里又被可能的希望所照亮。最少他没有再去找那根结束自己性命的绳子。

琼斯恢复了元气后，借债成立了一家小公司，并请普拉尼来当他的顾问。但普拉尼不知道自己能干什么，其实琼斯也不知道普拉尼能干什么，但他却坚决地把普拉尼留了下来。

整整十二年，琼斯才还上他第一部影片所欠下的巨额债款。这中间，公司也遇到过许多困难，琼斯为了削减开支，先后几次裁员，就连支柱式的人物也曾被他赶跑过。但普拉尼却依然被他留了下来。

普拉尼对于这点十分吃惊，他认为，真正该走的人是他，而不是那些人。

26 年过去，琼斯成为了美国影视界的著名制片商。他的身边有许多世界级的重量人物，导演、演员、制作人……最没名气的，大概就是普拉尼了。

2000 年的圣诞节上，琼斯宴请普拉尼。普拉尼望着灯火辉煌的夜景终于开口问琼斯：这些年，你身边走了那么多人，你为什么没有让我走，我对你到底有什么用处？

在圣诞夜美丽的感召下，琼斯显得更为激动，他终于倒出了自己多年的心思，真诚地对普拉尼说："你知道老兄，我从来都不怀疑我的能力，但我却是一个内心充满忧郁，很容易丢掉信心，往黑暗里走的人。我常常觉得这个世界阴郁而又寒冷。我需要光明，温暖，快乐和笑声。我需要借助一盏灯，来时时照亮自己。26年前，你从乡下来找我的第一天，我就发现，你是这个世界上最欢乐，内心充满光明的人，你凡事都往好处看，你无忧无虑的生活态度，让我惊讶而感动，甚至彻夜不眠。你在这个世界上，满眼都是太阳，什么事物在你心里似乎都能结出美好的花朵。在我最困难的时候，我最需要的，恰恰是你的这种光明和照耀，尤其在我内心结冰的日子里，我更需要用你的太阳来为我化解。你是最重要的，我怎么会把最重要的人赶走或者放跑呢。"

琼斯和普拉尼的这段历史，后来也被拍成了电影，相当感人。

在这个世界上，我们确实需要很多东西。科学调查表明，人们需要朋友的目的，不只是简单的帮忙与沟通，而是一种更深心理的需要，是一种我需要"你的影响，你的补充，你的光明"的需要。

大凡人们在交朋友时，总是愿意接触那些性格欢快、开朗、大方、坦诚，又对生活充满信心的人。

对于这一点，英国心理学家早就得出结论：作为人，有时不但会感到孤单，还会感到无望无助，甚至会去感觉黑暗。每当这个时候，人们需要的便是要借助一盏能照亮自己的灯，使内心与生活都豁亮起来。而开朗、豪迈、温暖、真挚，又笑口颜开的人，往往正是我们需要的这盏灯。

谁也不要小看这盏灯，在我们的生活里，这是一笔无形的、巨大的财富，它常常调节，甚至转变着我们的生活态度。帮我们渡过一个又一个难关，使我们的人生变得豁然，使我们有勇气不断地前行。

让我们尽量去借助这盏灯吧，为了照耀我们的生活。我们常常需要这样一盏灯！

看不见的"含量"

　　埃及有一种草编画，是把宽草叶子裁薄，编织成画布，然后在上面画上图案。不少外国的艺术家都去学习过。然而无论如何也无法达到那个标准，大家都不知道是差在哪里，最后只好放弃。草编画至今还是属于埃及一家的。

　　中国的京剧，外国人来学习的不少，三年五载，学得认认真真，能把老师累死，可顶多也就学个半瓶子醋，上台迈脚，总也不对路数，唱腔也不是那味儿，真是天下一大无奈。

　　日本人生产的汽车，程序上与各国的程序没有任何不同，也是先出散件，然后再组装。各国为了省钱，向日本人提出自己来组装。可由各国组装的日本车，却怎么也比不上日本人自己组装得精良。

　　各国就去日本学习组装技术，却看不出有什么可学的明堂。组装机是一样的，都是日本产的，程序也是一样的，就连日本工人的动作也与各国工人的动作没有什么不同。然而大家回国后，组装的汽车还是不如日本人。20世纪70年代，大家都说日本人滑头，藏着技术不露。日本人听了喊冤，甚至发表声明，告之天下：日本人什么都教了。绝无一点隐藏。

很多年过去，英国科学家提出了一项见解，那就是看不见的"含量"。

看不见的"含量"，影响着同一事物的不同结果。比如，无论是草编画，还是组装汽车，甚至包括外国人学习中国的京剧，是不同的文化背景，人文素质，甚至是各自的世界观与潜意识起着决定作用。而在事物的表层，这些因素却是无法洞见的。同样的表象，内含的差距却有着天壤之别，甚至是致命的。

在草编画的制作中，埃及人的大脑里，始终装满了古埃及的文化与传统艺术，血液里流淌着尼罗河两岸的原始风情与古寺院的神雕巨石，根本不是在手上。指挥他们双手的，是一种博大的民族韵味，而没有这种根基的另一双手，模仿得再像，也存在着巨大的差距。

日本人造汽车，同样只有日本人自己知道是怎么回事。有人说，日本人的机器，外国人过手就完。这话虽然有点夸大，但也说对了一半。看似只是换了一下手。然而换下手，内含就被换了。看似一样的动作，却成了两码事。

一个雕刻艺人，带着两个徒弟，教得刀法都是一样的，两个徒弟所做的木雕，大小、方正，外观的尺寸与花纹分毫都不差。但两件作品被摆在那里时，许多人还是一眼看出不一样来，一个笨劣，一个清秀，一个活脱，一个呆板。差别到底在那里，同样是看不见的含量在起作用。是内心的诸多尺寸把两件作品分开了，使它们在同样的尺寸上有了远近高低，有了值钱与不值钱。从而又派生出艺术家和一般工匠的区别。一个被举为大师，一个可能连饭都吃不上。

民间有"换手如换刀"的说法。就是这个意思。

科学发展到今天，世上许多领域都已经无保密可言。然而同样的产品，同样的技术，仍然存在着很大的差别。正像有人提出：东和西到底有多远一样，其实这是一个心智的问题。心智差多远，东和西就差了多远。

日常生活中，人们能看见的因素永远都是有限的。众多看不见的"含量"，才是决定某类事物或某项艺术高低的最终因素。

美国人为此做过一项实验，集中二十位不同国家的工人，发给他们同样的模具，打造同样尺寸的铜砖，这项工作不需要任何技术。然而二十个人打造出来的结果，还是不一样的，还是有高低之分，还是有不同的审美趋向。看不见的"含量"，永远决定着我们生活的质量和做事的差异，而不在那些分毫不差的尺码和工具上。

一张床垫

这是一个真实而又神奇的故事，发生在美国。

美国人汤姆搬新家时，准备换一张新的床垫。汤姆去了一个叫"蓝森林"的家具店买床垫。汤姆买的床垫是出于美国最知名家具厂之一的"美乐厂"。床垫的质量与价格都是美国一流的。在社会上很有声誉。

汤姆买床垫的那天，按规定，先向家具店交付了 200 元的订金。交付后，他便高高兴兴地回家，等着商店送货了。谁也没有想到的是，汤姆那天却出了大事。汤姆在回家的路上遇到了不幸。路边的一辆煤气车突然发生了爆炸，汤姆的车子被炸翻了。他被送到医院时，已经人事不知。几天后，他仍然没有脱离危险。

而这时已经到了家具店给汤姆送床垫的日子。家具店自然不知道汤姆的这一情况。当家具店把床垫送到汤姆的家里时，打开门的人却是一副不知所措的样子。他说他从来没有订过什么床垫。对送床垫一事，他感到莫明其妙，他也不是汤姆。

送货人对照订单上的地址却一点没有错，就是这个小区，就是这个门牌。但房子的主人却坚持说送错了。户主对于此事一无所知。这里也根本没有一个叫汤姆的人。

事情百思不得其解。家具店只好将床垫拉回了店里。老板心想，如果是什么地方出了差错。这个叫汤姆的人一定会回来找的。他毕竟已经交付了二百元的订金。

谁想，这时的汤姆却已经被医院宣布成了植物人。他的家人也不知道汤姆已经预订了一张床垫。至此，事情全部中断。

"蓝森林"家具店是一家严守合同，为顾客着想的老店门。他们不但没有因为这张床垫无人来取而感到是个便宜，反而陷入了困境。他们在店门口张贴了广告，又在当地的报纸上发布了消息，寻找汤姆。希望知情者能提供有关汤姆的线索，将床垫领走。

然而汤姆的处境，使他的家人根本没有时间看什么报纸。他的邻居们更想不到，出了如此不幸的汤姆，在这之前还订购了一张床垫。事实上，这已经被宣布成了一桩无头案。

然而家具店和生产床垫的公司都一味地坚持，一定要等汤姆来领床垫。这是一个信誉和诚实的问题。做生意怎么能不讲诚信呢。多年来，无论是这一个店家，还是厂家，他们一直都严格信守着自己的经营承诺。为顾客所急而所急，为顾客所想而所想。

但事实是，汤姆却不能来领床垫了。一切石沉大海。

汤姆订购的床垫放在家具店里一年了。依然没有人来认领。汤姆的床垫在店里放置两年了……还是那个老样子。又过了两年，厂家已经不再生产这类床垫了。汤姆还是没有来。

这中间商店和厂家为这张床垫又交换过几次意见。双方商定还是留下这个床垫。虽然事实上也许根本不可能有人来认领这个床垫。但道义上，他们仍然选择了信守诺言的做法。因为他们是美国知名的厂家和商店。

就这样，这张没有人来认领的床垫被店家挪来挪去，虽然很占地方，但却没有人说什么，也没有人对这种看似有些愚蠢的做法提出任何非议。诺言和诚信有时确实也会耽误事情，甚至显得刻板。

其间，家具店换过两次老板。接任时，前任都要领着接任者走到这张奇特的床垫前，说明几年前发生的情况。接任者也像他们的前任一样，信守诺言。每隔一段时间，他们就会照样拿出一支粗笔，把床垫上那几个已经模糊了的大字再描上一遍："订购人，汤姆。"他们并不是死板的要等待汤姆，而是要把这件事作为信守合同的一种责任让自己牢记。这就是"蓝森林"家具店的为人。笨拙得让人感动。

谁想，七年之后，奇迹发生了，成为植物人的汤姆苏醒了。汤姆的苏醒是作为医学界的一个奇迹被媒体争相报道的。电视、报纸上都登出了有关汤姆起死回生的消息。这时的汤姆已经不记得从前的事了。毕竟已经过去了七年。但离他最近的一件事他还是回想了起来，那就是七年前，他是在订购床垫回来的路上出了事的。

家具店惊奇地得知这一消息后，急忙去医院找汤姆。原来七年前，是汤姆把订货单上的地址写错了，把一区写成了七区。一区和七区相差了五里地。怪不得床垫永远也送不到汤姆的家。

七年之后，家具店终于把汤姆订购的床垫送到了汤姆的家。店家是作为汤姆康复回家后的一个礼物，将床垫送去的。这件事在全美引起了强烈的震动。床垫厂商与家具店的信誉让人深深感动，他们没有宣扬地默默坚持了七年。整个过程平凡得让人流泪。

汤姆回家的那天，许多市民跑到街上，他们一定要抬一抬，摸一摸这张神奇的床垫。人们硬说，汤姆的苏醒与这张床垫肯定有关。他们不但认为汤姆的苏醒是一个奇迹，同时更认为，这是家具店七年来对汤姆的深切召唤。是上苍不肯放走汤姆，一定要让他睡一睡这张床！正是这种真诚的力量，才使事情有了今天如此圆满的结果。人们宁肯忽略原本的事实，而更相信上苍和精神的作用。

许多报纸为赞扬家具店的这种美德，不惜版面，长篇报道，一致认为，就是这张床垫，默默坚守，等待了七年，才感动了神灵，使汤姆重返人间，得以新生！

就连美国当时的总统里根，看了报纸，也激动地跑到一家新闻中心，去大加赞扬。肯定地说：真诚，一定会感动上帝！真诚，一定会让神灵显现！

努力去够

　　美国的天堂动物园里，新去了一个喂河马的饲养员。老饲养员给他上的第一堂课，让他有点接受不了，摸不着头脑，听起来也确实有点离奇。老饲养员告诉他："不要把食物放在离河马过近的地方，不要怕它饿着，以免它长不大。"

　　新去的饲养员听了这话，十分纳闷。心想，世上怎么会有这种道理。为了让动物长大，而不要把食物放得过近。他和朋友们说了老饲养员的话，大家也十分不解，不知内中原因。

　　新饲养员没有听老饲养员的话，他甚至认为老饲养员的话不大对，为了证实自己的想法，他拼命地喂这只河马。在河马前，堆满了食物。人们无不感到他的仁慈和善意。

　　但两个月后，他终于发现，他养的这只河马，真的没有长多大。而老饲养员不怎么喂的那一只，却长得飞快。他以为是两只河马自身的素质有差别。

　　老饲养员不说什么，跟他换着喂。不久，老饲养员喂的这只河马，又超过了他喂的河马。事情使他大惑不解。

老饲养员说，你喂的那只河马，是太不缺食物了，反而拿食物不当回事，没有饥饿感，根本不好好吃食，自然长不大。我的这一只，食物总是在他够不到的地方，他总是在食物缺乏中过生活，因此，它才十分懂得珍惜，每天拼命地去够着吃。因此反而很能吃，很爱吃。

日本的一家动物园里，一位常年喂养猴子的人，不是将食物好好地摆在地上，而是费尽心思，今天将食物藏在石头缝儿里，明天又将食物藏在树洞里，猴子们总是很难吃到。正因为吃不到，猴子们反而想尽了办法要去吃，要去多吃。猴子整天为吃而琢磨，后来终于学会了用树枝努力地去够，把东西从树洞里够出来吃。

别人都很奇怪，对养猴子的人说，你不该如此喂养猴子。

养猴子的人说，这种食物是很没有胃口的。平时，你真给猴子们摆在跟前，它们连看都懒得看，怎么会去好好吃呢。你只有用这种办法去喂养它们，让它们很费劲地够着吃，它们才会去吃。你越是让它们够不着，它们才越会努力地去够。是珍惜使不好的东西变为了好东西。

养猴子的人与养河马的人，从日常生活中都发现了一个真理，就是要让动物们学会去够，只有努力去够的东西，动物们才会当成好东西。

人其实也一样，生活中有许多我们并不需要的东西，但就是因为我们够着困难，我们才会去珍惜，才觉得它的贵重。天下有许多事，一旦容易了，就等于了过剩，人们就会抛弃它。它的原有价值就会被大大降低。

人世间，什么是最好、最宝贵的？解释有多种多样，但有一条是最准确的，就是那些离我们最远，又最难够得到的东西，才会被我们视为最为宝贵的。

　　对一切够不着的东西努力去够，是人类的本性。这种本性，也正是人类智慧得以不断延续下去的奥秘所在。

赞助的故事

20世纪80年代初，我调到文化馆。那时小城里的文学创作如火如荼。我们的文学部每日迎来送往，很有意义。

为了鼓励全县的文学创作，我们准备找一些赞助，搞一次文学评奖活动，大约需要2000块钱。20世纪80年代初，2000块钱真是一个大数了，能办许多烁眼的事。为此，我几乎把小镇上的企业翻了个遍，然而却一无所获。

我决定到更远的地方去看看。是坐长途车，到一家钉子厂。遗憾的是，那天厂长偏又不在。躲着我们的可能十有八九。

我失望地走回长途车站。那是七月，酷暑难当，全身都是汗水。我躲到路边的树荫里。就在这时候，我意外地遇到了一个靠一把瓦刀到处找活干的人，言谈中，他告诉我，他竟是一个搞企业的小老板，他知道我是来找赞助办文学评奖的，他竟毅然决然地表示要帮我解决这2000块钱。

我很吃惊，没有放在心上，不料几天之后，他真的将2000块钱送到了文化馆。

我很感动。问他有什么条件？他说没有，他说他如此的做法只是因为他也喜欢文学。我让他把作品拿来，登在我们的地方小报上。

他说他写得很差，拿不出手。我说，就是把墨泼在纸上，我们也会发的。但他却没有拿来稿子。过后我才知道，那时他的企业相当困难，负债累累，他拿来的2000块钱原来是动员朋友赞助的。得知这一切后，我的心里很不好受。

那一次的活动，我们搞得十分热烈，还请来了不少名人和编辑。对于振兴地方文学创作，起到了无法估量的作用。多少年后，我们还记着那次热烈的活动。

我十分感谢这位朋友为我们找来的赞助。我们小报的全体编辑表示，只要他把作品拿来，无论何时，我们都会发出来。哪怕是给他改。然而，他却始终没有来过。

一晃十几年过去，这中间，不知发生了多少事。许多人都放下了笔，我们地方的文学队伍，也从当初的几百人，剩到了几十人。文学被边缘化。而边缘化的东西，更需要社会上的赞助，然而这时去找赞助，更成了一件难事。

那天有人打来电话，说是写了一组诗，想让我看看，我极力在脑子里搜索他的名字，猛然间想起来，就是他！十多年前曾为我们的文学活动拉赞助的那位朋友。然而十几年过去，我们的小报已经因为经费的紧缺而停办了多年。

尽管我们没有了小报，但我还是坚持让他把作品拿来。他把我接到他的公司，他已经做了经理，是大老板了。他的诗整整齐齐地打印出来，放在我的面前，虽然简单了些，但每一句都充满了激情。

我们彼此询各地问了这十几年中的情况。他说他很喜欢我发在各地报刊上的那些小文。还说要是出成集子就好了。我说出版社怕赔钱，这类书出得很少。我是顺嘴而出，绝没有求助他的意思。想不到，他却主动提出要为我们赞助，帮我们出一套像样的书。

我很惊讶，完全没有料到，想不到十几年过后，再次见面的时候，他又要为我们赞助。我说，现在我们连小报都没有了，无法为你发诗。他笑了，说他只是一种热爱！

只是一种热爱。我深深地记住了。

他又主动地为我们赞助了。这次出书，我们没有找名家写序，而是请他写了"开头的话"。我觉得这样做大概更真诚，更亲切，只要打开书，我的心里就充满了一种爱的潮涌。

赞助，在这个世界上，多少事需要赞助，孤儿、残疾人、上不起学的孩子、身患重病而无钱的就医者，还有我们的文化和一切公共事业。

赞助，它包含了人类的一切仁慈，善良和友爱。如果没有这种爱，生活将会减少多少有价值的内容。从此，每看到一次赞助的场面，每听到一件赞助的事情，我都会深深地被它感动。并想起为我们两次赞助的这个好人。

黑　痣

从懂事的时候起，他就开始注意自己脸上的那颗黑痣了。痣正好长在左脸的中间，黑黑的，圆圆的，十分的显眼。他自己早已经看惯了。不过，在一天天的懂事的过程中，他从其他孩子的眼睛里，还是发现了大家对这颗痣的异样。

的确，这颗痣长得太不是地方了，竟然长在了脸的中间！自从他自己开始注意这颗痣，心里便感到了一些别扭。于是，他开始用手经常去抠它，希望把它铲除。然而除了红肿发炎，并无一点作用。

上学半年，同学们就给他改了名，叫他"大痣"。自然是源于他脸上的这颗黑痣。再后来，孩子们干脆就叫他"大黑"。指的也是这颗黑痣，怎么像是狗的名。脸上的痣，终于让他生出无限的苦恼。

一晃，他的人生进入了青春岁月，一个漂亮的女孩儿渐渐地占满了他的心，他的感觉虽然朦胧，但滋味却美。一天，他和女孩聊天时，发现女孩子的一双大眼睛紧紧盯着他脸上的这颗痣，他心里陡然一颤。终于小心道："没办法，爹妈给的。"

女孩儿忧忧郁郁地说："长在脸上的痣，不吉利，如果长在嘴上，就不一样了，那就是福分！"

他很想去掉这颗痣，可那时人都很穷，能去掉痣的医院也很少，价钱又很高。他怎么掏得起钱去整这个痣。

于是，他竟冒着风险，拿起了一把小尖刀，对着镜子狠狠地挖起了脸上的痣，血水顺着刀子流下来，半边脸血肉模糊。黑痣终于被他挖掉了。他不知道自己干了多愚蠢的事！

次日早上，他带着伤口去上班。黑痣的地方被一块纱布紧紧地盖住，一剜剜地疼。他去病院，大夫说，千万不能再胡来了，你知道这有多危险吗！弄不好，会死人的！他才心中一惊。

不过他想，等伤口好了，他的脸上就会同别人一样光滑滋润，再也不会有什么黑痣。

谁想，随着伤口的愈合，肉皮里又渐渐生出黑点，原来黑痣也是随着肉皮生长的。其结果比以前更糟，新长出的黑痣更大，颜色更深。他惊呆了，后悔不已。从此，他再不敢动这颗痣了。去不掉的痣，在他心里竟成了一块心病，以至让他在整个青春期里都变得忧郁寡欢。还好，他总算找到了女友，并且结了婚。只是妻子同样常常提起他脸上的这颗痣。而且每次都把这颗痣归于他的人生弱项："也就是我不嫌弃你吧。"妻子和他拌嘴时，总会这样说："就冲你脸上的这颗黑疙瘩，别的女人也不会看上你！"

黑痣，有时竟成了他人生的一个"污点"，这是多么不公平的事情。

随着社会的发展，市场上出现了许多去痣的药品，美容院也可以做割痣的手术。为此他花了数千元。但是邪了，别人脸上的痣都能去掉，唯有他脸上的这颗痣，总是去了再长，长了再去。他终于灰了心，彻底地放弃了。他想，也许是自己上辈子造孽，老天就是要在他脸上整点标记。

大约在35岁的时候，他开始升迁，从科员升到了科长，以后便一发而不可收，很快他又升为了副处……

一天，同事望着他脸上的黑痣道："怪不得，原来你脸上长着一颗福痣。就凭这颗痣，你命里也该有福气！"他听了一愣，从小到大，这是第一次有人夸奖他的这颗痣，并把它说成是福痣。他从来没有为这颗痣高兴过。他第一次对着镜子，望着这颗黑痣露出了微笑。福痣，真的吗?!

后来，他在不同的年份里，又遇到一些好事。人们都说："是你脸上的福痣给你带来了好运。就冲你这个痣，今生今世，你也必是有福之人！"

他腻烦了半生，苦恼了半生的这颗痣，竟然变成了一种福分！连妻子也转变了看法。全家人出去吃饭，妻子总是把饭店给的有奖发票递到他的手上，说你来刮，你脸上有福痣，比我们要幸运！他听了心里美滋滋的。

"福痣"，他从此变得爱照镜子，爱看自己的这张脸了。也从此变得对生活更有信心。自从这颗痣被人称作福痣以来，他的心情和精神状态似乎一天比一天好。喜悦的日子也总是多于郁闷的日子。一颗去不掉的痣，前半生给他的生活带来的是无尽的烦恼，后半生却给他带来莫大的愉快。实际情况到底怎样，这颗痣到底是一颗倒霉蛋，还是一颗闪闪的福星，其实谁也说不清楚。

人，大多数时候都是人云亦有云，听别人说如何，就以为是如何。没有谁去考证过一颗痣，到底是福是凶。

只是天下事，好好坏坏，往往都是取决于人们的不同看法，不同的看法给人们带来的又是完全不同的心态。

努力去接受现实，把不愿意的变为愿意的，把不顺眼的变为顺眼的，把不吉的念头变为对吉祥的等盼。让心和命运一起相安。这，大概就是我们全部福分的奥秘。

忌　讳

　　九岁的时候，他就知道樱桃和牛奶一起吃，是相克的。这是姥姥说的。姥姥说一起吃是要坏胃的。他这样吃过，果然胃里很不舒服，从此，他记住了樱桃是不能和牛奶一起吃的。

　　也是从小的时候，他从童话书里知道，听到乌鸦叫，便不会有什么好事情，乌鸦是不吉利的。于是，他从小的时候，就恐惧乌鸦。大了，每次看到乌鸦，他都赶快地躲开，最好不要听到乌鸦的叫声。可是许多次，乌鸦还是叫了，躲不开的。接下来，他一准会遇到倒霉的事，灵得很。因此，他见不得乌鸦。听不得乌鸦的叫声。这已经有很多年了。

　　他还知道，人的性格也是相克的，他不能和狮子星座的人打交道，那样会很不愉快。他留心过，无论工作，还是生活中，狮子星座的人总是跟他不对付，别别扭扭的，极容易发生冲突，无论是对事物的观点，还是做事的方法，彼此都不相容。因此，他不喜欢狮子星座的人，平日尽量避免和子星座的人打交道。

像许多人一样，他的心里还有一些其他的忌讳，并成为他生活中的原则：凡是遇到这些忌讳的事，他都避而远之，小心对待，如同水火不容。

直到 26 岁那年的夏天，他和女友在一起吃冷饮。女友说，我最爱吃的就是樱桃泡牛奶。他瞪大了眼睛，惊叫一声，那是相克的，吃了要坏肚子的！女友却轻轻地一笑，说哪儿的事，我从小一直吃到大，味道非常好，是健胃的。

真的吗！他迷惑地看着女友把樱桃和牛奶一起吞下肚去。整整一天，他都有些愣神。因为这是自己二十几年中的忌讳。那天，在女友的要求下，他不得不试着又吃了一次樱桃泡牛奶。他一直等待着出事，可是没有，他的胃没有任何不适，真是怪了。

订婚的时候，他和女友出国旅行，第一站是日本，想不到第一天，他就遇到了乌鸦，不只是一只，而是一大片，他看到的时候已经太晚了，乌鸦就在他们头顶，大片大片的盘旋，一声接一声地叫着。

他听得失神落魄，心情真是糟透了，这预示他一定要倒霉：会不会是订婚不成，女友要和他分手呢？他在心里寻找着那些可能的，可怕的各种不测。

日本导游却高兴地指着头上的乌鸦说，你们一定有喜事临门。说这地方，很少有乌鸦，今天怎么飞来这么多乌鸦，一定是来报喜的。原来在日本，乌鸦叫是最吉利的事情。日本人都喜欢乌鸦，最爱听的就是乌鸦的叫声。乌鸦一叫，便预示着好事登门，福星高照。他听了百感交集。不知道是该信中国的乌鸦，还是日本的乌鸦。那几天，什么事都没有发生，尽管他心怀忐忑，但旅行还是非常愉快的。

他忍不住，把心中的忌讳，讲给女友，就像倒出埋在心底多年的隐私，是让女友替他判断。乌鸦的叫声到底是好是坏。

女友倒简单干脆，说：信则有，不信则无。就看你自己怎么想了。

也是那次，女友对他说，我还知道你的一个秘密，你不喜欢和狮子星座的人打交道？他说，是的，我和狮子星座的人打交道总有问题，没法融合。女友笑说，你从来没有认真看过我的身份证。你看看，我就是狮子星座的。

他接过女友递到眼前的身份证，大吃一惊，原来女友就是狮子星座的。

女友道：为了瞒你，我告诉你的生日，往后推了一个月。你看怎么样，可以和我打交道吗？

他傻了，二十几年中，他心中存在着各种各样的忌讳，它们就像一道道墙，阻碍着他，困扰着他，制约着他，让他每次面对这些问题时，就会止步不前，不战自退，甚至不用去尝试就被打败。他愣在那里，是愣在自己二十几年的羁绊中。

在这个世上，人人心中都有一些说不出来的忌讳，就像每个人心底的小秘密，很深很隐蔽。人们遵守着它，受着它的制约，一生一世，就像迈不过去的一道坎。忌讳的形成，会造成心理的阴影，似尘封的冰块，终年不化。只有当你不再把它当回事时，阳光才能尽透，暗影才会被溶化，从此，它才不会妨碍你，折腾你，约束你！

变心术

  罗斯福生命垂危，被送到医院时已经昏迷不醒，经查是患了急性心脏衰竭。医院提出一个大胆的设想：换心！罗斯福家人经过紧急的磋商，在手术单上签下了"同意"二字，将罗斯福的生死交给了医生。医生们开始为罗斯福换心。

  换心术在世界上极为罕见，成功的例子更是没有几件。况且罗斯福已经是 67 岁的老人了，医生的口气让罗斯福一家人知道，手术成功的可能性并不大，但如果不做这个手术，罗斯福必死无疑。同意医生的做法，是罗斯福家人没有办法中的选择。就是没的可选！

  手术开始，罗斯福一家人焦急地守候在手术室的门外，手术整整做了十个小时。罗斯福被推出了手术室，奇迹出现，罗斯福活着！罗斯福一家人谢天谢地！这真是天大的造化了！

  然而罗斯福能活多长时间，却无人知晓。谁想，在往后的时间里，罗斯福身上的奇迹不断地发生，一个月后，罗斯福可以下地走路了，两个月后，他可以做一些简单的事情。半年后，罗斯福的情况竟然比好人还好！比年轻人还好！奇迹，事情轰动了半个纽约。邻居们走在街上，都对他指指点点，议论纷纷。说，看，怎么会，不可能的事，他都67岁了，而且换了心……然而事情就是这样。罗斯福的身体比谁都好！

八个月后，奇迹再次发生，罗斯福要报名参加一项爬楼比赛，谁劝他都不听，就真的参加了比赛。得了老年组第五名。十个月后，新的奇迹再次诞生，罗斯福的一头白发全都没有了，变成了"黑发童颜"，小伙子一样，同时行走如飞，全身像是有使不完的劲。67岁的罗斯福开始返老还童！

事情让纽约人惊讶不已，记者们蜂拥而至，争先报道有关罗斯福的消息。67岁的罗斯福，神采奕奕，站在镜头前，言谈举止简直就像一个四十几岁的中年人。不错，就连他的家人也同样费解，相当的吃惊。

从换心术到现在，时间不足一年，罗斯福就不再是那个原先的罗斯福了。他的家人甚至怀疑，现在的罗斯福和过去的罗斯福是不是同一个人？会不会在手术时被换了一个人？事情是不是在什么地方给弄错了。当然这只是怀疑，猜想。不过，罗斯福的妻子暗中却认为，这不像是自己先前的那个丈夫。他的女儿们也怀疑这不是自己的亲生父亲。总之就是不像。

事情不能怨罗斯福一家，手术后的罗斯福，除了外表的特征变化以外，更大的变化是他的内在性格。一个人的性格是很难改变的，而罗斯福就是变了性格。罗斯福家人背着罗斯福常在一起嘀咕，到底是发生了什么事。

罗斯福是一个牧师，一生都在为众人做着答疑解惑的工作，劝导众人如何正确地生活。因此他谦和、友善、诚实、平易近人，总是一脸微笑。

可自从他换心以后，一切都发生了改变。一向为人师表的罗斯福，常常像个孩子，极爱冲动，感情用事，有时还不讲道理，不但喜怒无常，还缺乏自我克制，常与家人争吵不说，每天还要发发脾气。

开始，妻子和女儿对外人还隐瞒着这一切，但不久，罗斯福就因为一点小事与街坊吵了起来，闹得不可开交。

罗斯福是在60岁时离开教堂的，以后便一直在社区工作，想不到换心后，他却跑到教堂无理取闹，说他有的是精力可以重返岗位。这还不算，他竟然开始嫌弃自己的妻子太老，太丑。仿佛他真是一个刚刚长熟的小伙子。不错，出门遛弯儿，他大步如飞，妻子根本追不上他。不但如此，他的许多举止都不像是一个67岁的老人，他竟然和自己的孙子抢烤薯片，抢玩具熊……总之，一切都不对了。

罗斯福的家人再也忍受不了换心后的罗斯福，他们请来心理医生，强迫罗斯福到医院去检查。家人暗中议论，现在的罗斯福，会不会是那个被换了心的青年死者的化身，他们怀疑现在的罗斯福是神鬼附体。

罗斯福家人的怀疑是有道理的。

目前，全世界被换心的人有100多名，其中一多半出现了像罗斯福这样的现象。这种事例不仅只是罗斯福一个，被换心后的人，一般都会变得怪异，性格矛盾。许多习惯都与以往的自己有很大的不同。

医学界也有数据说明，换心时，死者带血的心脏被带入换心者的体内。青年人的血液在换心人的身上依然起着作用。周而复始，一般情况只有等青年死者的血液被彻底消耗殆尽后，换心人才能恢复自己的本来面目，回到那个原本的自己上。如今许多科学家还在研究这项课题。

经过两年左右的时间，罗斯福身上的奇异特征渐渐地消失了。罗斯福又回到了以前的那个罗斯福，他温和、善良，对任何事都有耐力。他的头发又白了起来，他又是一个老人，一个很好的牧师了。

罗斯福自己同样奇怪，两年来，自己怎么能变得脾气如此暴躁，作为牧师，他难道不懂得谦让与克制吗，他几乎懂得所有做人的道理。他天天做的工作就是劝导别人怎样做人而不犯错误。可是，在那段日子里，他身上的怪脾气，和大大小小的错误层出不穷。难道他还不够成熟吗，他已经活了60多岁啊，他最大的收获就是知道该怎么生活。谁想，他一生练就的功夫，几十年里的刻苦修养，竟然抵不过一颗年轻人的心。

换心，竟然把他的一切都换掉抵消了，这让罗斯福深感惊奇。

很多人研究罗斯福，他们从罗斯福的身上发现了一种奥秘，生活中的道理，也许并不能真正主宰生命的本体。人类的生命并不是靠着理论来行事的。生活的本源才是生命的动力。我们的许多观念，许多认为，也许都过于偏执，过于强求。

生命，自有其本质的玄妙发展，在某一个年龄段，并不是以神圣的说教就能够约束的。

作为一名牧师，罗斯福从自身的变化中，对以往"应该怎样生活"的教义有了更深入的了解。他曾对自己人生的许多错误深深地感到懊悔和自责过。现在他才醒悟，那原来就是生命的本真，不可改变的"命运线"。既然如此，也就完全用不着去懊悔和自责。也许，那样的"错误"才是成长的过程，过于纠正不一定全是对的。

通过换心体验的罗斯福，似乎对生活有了更深彻的认识，他开始活得更加轻松，更加从容，更加理解和尊重那些在自然进行中的每一个生命状态，他对前来做祷告的人们也就更加宽容，更加体贴，更能合理的引导众生。

前来请教罗斯福答疑解惑的人，也就更多了，甚至他离退休时的那个教堂，也常请他回去，给人们讲解《圣经》。因为他讲解的《圣经》比任何人都更为透彻和有感想，也更贴近每一个人。

灶　台

　　大概是在农村住过几年，很喜欢农家里的灶台，离开农村后，农村中的许多景物都成了我记忆中的怀念，其中灶台给我的印象最为温暖和深刻。每当柴草点燃，那股特别的气味便会弥漫着整个农家人的生活，让人心醉！

　　在旧日的农村，每家每户都会有一个大大的灶台，这是农村人生活的一部分，没有人能够离开灶台。灶台是用砖和泥巴砌成，一口大锅坐在上面，这样便可以生活了。

　　在乡村，你不可能闻不到柴草的气味，那就是从灶台里发出来的气味，整个乡村都弥漫着这种气味。不管村人的生活多么艰难，多么拮据，只要灶台烧起来，一切便可以好转，一切便可以度过，一切便有了希望。灶台，它蕴含着一种安定，一种祥和，一种温暖。

　　灶台的烟囱一般都是通着土炕和墙壁的，冬天，火焰通过灶台，寒意便会被驱散，屋里便会暖和起来。屋里暖了，人便暖了，整个岁月便都暖了起来。人躺在炕上，听着窗外呼啸的风声，会有一种异样的、安逸的体验。

灶台，在乡村是那么重要，过去的日子穷，有些农家里什么都没有，但不能没有一个灶台。只要有了灶台，村人的心里便有了奔头。只要灶台燃烧着，人们便会坚信，日子一定会好起来。

在农村，灶台一般都在设在堂屋里，就是一进门的地方，像是一家之主，左右着农人的日子。因此，灶台在一个家里，绝对是在首要的位置。盖房子时，一定要把灶台砌好，灶台的内堂不能大太，也不能太小，而灶台的进火口，更是要砌得科学好用，正因为如此，砌灶台，在农村就是一门特殊的技术了，很讲究。

家里有一个好用的灶台，日子也就有了一种顺畅。没有什么都不要紧，但得有一个好用的灶台，有了好用的灶台，人们的心里便有了踏实，一家人守着这样一个灶台，就是再苦再穷，也像是守着一种企盼，一种幸福。

在农村，灶台有大有小，这要看锅有多大，人口有多少，人口多的人家则是一口大锅，人口少的人家则是一口小锅，灶台也就因人而异。有时人口添得多了，灶台还要扒掉重砌。有时灶台烧得时间久了，还要清理灶灰。

那时我在农村，做饭烧水，用的就是灶台。烧灶台时，柴草不能添得太多，也不能添得太少，这是很有学问的。大火添多少柴，小火添多少柴，也是一种功夫，没有烧过灶台的人，是掌握不好的，什么时候掌握好了烧灶台，什么时候也就有了过农家日子的经验。

那时每当下班回来，看到妻子蹲在灶台前，看到灶台里熊熊亮亮的柴草火焰，心里便有了一种暖热，一种回到家的感觉。歇开锅盖，会飘起一屋子的热气，幸福便像饱和了一样，尽是味道。

后来离开农村，感觉城市人做饭，总没有农村人的那种丰富，像是少了什么。

我爱吃在灶台的锅里贴的黄饼子，爱吃在灶台的锅里炖的小黄鱼儿。那是城市里的煤火绝对做不出来的味道。

在冬天，为了把土炕烧热，有时不做饭，也需要点燃柴草，火上做着一大锅水，把灶台里添满了柴，躺在土炕上，听着锅里的水声哗啦啦地翻滚，鼻子里充满了柴草的味道，让人有一种甜蜜的感觉。身下是舒舒服服的一股暖热，整个的家，整个的世界就都暖和了起来，整个日子也就都美了起来。

离开农村许多年了，我还常常怀念那种拥有灶台的日子，尤其是在一个人孤零零的时候，尤其是在内心感到寒冷的时候，我总会想起灶台中的那种柴草味道。

这些年，每当路过农村的时候，一定会想起灶台，这是自然而然的事。每次走进农家，都会情不自禁地留心门边上的灶台。那种因为有了灶台而特有的生活，让我感到惬意。每当远远地看到村落的上方飘起炊烟的时候，我的心里便会被一种安详，踏实的情绪占满，并会驱走心里漂泊无靠的感觉。

尤其是在情绪焦虑，心情烦乱的时候，灶台的气味，袅袅的炊烟，都会让我感到慰藉。灶台，说来简单，但在我的心里，永远都是一个美好的，意味深长的记忆。

只要有一次机会

　　印度的米西川矿山很难生长植物，因为它满山都是坚硬的铁矿石，几乎没有土，但唯有尖叶草是个例外，尖叶草就生长在铁矿山上，这让所有人感到惊奇。据当地人说，尖叶草只要有一星星泥土，就会想方设法抓住机会，生存下来。

　　我的邻居前年去印度，回来后的第二天早上，突然异常兴奋地敲开了我的门，手提一只鞋子，满脸惊奇地往上一举，说：你看！真是名不虚传，我的鞋底竟然长出了一棵草，这是印度的尖叶草……

　　我仔细端详，真的，邻居的鞋底下竟然生出一棵像绿豆芽儿一样的小青草。

　　原来朋友去印度时，爬过米西川矿山，那天正赶上一场秋雨，因鞋子脏了，他便将鞋子包在了塑料袋里。也许是鞋底沾了一点点土，顽强的尖叶草竟然找上了这只鞋子，在鞋底下生根发芽，孕育出了自己的生命，真是名不虚传，只要给它一次机会……

这使我想起 20 多年前，我在西部沙漠中遇到的同样一件奇事，那个小村叫塔尔巴，靠近塔尔巴沙漠有一种植物叫苦艾草。苦艾草能在高达五六十度的气温下存活，这让我很惊讶。关键是沙漠中几个月，甚至半年都不会下一次雨，没有水，它靠什么生存。当地人告诉我，苦艾草从叶子到根，都是天下存水的最好植物，它的全身都似海绵状，存水的本领达到了极致，不要说半年下一次雨，就是一年下一次雨，它也足以可以抓住机会让生命释然，活得灿烂。

　　就是那一次，我离开沙漠时，当地人给了我一些苦艾草的种子，说它补肾壮阳，很有药性。我没有在意，把它放在一只信封里，又装进纸提包。谁想，上飞机时不小心，饮料正洒在提包上，装苦艾草的信封也给阴湿了。回到家，我打开早已风干了的信封袋，顿时，我的眼睛瞪得老大，让我大吃一惊的是，信封里的苦艾草草种竟然已经长出了一层细芽儿，它们竟然成活了！而这只是因为我不小心洒上去的一点饮料，饮料也只是阴湿了信封。

　　当地人的话响在我的耳边，只要给它一次机会，它一定就能存活。这叫什么机会呀，仅仅是饮料湿了一下纸袋。然而它连这样的机会也不放过。真的，只要给它一次机会！我望着生出芽芽的苦艾草，感动得真想跑出门，把这一切讲给世人听。

　　非洲的马达加斯加是个雨林地带，因为多雨，一年四季都很难见到阳光，就是偶尔有太阳出来，对于被遮盖在雨淋地带中的那些小草，也不一定就能见到阳光。没有阳光花是不会开的，但这里却有一种叫紫兰花的草，不管怎样也会开放。外来人都以为紫兰花不用阳光的照射也能开花，然而不是，它是必须是要见到阳光的。

　　紫兰花的高度不到 20 厘米，一把尺子高。在雨林地带，它算是较矮的植物了，终年被它头上各种高大的植物所覆盖，一层层遮天蔽日，谁也不知道紫兰花怎样才能见到阳光。

但当地人说，一年四季里，阳光总有穿透植物，照射到地面的瞬间，哪怕只是一瞬间，紫兰花也能捕住机会，在一瞬间的阳光里让自己灿烂。

我国的植物学家曾去马达加斯加考察，在雨林地带出没42天，终日阴雨连绵，不见一丝阳光。42天后，阳光穿云拨雾，终于照射到大地上。当时大家欣喜若狂，慌忙拿出相机拍照。一位女队员掏出小镜化妆，谁料，此时一束阳光正照在小镜上，又恰恰折射到一棵紫兰花上，紫兰花竟然借助这唯一而又难得的折射，瞬间开花。

当时所有在场的人一片惊呼，这是多么令人感动的场景。只要有一次机会，哪怕只是一瞬间，它也一定会抓住！

只要有一次机会……这是许多天然植物的本领。由于它们生存条件的艰苦和恶劣，它们反而被训练得比人类更为机敏，哪怕只是瞬间，哪怕只有一次机会，对于它们也已经足够了。

人生一世，漫漫旅途上，会有各种各样的机会出现，但作为人类的我们，却不一定都能抓到，尽管有些机会，会在我们的身边逗留很长时间，但我们依然有可能视而不见。抓住机会既是一种能力，也是一种信念。机会，乃人生之桥梁，抓住了，我们便可以受益终身！

因为喜欢

　　九岁的时候，吉安被动物标本店里的一只蝴蝶所深深吸引，做成标本的蝴蝶，浑身布满了美丽多彩的花纹，在阳光的照耀下，发出五颜六色的光芒，比活着的时候还要迷人。吉安被这只蝴蝶标本所打动，他是那么想得到这只标本。

　　但店老板却开出了 30 元的大价。九岁的吉安自然没有这么多钱，但他太喜欢这只蝴蝶了，做梦都看见这只蝴蝶在飞。吉安每天放学，都要绕个大弯子，跑到标本店的窗前来看这只蝴蝶，唯恐被谁买了去。

　　自从吉安喜欢上了这只蝴蝶，他就开始省吃俭用，把母亲给他的零用钱和买早点的钱全都省下来。随着攒钱的行动，吉安反而不敢再去那家标本店了，是唯恐蝴蝶已经被人买走了。

　　直到有一天，吉安终于攒够了 30 块钱，他攥着钱飞跑到那家标本店，心都跳到了嗓子眼儿。还好，那只标本还在。吉安连价都没砍一下，就将这只蝴蝶买了下来，从此吉安把它当作了一件宝贝，小心地放在他的相册里。

每到星期天，吉安就会把同学们请到家里，来看他的蝴蝶标本。有一天，吉安给同学们看漂亮的蝴蝶时，蝴蝶从相册里掉了出来，被同学不慎踩碎。吉安伤心极了，背着大家整整哭了一个晚上。母亲安慰他，往后还会买到更多、更漂亮的蝴蝶。

从此，整个童年，吉安都在积攒零用钱，他常去逛标本店，在六年的时间里，他一共买了十只蝴蝶标本。吉安长大了，但他对蝴蝶标本的喜爱不但没有减少，反而更浓、更强烈了。

吉安到了参加工作的年龄，但他什么都不想干，甚至突发奇想，能不能也办个蝴蝶标本店，以此作为自己的营生。他苦苦央求母亲拿出一部分积蓄，让他开个标本店。母亲很难想象一个蝴蝶标本店能赚什么钱。但看到儿子如此喜欢蝴蝶，便同意了吉安的请求。但同时也希望他连同其他昆虫标本一起经营。

吉安终于开了一家以蝴蝶为主的昆虫标本店。吉安不计成本，与旅游公司联系，收集世界各地的蝴蝶标本，凡是朋友出国或是远游，吉安都让他们留意，从世界各地给他买来标本。

然而吉安太喜欢蝴蝶标本了，名贵的标本他都放在家里不肯外卖。因此，事实上吉安的店里从来也没赚过钱。

母亲对此很担心，提醒吉安，总得想法养家糊口，娶妻生子。

因为生活所迫，吉安在 30 岁后，才不得不将那些珍藏的名贵标本拿出来出售。

谁想，吉安的蝴蝶标本却震惊了世界昆虫界，因为他收集到的蝴蝶标本，有许多已经成为世界绝迹。英国国家动植物博物馆，首先出价 20 万美元收购了吉安的几只蝴蝶标本。接着，其他一些国家的动植物研究所，也相继以高价买下了吉安的更多标本。

吉安从一个不起眼儿的小人物，一下子变为了天下的富人。人们都跑来向他祝贺，记者们也拥到吉安的店里进行采访。问吉安，怎么就会这么有心计。怎么就会知道这些标本会在有一天里，值这么多钱？

吉安惭愧地说，其实我什么心计也没有，更不知道这些蝴蝶标本会卖出天价，我只是喜欢，只是打心眼里喜欢着这些标本。

喜欢，吉安的一切全是出于喜欢。要是没有喜欢，吉安就不会开这个店，要是没有喜欢，吉安就不会赔钱让朋友们从千里万里之外，买回这些标本。吉安是简单的，只是一个喜欢。因为喜欢，他才一直做着赔本的买卖，因为喜欢，他才慧眼识金，不顾一切。更是因为喜欢，他才有了这份情缘，才在多少年之后，意外地有了这巨大的收获。

世上许多收藏家，许多成功人士，最终的奇迹，往往只是因为一个简简单单，始终不渝的理由——喜欢！

历史上，因为收藏泥罐而变为千万富翁的李万章，当初也只是因为一个简单的喜欢，喜欢得倾家荡产，喜欢得令亲人痛恨，朋友厌恶。结果却发了财。英国最早收藏邮票的普拉斯，根本没想过有一天，小小的邮票也会卖出天价。他同样只是一个喜欢，全身心的喜欢，喜欢得着魔、神经、发疯，被列为不正常的人。为此一生过着贫寒的日子，直到老了，在一次个人邮展中，他的邮票才让世人震惊。

喜欢，它使多少普通的事物变得精彩，又为多少平凡的现象添了神韵。喜欢，它是世上许多事物的根本和发展的命脉。也是天下诸多伟大事物的所在。只要深深喜欢着，许多奇迹就会到来。

喜欢，其实是世上最简单，最纯正，最朴素的一种情感，然而就是这种简单、纯正、朴素的情感，才让许多人有了追求，从渺小变得崇高，从平庸变得智慧，也才让许多普通的人生充满了活力。天下许多的不可能，许多的不可想象，许多的惊人之举，也才会屡屡在我们周围诞生。

付不起的是心态

19 世纪，美国的建筑大王凯迪的女儿，和造船家克拉奇的儿子，在两家父母的撮合下，彼此有了情分。但两个人的来往并不顺利，总是磕磕绊绊的，争吵时有发生。两家人都是在社会上的名流巨富，儿女们的这种关系，让他们大伤脑筋。他们甚至担心发生什么不测。

谁想，担心什么就有什么，令他们震惊的事情还是发生了，在婚前，凯迪的女儿竟然被克拉奇的儿子毒死了。克拉奇的儿子小克拉奇因一级谋杀罪被关进了大牢，两家人的身心因此受到沉重的打击。从此两家人的生活变得暗无天日。

克拉奇的儿子在事实面前却拒不承认自己的罪行，这使凯迪一家非常的气愤。而克拉奇一家也在拼命为儿子奔走上诉。如此一来，两家人便结下了深仇大恨。

一年以后，法院做出终审，小克拉奇投毒谋杀的罪名成立，被判以终身监禁。

克拉奇为了能让儿子在今后得到缓刑，也为了消除儿子的罪恶，转弯抹角，不断以重金为凯迪一家做经济补偿，以便凯迪能不时地到狱中为儿子说情。克拉奇每一次的补偿都是巧妙地出现在生意场上，这使得凯迪不得不被动接受。

而凯迪每得到克拉奇家族的一笔补偿，就会像是接过一把刺向自己内心的刀，悲痛难言。凯迪埋怨自己，也埋怨女儿当初怎么就看错了人。

而克拉奇的全家更是年年，月月，天天生活在自责中，他们怨恨没有教育好自己的儿子。他们更想不明白，自己的儿子怎么可以去杀人！

两家人都是美国企业界中的辉煌人物，然而生活却如此捉弄他们，让他们不得安生。一年又一年，俩家人的心情被巨大的阴影所笼罩，从来没有真正地笑过。他们承认，这些年为此所付出的心理代价是用任何金钱也换不回来的。

谁想，二十年过去，一件极为偶然的事件使事情全都变了样，一名被判投毒罪的凶犯一再上诉，不承认自己给人投毒。这时医学技术已经有了很大的发展，经过多次化验，发现死者原来是因为服用了一种罕见的药物而中毒，与所谓的凶杀毫无关系。

这和二十年前克拉奇儿子谋杀凯迪儿女的事件一模一样，原来也是一个误判。

二十年后，克拉奇的儿子被释放出狱。但是整整二十年，凯迪与克拉奇两家人，却因为这一件事，在心理上形成了彼此的仇恨，他们成了这个世界上受伤最大，又最不幸的人。

事实证明，凯迪女儿的死，并不涉及善恶情仇。事情引起了美国媒体的巨大轰动，面对报社的采访，凯迪与克拉奇两家都深深说了同样的话："二十年来，我们付不起的是我们已经付出的，又无法弥补的心态。"

人生的所谓失与得，在很多时候，并没有什么实际上的意义，而是被带入其中的，无法挽救的或恶劣，或悲伤，或仇恨的那个心情。

心情，可以使人失掉对整个生活的感受和看法。这种因心情引起的得与失，比起物质上的得与失更加致命。

"我们付不起的是心态。"这是克拉奇与凯迪两家人，在经过二十年的体验后所总结出来的一句至理名言。

人生在世，我们常常付不起的，正是生活中某类事件对我们心态所形成的那种漫长主宰。是这种心态，改变甚至毁灭了许多人的生活。

佛家与道家，一再劝告人们不要去计较，要把一切想开放下，其中最主要的，就是在扭转人们在某事某物到来时，牵制人们的那个心态，因为这才是最昂贵，又最付不起的。

人生漫漫，当事情过去，当经历的已经经历，人们便会发现，我们身在其中的苦，我们所饱尝的种种滋味，正是我们曾经所付出的，再也回不来的那种心态。

诱　饵

　　花斑鱼通常都是藏在水底，把身子伪装成沙石的颜色，然后伸出细如线绳的舌头。花斑鱼的舌尖上似顶着一条游动的小鱼，上下浮动。这是花斑鱼的诱饵。不少鱼虾在捕捉花斑鱼的诱饵时，反而被花斑鱼一口吞掉，丧失了性命。花斑鱼祖祖辈辈都是凭着这个诱饵骗人的，也是这样生活一生的。

　　紫青花则在花卉中，长着一根艳丽无比的细芽，很是灿烂，发散出一种甜味道。昆虫无论是看到颜色，还是闻到气味，都会引以为食，落入花蕊。紫青花便会猛然合上花瓣，一瞬间，贪心的昆虫便成为了紫青花的食物。

　　叶片虫，是生长在热带雨淋里的一种扁虫。它没有嘴，也没有爪子。身体的表面就是胃。它长得几乎和绿叶没有什么两样。它在饿了的时候，便会从身体里分泌出一种类似露水珠儿的液体，阳光一照，亮亮晶晶的。蝴蝶等小虫便会被诱骗，飞来喝露水。其实那不是露水，这时叶片虫的身体一卷，小虫便成了它的食物，轻轻松松的。

大千世界，千奇百怪，怎样生存的都有。在自然界，无论是动物，还是植物，都有靠着欺骗为生的现象。而欺骗的手段几乎一律都是以诱饵的方式出现的。

冥冥之中的神灵，给万物安排了如此巧妙又令人费解的生存方式。竟然以诱饵来生存，这不能不说是一大奇迹。其中必有存在的道理。

就动物和植物而言，怎样生存，靠什么活命，并没有道德上的讲究，也没有好恶的区分。道德上的事，只限于人类的范畴。

而在植物与动物界，似乎不是这样的，它们的生存完全是出于一种本能。研究者发现，动植物之所以能形成"骗局"是源于几千年的进化。以诱饵当作工具，是来源于外界的刺激。是外界先有了种种欲望的存在，然后才诱发出了诱饵的进化。

比如最早的花斑鱼，舌尖上并没有类似小鱼的诱饵，只是长着一个小小的肉瘤。然而一些鱼虾看到了，便要当作可以食用的猎物来捉捕，是这种捉捕，一天天刺激着花斑鱼，让花斑鱼的肌体里形成了一种类似人类意念的东西，提供了某种转变的因素。

在小鱼小虾捕捉花斑鱼的舌尖时，花斑鱼反而借机轻而易举地将它们吞进肚里。这种反复刺激的结果，让花斑鱼本能地在舌尖上长出了诱饵。原来是一种相辅相成的东西。诱骗并非都在于花斑鱼自身，而是外界有所需求。

最早的叶片虫，自身并没有分泌的功能，但每当身上落满露水时，其他昆虫便要来喝露水。开始的叶片虫，也只是蚕食那些落在身上死去的小虫。但渐渐的，这种反复无穷的来往，刺激了叶片虫，使它有了分泌露水的假象。最终也成为诱饵。

从以上的例子不难看出，所谓天下的欺骗，首先是建立在对方有欲望的基础上。没有外界欲望的需求与刺激，便不会形成欺骗的诱饵。

在人类社会中，人们讨厌狡诈，痛斥骗子。在揭穿与识别诱饵的骗局上下了很大功夫。但实际上，诱饵的可怕总是抵挡不过欲望的可怕。事实上是：欲望在先，诱饵在后。

研究人员还发现，任何诱饵，都是极为简单的，只诱骗有此类欲望的来者。没有欲望，诱饵毫无作用。甚至会很快退化。欲望和诱饵是天生的一对儿，有甲才会有乙。不是先有骗术后有被骗，而是先有欲望，才有骗术。

佛教讲，欲望常常似幻觉，恍惚不真。从自然界讲，诱饵也似幻觉，恍惚不真。但如果有了欲望，诱饵就不再虚幻，反而成真。

诱饵，原来只是针对那些需求的对象才存在的。没有需求，诱饵将失去功能。

千百年来，人们痛斥欺骗。殊不知，被骗的一方，由于欲望的作用，也在助长，甚至培育着诱饵。因此，天下有欲望，便会有欺骗，诱饵只是欺骗的引申和道具。

如果欲望消除，诱饵便会消失。人们最好的防御，就是时时检查我们心中那些危险的欲望。

误区与错怪

　　一只狼，从森林里跑出来，蹲在村口不走，这让一村人感到恐惧。狼毫不把人放在眼里。如此胆大的狼，闹得村里人人畏惧，夜不安眠。

　　有人举起了猎枪，要射杀狼。狼蹲在那里，看着猎人举起的枪，依然不动，理都不理。猎人怕了，是怕万一打不中，狼会凶残地向村人发起攻击，那就坏了。为了全村人的安全，猎人最终放下了枪，选择了陷阱。

　　很快，人们将这只胆大妄为的狼抓住。结果出人所料，原来这是一只又病又老，浑身是伤的狼，几乎迈不动脚步。你就是放开他的手脚，他也无力逃生。原来他并不是因为凶猛，而是因为疾病和衰老才无奈地出现在了村口。

　　一匹谁也驯服不了的烈马，让所有的骑手都感到它的可怕，只要谁敢骑到它的身上，它就狂奔不止，将人翻倒在地。就是平时，人要走近它一步，它也会前蹄腾空，发出吓人的嘶鸣。大家都说，这真是一匹少见的烈马，性子够暴！不要说骑，就是走近它一步都不行。

有一天，人们却意外地发现，马棚里的一只小老鼠吓得烈马四蹄乱跳，原来它时时是处在一种紧张而又无力自拔的惊恐中。它不是什么烈马，而是因为胆小过度，一直处在自我的惊吓中。

结果，人们用另一种方法去驯养它，给它梳理毛发，喂食玉米。渐渐的，它终于恢复了平静。原来它是一匹天下最温和，最老实，最胆小的马。

同事张先生，因为一点不值当的小事和同事们有了口角，后又吵了起来，闹得大家都很别扭，谁也没想到，此人竟是如此的不近人情，蛮不讲理。人们开始对他敬而远之，渐渐的，张先生失去了大多数朋友，成了世上的孤家寡人。

但某一天，人们却突然听说，正是那段时间，张先生离了婚，孩子还因为逃学，在路上发生了车祸，母亲又在那几天突然离世……他所遇之事，一切都不顺利。原来他是处在巨大的不幸中，内心脆弱到了极点。这回愣神的反而是大家。大家那几天应该给他理解和宽慰才对，怎么反而因一点小事对他指责，事后又都疏远了他。

人生在世，我们都有对人对事误解与错怪的时候，甚至是按照事物的反面去看待问题。我们常常无法知道那只老狼是因为垂危病痛，找不到食物而蹲了在村口。无法弄清，那匹处在紧张中的烈马，是因为胆小而被惊吓。更不明白我们身边的同事，是因为人生的极度不幸，而情绪恶劣到了低谷。

其实我们都有如此的时候。每当这个时候，我们总希望身边的人，能对我们好一些，能对我们表示安慰而不是指责，可我们常常遇到的，恰恰是相反的态度。

因此，时时保持一种对外界的体察和谅解，往往要比敏感和多疑更为重要，这份看似对错误的宽容与谦让，也许才是我们应有的美德和做人的委婉。大概也只有这份宽容，才能帮助我们化解冲突，更深地理解周围的事物，少一分错怪，多一分真诚。

赌　局

清朝末年，北京最大的典当行老板朱明薄，在儿子朱续东22岁生日那天，将儿子带进了有名的义和赌场。

儿子朱续东在这之前，从没有进过赌场。朱明薄给了儿子一百块大洋，让他熟悉牌桌上的伎俩和手段。告诉他，无论如何不能把钱输光，最好能在剩下一半时收手。

儿子点头答应，一定要剩下五十块大洋。然而儿子没想到，很快他就赌红了眼，竟然输得一塌糊涂，一分不剩，早把父亲朱明薄的话忘得一干二净。

走出赌场，朱续东十分的沮丧，说他本以为最后那两把能赚回来，那时他手上的牌正开始转运，没想到却输得更惨。

朱明薄说，你还要再进赌场，不过你已经输掉了本钱，我不能再给你。咱们事先有约，这需要你自己去挣。

不久，朱续东到处给人家做伙计，挣到了一点小钱。他再次走进了赌场。这一次，他给自己制定了策略，只能输掉一半的钱，到了一半时，他一定离开牌桌。谁想，他输到自己制定的界限时，脚下却像被钉子钉住了一样不能动弹，他没有坚持住自己的策略，虽然心里也有斗争，但还是把钱全都压了上去。

这一次，他依然输个精光。父亲在一旁看着他，一言不发。走出赌场时，朱续东对父亲说，他再也不想进赌场了，他只能做一个输家。他掌握不了自己，他的性格只能等到把最后一分钱都输光为止。

父亲说，不，你还得再进赌场！赌场是这个世界上最无情最残酷的地方，人生常亦赌场，你为什么不进呢！

朱续东只好再去给人家做伙计，他再次走进赌场时，是半年后的事了。这一次，他的运气还是不佳，又是一场输局，但他却冷静了许多，沉稳了许多。当钱输到一半的时候，他毅然决然地离开了赌桌，走出了赌场。

虽然事实上他还是输，但在心里，他却有了一种赢的感觉，因为这一次，他战胜了自己，没有把自己输个精光。原来赌场上，连这个也是很难做到的。

朱明薄看出儿子的喜悦，说你以为走进赌场，是要赢谁？你是要先赢了你自己！控制住你自己，你才能做天下真正的赢家。把握好自己，就是天大的事！

从此，朱续东每次走进赌场，都给自己制定一个界限，在输掉百分之十时，他一定要退出牌桌。再往后，熟悉了赌场的朱续东竟然开始赢了。第一次，他不但保住了本钱，而且还赢了七块大洋。

一旁的父亲警告他，现在他应该马上离开赌桌。可在如此顺风顺水的时候，朱续东怎么肯放手呢，接下来，果然他又赢了一个百分之十五。朱续东无比兴奋，眼看就要赢到一倍的数了。谁知，就在这时，形势急转直下，几个对手加大了赌码。只两把，朱续东便全部输光。

他惊得一身汗下。这时他才想起父亲让他离开的那个时间，如果他能那时离开，他就是一个赢家。可惜，他在已经赢的时候，却又一次做了输家。

又一年以后，朱明薄再去赌场观看儿子朱续东的赌风，这时的朱续东已经像一个老手了，输赢都控制在百分之十左右，不管输到百分之十，还是赢到百分之十，他都会离场，就是在最顺手的时候，他也会放手，并毅然决然地站起来，退出赌场。

朱明薄激动不已，因为他知道，在这个世上，能在赢时退场的人，才是真正的赢家，而这样的人，天下少之又少。而他的儿子朱续东已经做到了。

朱明薄终于决定，将自家的七所的典当行的财政大权交给儿子朱续东。

朱续东十分吃惊，因为他还不懂得典当行的业务。

朱明薄一脸轻松地说，业务是小事，今生多少人失败，并不是因为不懂业务，而是对自己情绪的失控，和对自己欲望的无休止性。天下人，不是把握不了财产，而是把握不了自己。这个，你已经学会了。

方寸之间

他是边陲小镇上的一名部队厨师，在那个困难的时期，地处边陲的小镇上，食物极为匮乏，他在连队里虽然天天做饭，但除了土豆、萝卜、白菜，就没见过别的几样菜。可为了搞好部队的伙食，每年部队里都要集中厨师们，前来参加烹饪比赛，以让大家把饭菜做得更好。

第一年，连队让他去参加全师的这个重要比赛。比赛时，赛场上准备了十几样的南北青菜，他看着顿时傻了眼，别说做，他连见也没见过，他一阵尴尬……事情可想而知，那一次，他拿了最后一名。

回来后，他抱怨自己见识太少，目光太浅，没法参加这样的比赛。连长听了，半天没有吭声，拉着他走出营房，直奔野外。在那里，连队养着几池鱼。池水很大很广宽，鱼们整天自由自在。

在池边，连长抓起一条鱼，把它放进一只铁丝笼里，鱼被一只笼子固定在方寸之间，无处游动。

他看着连长做着这一切，不明白连长是要干吗。连长说，现在这条鱼只能吃漂进笼子里的食……

被固定在笼子里的鱼并不甘心，挣扎着，希望冲破牢笼，奔向更广阔的水域，这样来回一阵，鱼见没了希望，才安静下来，吞起漂进笼子里的食物。笼子里的食很少，只有偶尔才能漂进来一些，也只有一种两种。而别的鱼却游得很远，可以挑选池子里的各种食物，活虫、水草，还有饲料。

一个月过去，连长拉着他又走近池边，他惊奇地发现，池子里的许多鱼，只有这条被困住的鱼吃得肚子圆圆饱饱的，而且长得很大很肥。

连长说，他跟前只有一种两食物，却吃得比谁都饱，而那些有更多食物可以挑选的鱼，却因为挑挑拣拣，还不如他吃得精细。有些时候，事情不在多少，也不在于天地的狭窄还是广阔。

连长的话，让他似乎有了明白。

第二年，他又出席了全师的厨师比赛大会，他竟做了一道土豆烧白菜，这是一道部队官兵天天都要吃的普通菜，没有任何高深和稀罕。谁想，他却烧出了一番滋味，获得了全师比赛的冠军。

退伍后，他又因为拿手的家常菜被南京的一家五星级的饭店聘用，并成为国际知名的特级厨师。

近些年，他还常代表国家去世界各地交流中国的厨艺，到处拿奖。他就是连续拿了全国三届冠军的厨师李保全。

每当别人问起他的成长史时，他都会提起那条被笼子困住的鱼。他说，人生的过分宽阔并非都是宜事，即便生活只给你留下很窄，很小的一寸空间，只要你心无旁骛，安心守候在你的方寸之间，它也足以养育你，滋补你，并使你找到你的人生价值。

好心情的奇妙作用

意大利一家机构做过一项很有代表性的研究，在连续六天的晴朗天气里，意大利的社会治安与家庭暴力可以减少四分之二，而在连续阴沉的天气里，各方面的事故，暴力都会增长。道理来自阴沉天气给人们造成的内心压抑，郁闷的心情，和缺少开朗起来的情绪。

这种结论已经被世界上许多国家所认识。甚至有不少关键部门，关键人物，在对某一重大事情的抉择时，也要等到一个好天气。理由是那该是一个好心情的日子。只有好心情，才能让人做出正确的选择。

甚至在一些重大的事情上，如国会表决，人们投票，或对某件决定的事情复议时，人们都愿意等到一个相对的好天气。好天气，最容易让人的心情好起来。仿佛这样的天气，人们才能做出正确的选择和公证的判断。

古代人出门，做事，造房，娶亲，都要挑个好日子，其实就是在选择一个光明晴朗的好天气，使人有个好心情，如此，才能更有利于那件事情的发展。

非洲场草上，有一种矮木丛，羚羊吃了它的叶子后，追赶它的狮子往往都会落空，科学家发生，道理是这种叶子能够提供多巴胺，也就是快乐素，使羚羊的心情格外地好，是好心情，让羚羊变得灵巧，有智慧，迅速充满活力。

吃辣椒同样能使人的心情变得相对好一些，它也是增加人大脑中的多巴胺。研究表明，凡是吃了辣椒二至三小时内的人，做所出的决定一般都是较乐观的。

不少科学家都曾形容他们，在重大发现的那天，他们的心情格外好，精力格外的集中，甚至有人想唱歌子。于是，他们那天有了重大的发现。为世界做出了杰出的贡献。

法国的飞行员默耐，对自己在一次飞机起火，两只发动机都关闭的情况下，仍然能带着150多名乘客平安着陆时说，奇迹是我那天早上的心情特别好，对什么都充满了信心。尽管发生了这么大的危险，但好心情依然使我振作，使我信心百倍，使我做出了平稳着地的决定。

百年孤独的作者加西亚·马尔克斯说，他由于养家糊口，背负着债务使他的心情一直不是很好，但他却在心情极好的那几天，决定写《百年孤独》，并且故事的内容涌于心中。那几天的好心情使他"结构"了《百年孤独》的模样。

苏联的撑高跳健将谢瓦尔，在奥运会比赛前，连他平常的较差成绩都达不到。心理医生让他一定要多想好事情，想快乐的事。谢瓦尔前一天什么事也没做，想了一天的好事情，恰巧他又看上了一位赛场上的好姑娘。于是，他的心里都被好事情充满。

结果，他的体力得到了最大的发挥。比赛时，他把成绩提高了五厘米。使全场哗然。他竟打破了连他自己也难以置信的成绩，这个成绩被保持了十二年。

人在好情心的时候，可以包容许多，原谅许多，理解许多，机智许多。正确许多。据世界一些部门研究，好心情给人带来的能量常常是爆炸性的。好心情并非只是对心身的健康用利，还有助于做事和奇迹的发生。

让我们尽量去创造一个好心情。让日子过得更舒心，让人生变得更美妙。

城市中的小人物

我认识他时，是在三十年前，那个特别寒冷的冬天，北京刚刚飘过一场大雪，气温够了零下十七八度。数九寒天，地上的白雪已被路人踩成了黑炭。可谓寒风刺骨。那时他不过二十几岁，蹬着一辆哗哗烂响的平板车，在到处收废纸，收破烂。

也许是他穿得过于单薄，冷风里，他的身子在微微颤抖。他搓着冻红的两只手，提着一杆硕大的老称和一只沾满污垢的旧麻袋，问我有没有废报纸卖？

大概是出于怜悯，本来没有多少废纸卖的我，还是回屋子收拾了一下，满足了他的要求。那一次，我知道了他叫张思贵，陕北人。

张思贵，普通得不能再普通了。在这个城市的边边角角，街旁路口，到处都能见到这样的人。虽然终日在我们的视野里，却被我们忽略到可以视而不见的程度。他蓬头垢面，衣衫不整，穿一双永远落满灰尘，或是沾满泥泞的鞋子。

他的脸上永久地挂着谦卑与忍让的一种笑，就像一个特别身份的招牌，是天下多数小人物身上固有的那种表情。

或许是他永远不敢在你面前抬头挺胸的样子，给我留下了深刻的印象，从那儿之后，我开始注意他。无论是风吹雨打，还是骄阳似火，我都能见到他的身影，他奋力地蹬着装满小山似的废品的板车，汗流浃背地奔波在大街小巷里。完全是靠脚力而生活的人。简单到就是为了一个吃喝生存。

像大多数的小人物一样，张思贵似乎不懂得抱怨，兴许也没有工夫理会人该怎么活着的道理。如此的命运，对城市人反而会成为一种榜样。我在心里遇到疙瘩的时候，或是生活让我不满的时候，我看到他时，都能在心里默默地比较一番。

是在心里自问：假如有一天，我真的到了这个份上，能不能忍受如此的苦累？是不是也能甘心如此的生活，我真是不得而知。但他的样子却能使我平静许多，在比较中让我感到些许的知足。

光阴漫漫，人生繁杂。说实话，谁也不会真有工夫，去理会一个收破烂的小人物。只是四五年过去，我突然发现，张思贵不再收废纸破烂了，而是在路边支起了一个凉棚，修起了自行车。

我惊奇地问他：你不再收废品了。他竟笑了，说他也要高级高级。修自行车，竟然也成了他的高级生活。他是多么的知足而有趣啊！我是想，人要都像他一样，烦恼会减少多少。这是张思贵给我留下的印象，真的是很高级。

大概是他修车的价钱合理，手艺也说得过去，或许也不是，而是他固有的卑微与谦和更加浓重了，他的生意一直都不错。找他修车的人，经常排着队。这情景让我以为，他会永远地这样修下去。

谁想，几年以后，他竟又突突地开起了一辆崭新的农运车，出现在了繁忙的早市上，他竟然又高级了一节儿，开始了贩菜倒菜的新生活。脸上的笑更灿烂了。繁忙的身影也更健壮。竟是顶天立地的汉子模样。

这离我认识他，已有了八九年的光景。那时我和他，都奔了30岁往上。

也是那一年，麦子熟了的时候，我发现他身边多了一个漂亮的女人，原来他是把乡下的媳妇，也接到了这个城市，一同在早市上贩菜，倒菜。

后来我又看到他的女儿，才几岁，手里举着一块月饼，光着脚丫儿，在菜市上和一帮乡下的小男孩们追着跑着，满脸的鼻涕眼泪。张思贵和他的女人，只顾从车上搬菜，一眼都不看女儿怎样。一幅典型的小人物家族景象。

在我40多岁的时候，张思贵已经不在菜市上了，而是在离我家不远的街上开了一间水果店，十来米的小店，房子歪歪扭扭，门窗也很寒苍，生意却红火。因为物美价廉，因为只要换回辛苦钱就满足的欲望。小人物张思贵，总是很有一套。

不久，整条街上的水果店都纷纷关张歇业了，只留下张思贵一家。街人说，那家人有本事，别说城市人比不了，就是同等的乡下人也吃不了那个苦。城市人是很羡慕乡下人能苦的！

前年，我装修房子去买玻璃，在玻璃店里，我竟然意外地见到了张思贵。我很惊讶，他竟又开起了玻璃店。他的玻璃店很正规，200多平方米，不但零售，还给建筑商们批发，还卖其他建材。属于大进大出的生意了。他也穿了西装，鞋子也擦了油，头发光光亮亮的，干干净净一个人，体面得不能不让人尊重。只是一说一笑，还保留着小人物的那种谦卑，似原有的历史不肯退变。

我问他媳妇，孩子呢？他说媳妇还在开水果店，女儿已经上了大学。我心里轰的一下，这离我认识他已有30年的长短。

这个张思贵，30年光景，一步步，竟混得这般的整齐。乡下的一些穷亲戚，穷朋友，也因为他来到这个城市而落脚安生，在他的店里打工挣饭，混生活。

我和张思贵从没有深入地交谈过，但作为城市人，对乡下人的一种好奇，作为人和人的命运对比，却是常常于无声中碰撞的。张思贵，成了我心中的一个参考，常常不能不让我暗自想到一些人生如何的问题。

在我的心里，张思贵是一个十分完美而有力量的人。他的命运走向，远远超过了我们歌功颂德的一些行业伟人。

在这个偌大的城市里，不知有多少个像张思贵这样的所谓小人物。他们从农村来到城市，提老携小，不畏艰辛，甚至不理会风吹雨打，一天天挨着，可为苦争苦斗。几十年过来，从一无所有，茫然若失中开始，一点点地忍耐、积攒，改变着自己的面貌，置办着自己的家业。亲戚朋友们，也因为他而沾光，脱贫，最终变了命运。这该是多大的气力，多大的成就！

比起当今那些社会名流，显赫人物，张思贵平淡，普通，甚至依然卑微。他也没有什么惊天动地的伟业可以描绘，没有什么惊人的壮举值得赞扬。然而在许多地方，他却胜过了那些功成名就的社会人士，胜过了这个城市中的许多优秀杰出的当今人物。

细想起来，你就会发现，张思贵才是出类拔萃的社会栋梁。这个社会，其实就是由千千万万个张思贵支撑起来的社会。农村与城市的变迁，也是他们亲手帝造的。

天下诸多英雄，其实莫过于普通的张思贵。

天下诸多豪杰，也未必真能比得过张思贵。

他活得扎实、勤奋、勇往直前，且有着不怨不弃的品格。在我们这个城市，在每一个角落，都有张思贵这样的人物存在。他们优秀而又普通，简单而有智慧，在奋力把自己的日子过好的同时，也在为这个社会和他人贡献着。

只是他的优秀，还被深深地埋在社会的世俗里。只是我们还很少把这样的人视为当今的英雄。

在固有的观念里，在大多数人的眼里，张思贵依然是个小人物，一个地地道道的，脸上永远挂着卑微表情的小人物！

不死的谎言

　　1972 年，贵州老陀镇的农民宋玉祥得了一种怪病。老陀镇是山区，偏僻得很，到一次大城市先要走二十里的山路，然后再坐大半天的马车，之后在坐长途汽车，最后是坐火车。需要几天几夜的时间。

　　面对宋玉祥的怪病，乡卫生院和县医院都一筹莫展，从没见过。宋玉祥只好拿上大生半的积蓄，又和村人借了 200 块钱，去省城看病了。宋玉祥经过几天的周转，终于到了省医院。医生们为他会诊后大吃一惊。宋玉祥得的不但是怪病，还是世界上极为罕见的一种病，英国人命名为枣核菌的病。它是一种无菌性神经感染。只有一种进口药可以医治，但也只是维持。遗憾的是，患上这种病的人，最多只能存活一年左右。

　　更让人吃惊的是，就在宋玉祥去省城看病的时候，老陀镇又有六个人患上了与宋玉祥一样的症状。

　　患病的七户人都是贫困户，在温饱线以下。不要说看病，就连去省里的路费也拿不起。宋玉祥回来了，他知道自己完了！最多只能活一年。

面对七家贫困户，镇长何永久却做出了一个谁也没有料到的决定。他要替七个病人去省城拿药。这样就能省下七户人家的路费。

何永久到省医院说明情况后，大夫们都很同情，老陀镇实在是太远了，农民们怎么跑得起。医生们叮嘱何永久，告诉他这种病对人的精神打击很大。如果精神垮了，人就会马上死掉。

何永久回来，将拿回的药分发给七户人家。同时也带回来一个让七户人家感到安慰的消息，世界卫生组织已经宣布，两年后，根治这种病的新药就将诞生。到时候，这种病不再成为不治之症！

何永久带回的这个消息，比带回来的药更加管用。七位病人为了活下来，决定不管怎样，也要熬过这两年。

几个月过去，七家人的药吃完了。何永久又派干部到省城拿药。就这样，七个病人一天天，一月月忍受着痛苦，顽强地坚持着，时间虽然漫长，但转眼也接近了两年。其中三个病人已经卧床不起。随时都有生命危险。

时间接近两年的时候，何永久又亲自去了一趟省城，这次他是去开会，顺便为七家病人拿药。医生问何永久七个病人的情况，当医生们知道七个人还都活着时，简直不敢相信自己的耳朵。因为在世界医学史上，这种病是没有救的，最长的也只活到一年零七个月，而老陀镇的七个病人竟然还都活着！

何永久回来时，七家人都急切地问，根治这种病的新药到底出来了没有？

何永久说行告诉他们。医生说正在动物身上实验，大概还要等半年多。

七位病人虽然十分沮丧，但近两年的时间都熬了过来，还怕再等上半年吗。七位病人又乐观地支撑下去。几个月过去，还是没有新药问世的消息。这时那三位卧床的病人，病情更加严重，几乎已经无法下床。他们每分每秒都在关心着新药的问世，家人也是万分焦急。

又过去了两个月，其中的两位病人再也挺不过去了，让何永久无论怎样，也要再跑一趟省城，打听这种新药的消息。何永久十分无奈，躲到县里的朋友家住了几天。回来时他告诉大家，这种新药顶多再有三个月就能问世。

还要等三个月？！躺在床上的三个危重病人咬着牙，不知道他们是否真能活到那一天。一村的人，都来给他们打气，让他们无论如何也要再坚持这三个月。

其实七位病人，都已经到了病情反复发作的高频期，随时都会离世。

何永久背着大家，去给菩萨磕头了，让菩萨原谅他一次又一次所说的瞎话。他并无恶意，只是希望七位病人能多活几天，再多活几天。现在他再也不能骗下去了。在这个世上，根本没有能根治这种病的新药。何永久准备把实情告诉给七家人。

然而，就在这个时候，奇迹发生了。省医院传来消息，英国人已经研究出了医治这种病的新药，国家也已经开始进口。这可真是天大的巧合。何久永接到电话，完全不敢相信。接着他派人飞快地去省医院，真的取回了这种新药。

七个病人一个也没死。老陀镇创下了天下最大的奇迹。创造了此种病人存活最久的世界纪录。

何永久的谎言被老天爷应验了。如此的结果，惊讶的不是别人，正是何永久自己。他没有想到，他的话成为了七个病人的巨大精神支柱，产生了神奇的效果。上苍为他的谎言安排的期限是那么的准确一致。这段真实的谎言在几年后才被媒体披露。人们都说这是奇迹。

除了何永久的谎言，人们还总结出另一条真理，那就是七位深山里的病人，太朴实，太纯真，太简单了。他们对何永久的信任，帮助了他们，使他们身上出现了奇迹。

其实世界上有许多这样的奇迹，许多得了不治之症的患者，只要满怀信心，多活一天，再多活一天，就有被医治的可能，就有可能发生神奇的事情。希望不仅只是精神的支柱，往往还能变为生活中的现实。

在人生的长河中，会有许多磨难与沟坎，不管是面对死亡，还是面对绝境，精神往往是第一位的。坚持一下，再坚持一下，人生的一切希望有时就在其中！

人生驿站

　　小时候，母亲是在建筑业工作，因此，我们的家，也总是随着建筑工地的迁移而迁移。工地建到哪儿，我们的家就搬到哪。回想起来，我小的时候似乎总是在搬家。

　　第一次是在1959年的那个寒冷冬天，当时我五岁，那时的北京城到处都还是马车。我们坐在马车上，从南城的陶然亭搬到了西山脚下，那是一片新的工地，因为没有房子住，我们三个男孩和母亲住进了工地上的女工宿舍，和十几个阿姨住在一起，二十几个人睡在一张大通铺上，我们的家，竟然是在女工宿舍里。

　　那时的床上没有褥子，身下是厚厚的草垫子，草垫子上铺着一张席，席上铺着一张布单儿，这就是褥子了。大约这样住了一年，我们便搬进了离工地不远的农民房，只有八平方米，本是用来放牲畜草料的。进门就是一个大土炕，我们一家人除了几床被子，一只皮箱，再没有任何家具了，一个土炕的家，对于我们已经足够了。

　　那是我的童年，日子简朴的无法想象，我和村里的孩子们整天跑啊，乐啊，享受着无穷无尽的童年时光，那种情感上的美妙，足以弥补物质生活上的匮乏。我喜欢那个简单的，只有一个土炕的家。

后来工地上盖起了简易的家属宿舍，我们又搬家了。这是我记忆中一次像模像样的家，搬家的那天，小伙伴们都来帮忙，有人手里提着锅，有人手里拿着勺，母亲和我们抱着被子。我们的全部家当居然几个孩子就搬走了。

新家比村里的房子大了四米，在我看来已经相当大了，房是土坯房，顶上一片薄瓦，下雨有时还漏，我们就用盆盆罐罐去接。叮叮当当的声音伴着我们的梦香。土坯墙上还有许多缝隙，能看到屋外的原野，母亲就用报纸糊上，不但挡住了缝隙，也暖和了许多。

记得当时家里置办了一张新床，这在那时是很了不起的。所谓的床，就是两只长条木凳，再把一块钉好的木板放在上面，这就是当时最好的床了。我们住的地方除了几排土坯房，四周便是一片望不到头的庄稼地，冬天屋里很凉，夏天屋里很热，整个冬天我们似乎就没有暖和过。夏天热得我们钻进蚊帐，敞开门窗睡，好在那时的治安不错，到了夜晚，家家都是这样门窗大敞。这一家能听到那一家的呼噜声。

上小学一年级的时候，工地搬家了，我们随着工地也搬家了，这一次住的是旧工棚，木板的，板子与板子间的缝隙更多了，虽然用纸糊上了，但野外的大风经常把纸吹开，小伙伴们找我时，都是从板缝中看我在不在家。秋天小虫子会沿缝儿钻进来，飞得屋里到处都是。母亲下定决心，买回厚厚的黄刀纸，把整个屋子都糊了一遍。

上小学三年级的时候，我们是第九次搬家，也是冬天，那时我们家里的东西相对多了些，除了床，还有两只用木板钉的大木箱。我们坐在马车上，冻得直打哆嗦。这一次搬家，我心里十分舍不得，是对家有了感情，路上悄悄落了泪，很多年过去，我还怀念那个简朴的家，怀念那个木板房和同样住在木板房里的小伙伴。

这一次我们搬到了北京清河，家也最为像样，是砖砌的，有了冬暖夏凉的感觉，屋子有了一个正式的，像样的窗，只是屋地和墙壁还是泥土的，下雨的时候潮潮湿湿的。我在这个家住了五年，后来就又搬家了，这一次是突破性的，房子从一间变成了一间半。渐渐大了的我们还是住不下，就开始了盖小房，接小屋，那是整个北京城的缩影，到处都因为住不下而伸延出许多低矮的小房子。

结婚前我开始建立自己的家，因为工厂是在农村，家是租的农民房，一个大院子，单独地立在野风地里，荒凉得很，玉米秆圈的围墙一到夜晚让风吹得哗哗啦啦响，四下一片漆黑，伸手不见五指，住这样的房子真是恐怖。我还常上夜班，把妻子一人留在房里，现在想来两人都后怕。

这半生我住过农民的房，租过城里胡同中的自搭小屋，自己也为自己盖过小房，当然更住过单位的房……几十年里，不知搬过多少回家，经历过福利分房，再后来是自己买房，房是越来越大，家是越来越宽敞了。

但我还是怀念小时候的那些房，怀念我曾经住过的每一个地方，它们相伴我度过了童年，少年，青年和中年……家有土坯的，木板的，砖瓦的，水泥的，简陋也罢，阔绰也罢，是它们完成了我的一个又一人生驿站，转载着我的岁月，组成了我的完整人生。

这些年，人住得怎么样，大家是越来越看重了，但我一直并不认为住的地方真有那么重要，其实人不管住在什么地方，不管家是土坯的，还是木板的，哪怕就是别墅，首要的还是住在里边的人是否快乐。住在土坯房里的欢乐同样是欢乐，住在别墅里的不幸同样是不幸，房子和欢乐永远不是成正比的。岁月如梭，回想起来，曾经住在土坯房里的我，反而是最快乐的，那时我十岁，正是一个无忧无虑的年代。

檀　香

　　四姨爱花，家里的后院，种满了花树，还铺了曲曲弯弯的石子路。因为参观的人多，四姨又让人将院子的顶部封了一个大大的玻璃罩，四姨家的后院，便成了一座温室花房，一年四季，鲜花不败，成了镇上的一景。

　　老早的时候，人们就传说，四姨家的花房里有一棵檀香树，只要你走进花房，便能闻到檀香的气味。可问题是谁也没有看到过这棵檀香树。我去过四姨家，像大家一样，并没有找到过檀香树。

　　人们奇怪，常问四姨：你花房里有檀香树吗，怎么能闻到檀香味呢？四姨就摇头，说她的花房里从来没有种过檀香树。不过，她的花房里确实是有檀香味的。四姨这样肯定。

　　事情真是神了，没有檀香树，怎么会有檀香味？

　　四姨说有的，依然很肯定。说你仔细去闻，闻了再闻，一定就会闻到那股香气。客人们便在四姨的引导下使劲地去闻，果然就闻到了檀香气，真真的。太奇怪了，没有檀香树，竟然会闻到檀香味。这成了四姨家的一个谜，无人能够破解的谜。

后来四姨家的花房上了报，来的人更多了。看花的人都跑到四姨家的后院来破这个谜，到处找檀香树。可找遍了花房，还是没有人看到檀香树，却又都闻到了檀香味。

有人就说，准是四姨悄悄地洒了檀香水，就是从市场上买来的那种檀香料。四姨笑说，你们监督好了，看我是不是洒了檀香水！

但客人们依然不肯罢休，作为四姨爱人的四姨夫，为了客人们不再发问，干脆买来一棵檀香树，假的。谁想，事情更糟，人们说，四姨家的假檀香树，竟然也能散发出香气来。参观的人站在假檀香树下，果然就闻到了檀香气，这就更怪了。这四姨，神神秘秘的尽是文章。

四姨家的事，被炒得沸沸扬扬，整个小镇都快被掀翻了。人们说，四姨家一定是藏着什么，让四姨说出谜底。

四姨是个诚恳的人，她说檀香并不在我的院里，而是在你们各自的心里。味由心升，花由心开。自从有第一个人说闻到了檀香味后，事情就一传十，十传百。来的人便都努力地去闻檀香气，大家闻来闻去，果然就闻到了，这不是由心所造吗？

四姨说，人的心里是可以产生香气的，只要你集中精力，仔细去闻，意识便可以帮助你产生出任何一种你所想象的味道。

四姨家的花房，干净整洁，秀丽幽静，人们走进时，意念里就已经有了花的香气，这大概就是"味由心升"吧。四姨说，其实有时，我家的花房里什么味道也没有，花树并不是每时每刻都散发芳香的，更不要说是檀香了。只是人的心里，常常营造出了这种香气，香气不是由四姨家的花房里产生的，而是产生于大家的"自我"心念。

四姨是养花人，她知道花香会给人带来愉悦，带来美感。于是，只要人们说香，四姨便跟着点头默许，从不否认，让无名的花香在人们心里更浓。檀香味也是这么得来的，当人们说到四姨家的花园里有股檀香味时，四姨同样没有拒绝过，就像不拒绝人们心里的愉悦一样。

四姨说，人只要有了想愉悦的意识，就能愉悦起来，人只要想闻到花的香气，意识就会去逮捉花的香气，不一定真的有花。事物的缘由不在外部，而是在人们的内心。四姨是善意的。四姨说你要想闻到花香，花香便会从你的心底里飘起来。

心理学家也告诉我们，意念会帮助我们看到、闻到、体会到一些我们曾经接触过，但眼前并不存在的东西，这不是无中生有，而是从心而造的生活体验。

正像只要我们身心愉快，就可以在平凡中体验到幸福一样，在无色中看到光，在无味中闻到香。在平淡生活中体会到的愉悦。我们不一定真的拥有，但只要快乐，幸福就会被我们所体验。

抓　鱼

　　那是老早，二叔该了生产队二百块钱。那时的二百块，对二叔来讲沉重的犹如现在的几十万元，或是更多，在我们心里就是更多！

　　被压得喘不过气来的二叔走投无路。那天他就走下河去，是想结束自己的一生。

　　二叔不会水，只要他走到河心，河水没过他的头顶，一切便宣告结束了，事情本来简单好办，但这个时候，却有一群青年人提着网，下河捕鱼了。青年人一边往河里走，一边问二叔是不是也来抓鱼？

　　面对一片欢笑，二叔不好意思告诉青年人，他是来自杀的，顺嘴说是来抓鱼。青年人听了，请求二叔和他们一起捕鱼，二叔只好答应。

　　于是，一张网被下到水里，二叔和青年人并排着往网里赶鱼。

　　一时间，喊声，笑声，快乐声响彻整个河面，这与二叔想自杀的行为天壤之别，格格不入。二叔很灰心，只好打消了要自杀的念头，最少也要另改时日了。

那天，大家收获良多，一张大网里，粘了几十条鱼。二叔也分到了五条。二叔提着鱼，慢慢地向家走去。远远地，他看见了家的门窗，门窗依然还是倚里歪斜，屋顶依然还是长满了黄草。一切还是让人感到楚惶和冰冷的那个家，二百块钱还是没有着落。可那天女人和孩子们却高兴坏了，因为二叔意外地带回了鱼。

二叔竟然有兴趣去抓鱼了。那一晚上，一家人都受到了鼓舞，按说此时的家人，本应在二叔的死讯中哭作一团，场面本应是死去活来，天塌了的一场悲剧，然而，此时此刻，一家人却被欢笑和快乐所代替。人生真是不好说。

二叔怔怔地看着女人和孩子们的笑脸，本来心里是苦，却又突然涌出一股莫名的感动，这感动差点让他掉下泪来。他心想，多玄啊，差一点点今晚就是一家人最悲痛的时候，幸亏这一切并没有发生。不然他是多么对不起孩子和女人啊。

面对家中的一片欢乐，二叔突然感到生活似乎并没有他想得那么坏，他也总还是应该好好地活下去才对。

从那天开始，二叔便常去抓鱼了，他是有意让一种美好的感觉填补心中的凄楚，然后迎来孩子和女人的笑声。几十年过去了，二百块钱，现在看来，那是多么微小的一个数字。二叔至今还活着，活在欢乐里，因为死过，所以比谁都欢乐！

其实，很多时候，我们并不是真正遇到了多么沉重，翻不过去的大山，而是因为过分的失望和沮丧，放大了困难的倍数，反而忽略了生活中那些唾手可得的美好和幸福。只要有这些美好和幸福存在，我们就值得活下去。

"二百块钱。"二叔说，"我曾经差一点点被二百块钱夺去性命!"二叔常这么说。他常这么说的目的，是为了提醒自己和别人别干傻事，好好地，快乐地活着!

"去抓鱼吧!"二叔说，他喜欢抓鱼，因为在那个特定的年代，抓鱼饱含着生活的更多意义。

让我们去寻找这种意义，想方设法，快乐地活下去。

奉陪者

　　她拿出一整天的时间，陪朋友去商店买衣服，她打算全心全意，为朋友好好服务一整天。

　　谁想，朋友并没有选中意想中的服装，她却无意间挑中了两双心满意足的鞋子。事情调了过来，不是她陪朋友，反而成了朋友陪她。朋友的目标没有实现，她却想不到地有了小小的收获。

　　老师让他义务辅导班里数学差的同学，没想到辅导中，他却有了升华，领悟到了数学的奥妙，从此，他更爱数学。中学的最后一年，他竟夺得了全英国的数学冠军，他就是后来英国的数学大师罗卜特。

　　朋友第一次去相亲。不免有些羞色。她抱着成人之美的好心，陪朋友去见那位男士。相亲之后，男士并没有看中朋友，朋友也没有看中那位男士。想不到男士却在暗中看中了她，一来二去，多少年后，这位男士竟然成了她的男人。

　　早年 A 陪伴 B 去一家影视公司试镜头，导演没有看中 B，反倒看中了前去陪朋友的 A。多年以后，A 成了影视界的大腕。A 说，我万万没有想到，我只是为了朋友。反而却成全了我自己。

小时候，泰森的伙伴里，有一位整天梦想成为拳击手的人，希望找一个陪练者，就是一个挨打的人。谁都不愿意去做这个角色，泰森却甘愿奉陪，分文不取地整天挨打，一年两年，朋友不见起色，挨打的泰森反而成了世界级拳王。

马克年轻的时候，是在救助站里任职，工作之一，就是劝解别人，让人想开，早日脱离苦难。劝解中，别人不见得怎么开心，马克自己的心胸倒是越来越宽阔，越来越懂得了什么样的人生才是幸福的人生。他劝解了别人二十年，终于成了美国最有名的教父之一，一生写了三十部让人觉醒的书。

在我们的经验中，我们有多少次是在奉陪别人，贡献别人的时候，自己却成了得到和收获者。生活就是这样，它并非某种巧合，而是因为我们真诚的奉献和付出。

分享你所拥有的

　　作为二十二岁的德国大兵杰克，在第二次世界大战期间，曾被敌军赶入大漠，他的唯一出路就是穿过荒无人间的戈壁，死里逃生。

　　好在杰克事先准备了水，只要他省着喝，大概不会干死。茫茫大漠中，除了杰克自己，什么也没有了。杰克走累了，只能和他随身带着的一只玩具狗说话。在这之前，杰克从来没有过多地注意过这只玩具狗。杰克想不到，在他或死或生的时候，这只玩具狗却成了他的唯一伴侣，他抚摸、摆弄着玩具狗，认真地端详它，跟它说话，跟它亲昵，把它当作一个有灵性的伙伴。

　　每天，杰克除了走路，再也没有别的事可干了，他的压缩饼干快吃完了，便和玩具狗商量怎么办。他迷路了，问玩具狗该向哪里走。他烦了，就骂玩具狗。他想家了，就抱着玩具狗念着他的亲人名字，或是干脆大哭一通。狗不语，瞪着大眼睛看他。杰克认为狗完全听懂了。于是，他感到来自亲人的欣慰。杰克睡觉的时候，就把玩具狗抱在怀里，对狗说，只要我能活着出去，我就要好好找个姑娘，像抱你一样，好好抱紧她，活着是多么好啊！狗还是不语，望着杰克。杰克却感到来自狗的温情。

整整十六天，杰克奇迹般地走出了大漠。后来人们问杰克，你独自一人深居大漠，该是多么寂寞恐怖啊。杰克说，是的，我都想自杀了，好在我有一只沙皮狗。

人们惊异，没想到杰克还有一只沙皮狗。杰克得意地举起他的玩具狗，流着眼泪说，我要感谢它，是它和我做伴，给了我温暖和无穷的力量，减少了我在大漠中的孤独与恐惧，使我能活着走出大漠。是的，这是杰克对玩具狗的真诚感受和感谢。

土耳其的登山运动员崂斯不慎掉进山洞，身上除了事先背着的干粮，只有一个记事用的小本子。崂斯躺在山洞里，听着手表秒针的嘀嗒声，他无法忍受等待给他带来的恐惧。他开始把小本子撕掉，一页一页地叠起纸玩具来。他叠呀叠，竟然被自己的纸玩具所吸引，忘记了时间的存在……

十天之后，人们找到崂斯的时候，他已经完全昏迷。人们惊讶地看到，在他的周围，摆满了各种用纸张做的玩具。十天，崂斯奇迹般地活了过来。

崂斯在后来的漫长岁月里，一直感谢他的那个小本子，那些没有生命的白纸，在他最艰难的时候，给了他无限的力量，支持着他的生命。这些平日看来价值极轻的白纸，却与他分担了所有的艰难，陪伴他度过了可怕的死亡岁月。崂斯一直认为，是这些纸张与他分担了难以度过的可怕时刻。

在世界的许多集中营里，犯人们会借助手中的一件很不起眼儿的小玩意，度过很多年。这些玩意，无一不成为支撑他们岁月的最亲密伙伴，甚至比有灵性的生命更让他们感到亲切和温暖。人与物的交流，会生出许多意想不到的情感与奇迹，甚至会胜出比无情物本身的价值高百倍的力量。

我们拥有的，不一定是世界上最好的，有时甚至是微不足道的，但只要你懂得充分地去享受它，珍爱它，它同样会带给你莫大的愉快与幸福。甚至出现某种奇迹。

德国大兵杰克、土尔其登山运动员崂斯，他们的例子虽然有些绝对，但却提醒着我们，尽管我们的身边有着比他们当时多得多的物质与精神的财富，但我们是否充分地去分享了这些财富，却是一个学问。

人生一世，总是要这要那的，常常是吃着碗里的，看着锅里的，还惦记着其他的。而往往忽略了自己已经拥有的。大凡的人们，都是苦苦地去求去奔，却将已经拥有的轻易遗弃，抛在一边。这是人们通常爱犯的毛病。

学会分享你所拥有的，珍爱已经属于你的人和事。你的生活就会多姿多彩，而且会变得更有意义。就是普通的日子也会因为你的珍爱而变得其乐融融，更加美丽。

煮鸡蛋

　　煮鸡蛋需要多长时间，怎么就能看出包着一层硬皮的鸡蛋是熟了，还是没有熟，这是一个不好回答的问题。

　　中国人做事情的模糊理念，使中国的家庭在煮鸡蛋时都可以不看表，说它什么时候熟了，它什么时候就是熟了，不熟的时候很少，或是基本没有不熟的时候。中国人的哲学观念使中国人在煮鸡蛋这一方法上运用得恰到好处，虽然没有人能说出煮鸡蛋的确切时间是多少，但家家都能把鸡蛋煮得正好。千百年来，煮鸡蛋的问题在中国不是问题。

　　不过，这看似简单的问题，却包含着几千年来的中庸思想在起作用，这么说来，又是一点也不简单的事情了。

　　全世界的人都在吃鸡蛋，但你也许不知道，有些国家的人却不会煮鸡蛋，也就是说，他们不一定都能把鸡蛋煮熟。最少他们在煮鸡蛋时，不是运用的模糊思想。他们受不了不看时间，你说熟了就熟了的方式方法。

因此，他们反而被刻板的时间概念制约住了，他们需要几分几秒才能煮熟鸡蛋的准确告之。所以，有些国家的家庭在煮鸡蛋时，反而会因为过于教条而煮不好鸡蛋。因为很少有人知道，煮一个鸡蛋的准确时间到底是多少，如果不运用中庸哲学，模糊概念，这将是一道难题。

　　在非洲的一些较落后的部落，现在的人们还常常沿用古老的方法煮鸡蛋，夏天到来之际，他们会把鸡蛋埋在屋外的沙土地里，让炎炎的太阳把它烘烤晒熟。一般这种鸡蛋熟了不知多少遍，以至蛋黄都发了硬，失去了煮鸡蛋的柔软和鲜嫩。这绝对是一种失败的、不可效仿的做法。

　　在法国的一些乡村小镇，农夫们的传统方法是不能把鸡蛋煮熟，因为那样他们会认为是破坏了鸡蛋的营养。在中国的个别法国酒店里，你同样可以见到这种现象。在吃早餐时，当你打开一个鸡蛋时，蛋黄往往还没有成形，完全就是生的，好一点的情况也只有四成熟，这很像西方人喜欢吃的生菜，不生不熟的才正好下嘴。

　　德国人干什么都讲究尺寸和规矩，因此，德国人设计了一些煮鸡蛋的器械，就像钟点一样要有一个秩序，不然你说多长时间鸡蛋可以煮熟？德国人办事一丝不苟，这也体现在煮鸡蛋上。比如煮一个鸡蛋要五分钟，那就五分钟。五分钟到了，器械会发出蜂鸣声。只是，困难在于鸡蛋不是机械的，它有大有小，外皮有厚有薄，有软有硬，火候也有强有弱。因此，刻板的德国人在煮鸡蛋时，虽然有着科学的方法，但将鸡蛋煮生了的时候也是常有的。

　　印度人没有时间的观念，约会时，说是五点钟和你见面，六点钟能来就算是好样的。他们的时间观念也体现在煮鸡蛋上。他们不是把鸡蛋煮得过了头，就是根本没有熟。但没有人在乎这一点，生就生些，熟就熟些。像印度人如此对待煮鸡蛋的国家世界上不少。因为包着硬皮的鸡蛋个个都不同，什么时候煮熟，确实无法一刀切，因此，干脆不如允许它有些差异得了。

要说对煮鸡蛋的讲究，还要归于日本人，日本人的精细是有名的，在日本的一些高档酒店里，你在早餐时可以吃到嫩嫩鲜鲜的，刚刚煮熟，绝对没有煮过头的煮鸡蛋，有些像软豆腐，但绝对是熟了。可见日本人煮鸡蛋的功夫有多深。日本妇女在煮鸡蛋时，都是大眼盯着锅里，她们心里的估算绝对正好。而日本人做事情的精细程度正像他们的煮鸡蛋。这么说来煮鸡蛋就是一种文化了。

世界上不少国家的食客，吃鸡蛋的方法很少是煮鸡蛋，他们信不过煮鸡蛋，怕它熟得过了，更怕它没有熟。于是，他们一定要把鸡蛋皮打碎，看到鸡蛋里面的物体是怎样一回事，怎么熟的才放心。这样一来他们只能吃摊鸡蛋了。在我们看来很平常的煮鸡蛋，对有些国家的人来说却很陌生。他们从不吃煮鸡蛋，而绝对要像吃其他带皮的食物一样，先要把皮去掉，才能吃里边的果实。而不像中国人将模糊理念贯彻到煮鸡蛋中。

许多国家的人都不能忍受煮鸡蛋，他们不能忍受的是一个在硬皮里面的东西，他们会问：你用什么方法判断里面的东西是熟了还是生了，这要较起真来，确实是一个问题，难道你就没有把鸡蛋煮生过吗，难道你说的每次肯定熟了的鸡蛋不是已经被你煮老了吗?！你仔细想想，这确实没法回答。

另外，外国人对中国人几乎家家都会做的鸡蛋汤更是惊讶不已，他们弄不懂，你是怎样将鸡蛋均匀地打在锅里，鸡蛋又怎么成为了片状，或是云状的，他们几乎要视这种现象为魔术。认为只有高级厨师才能做到。不管是做鸡蛋汤还是煮鸡蛋，在外国人看来都有神奇的一面。

从一个煮鸡蛋上，你会发现各国的哲学观点有多么的不同，生活的方式又有多大的差异。我在欧洲最少见过三种以上不同煮鸡蛋的机器，煮鸡蛋竟然还要那么复杂的机器，可见各国有各国的习惯，各国有各国的道理。一个煮鸡蛋，你会在世界各地看到五花八门的方法和技巧，这就是不同的世界文化。这将打开你的眼界，开阔你的思路，不但很有趣，还会使你收获多多，感想多多。

鱼 的 层 次

　　亚马孙河的主流河床大约有 40 米深，在这 40 米深的水域里，大概生活着 19 种鱼。有意思的是，这 19 种鱼在 40 米深的水域里，只是生活在自己的层次里。如果把这 40 米深的水域冷冻成大冰块，再用刀子切开，人们会发现，每种鱼的生活空间，只是在上下两三米的水域内。而每个层次中，差不多也只生活着一种鱼。

　　不可思议的是，鱼在水中是最自由的，根本没有界线，它们可以上下游动，横竖穿行。我们所认识的鱼，大概就是这个样子的。但事实上却不是，一点都不是。鱼们给自己规定了层次，只生活在属于自己的层次里。

　　对于亚马孙河中的鱼来说，层次的分明，给他们带来了生活的保障，但同时也带来了麻烦。在六月的雨季，或在十一月的干旱季节，河水不是猛涨，就是迅速地下降。40 米的水域不是上涨到 50 米，就是锐减到 20 多米。水中的鱼们也就被压缩到了另一个层次中。鱼们生活的那个原有层次，往往就被挤压，打乱了。鱼们会因为气压，水压以及氧气的变化而不适，甚至死亡。

有些鱼为了生存，不得不先与其他层次里的鱼们厮杀，争夺水域。即便占领了这个层次，也还要习惯新层次里的种种变化，总之，生存得相当不易。

秋天的亚马孙河，人们经常会看到一些死鱼漂浮在水面上，其原因就是无法适应层次的变化。无论是处在上层的鱼跑到了下面，还是下层的鱼跑到了上面，层次的改变，都将使他们经历一场生死的考验。

科学家的研究表明，层次上的变化，是鱼们在一生中所面临的最残酷的生存考验。很多鱼都无法越过这一关，诸多的不适应，使他们丢掉了性命。

进而说到人，作为有思想的人，层次上的变化，比鱼们其实更惨烈。尽管人与鱼不同，但人在意识上，不断向上追求的层次，给人带来的挫折与艰辛，不仅会导致心理上的巨大压力，还会给生理上带来诸多的变化，如糖尿病、血压高、神经性疾病……

从心理学的角度讲，人们转换层次的过程，比水中的鱼要复杂得多，每一次的转换都是一次付出的过程。人生中的所谓挫折与失败，往往都是层次上的某种变化。

英国的研究者早就发现，人生的层次可以分得很细，也很复杂，无论是往上的层次，还是往下的层次，都很像水中的鱼，只要是从一个层面转换到另一个层面，无论是上是下，人们的内心都要经历一次动荡和洗礼。尽管人生的层面通常不像水中的鱼那样清晰，但给人带来的心理冲突却是剧烈的。

研究表明，人的一生不管怎么复杂多变，其核心，都是层次上的变化。生活的种种问题，也都可以用心理，意识的层面来划分。这一点，与水中的鱼们没有两样。人无论是往上走，还是往下走，其中的转变，都要比水中的鱼们付出更大的代价。

现实社会中，人们往往不能适应的，正是因为心理层次上的变化太多、太快、太迅猛所致，这对人的伤害也是巨大的。

鱼在被动的层次中，会因为水压和气压等各种变化而不适。而人在转换层次上，同样面临着种种危机和挑战。一个人，是否能接受从高层次跌入低层次，是否能承受从低层次升入高层次的压力，其实都是一个问题。

从这个道理上看，守住自己现有的生活层面，便会得到相对稳定的生活，人生也会相对平静。而争取更高层次的地位，便会给自己带来诸多不安定的因素，动荡在所难免。

有意思地是，没有思想的鱼，却知道守在自己熟悉的层次里是一种快活，而人却永远不会满足固有的层次。人往高处走，水往低处流。这就说明了人的一生是必然要经受挫折的一生。

问题是，无论人往高处走，还是往低处走，层次的变化都将使人受其磨难，付出代价。

人生每个层次上的转变，都会给人带来许多无常的东西和不安定因素。多看看水中那些因为对层次不适而挣扎着的鱼们，大概对我们的人生会有许多启示。

总是挑错的人

早上，李蒙出门就感觉不快，因为他看到了一辆子停放在了不该停放的地方，不但挡住了人行道，也妨碍其他车子的进出。李蒙愤然，这样没有一点道德的人，就该把他的车子刮坏，不然无法给他教训。李蒙没有想到这辆车子马上就会开走，他从不这样想问题。

他抬头看到了不远处那座新建起来的黄楼，他心里有些拐扭，心想怎么又是黄色，真是俗不可耐，设计师八成又是个混饭吃的主儿。他低头看到了路边的狗屎，火气一下蹿了上来，这是谁家的狗！又满地的拉狗屎，今后小区里就该禁止养狗，或者拉一泡狗屎就罚它一百块！要罚就罚它个不敢露头！

门前的垃圾桶搁得太不是地方了，怎么可以离人行道这么近，盖子丢了也没人管，整日臭气熏天的，就是不能交物业费！楼道里的灯泡坏了三天了，每天回家都是黑灯瞎火，三天了还没人来修。现在的人，就知道钱，除了收钱的时候准时，其他的时候你就甭想找到他们!

今天路上又是堵车,没一天不堵!还老嚷嚷整治,越治越堵!年年交车船使用费,行车走路却越来越难。往后就是不交了。要不交,大家就该齐心都不交。今天单位开会又得迟到了!一到节骨眼儿上,自己就迟到!总被领导抓个正着,真是倒霉!

单位也是,一天到晚就知道开会,今天又是李主任主持会议,李主任这人不厚道,会上一套,会下一套,当面说得好听,背后就会玩人!听说刘士宏有可能来顶替李主任。不过刘士宏这人也不行,这人是电冰箱的肚子——太阴。

以后跟刘士宏来往得小心点了,这家伙心计太多,也太贼,关键时刻是个卖人的主儿。和他说话绝对不能有太多的实话,以前跟他说得太多了。李蒙一阵后悔,陷入另一个烦恼。

接着他又联想起好多不愉快的事,除了刘士宏这个一心想当官,又出卖人的家伙,还有王棚、赵伟……这些人都不得不防,都是自私透顶的主儿,没一个好东西。这样一想,他的心里便疙疙瘩瘩的难受。他还想起赵伟很像昨天晚上电视剧里的那个演员。导演一点水平也没有,怎么挑了那么一个小眉小眼的演员当主角儿,脸上还长着那么大的一颗痣。他连连摇头,心想那个演员的演技也太一般了,看来导演也不怎么样!现在有什么好电视剧,都是垃圾!

天开始阴了,李蒙更烦。心想,天气预报又不准,干什么吃的!不是说今天是大晴天吗,怎么又阴上来了。李蒙恨不得去找天气预报的好好理论一通,都把他们赶下台。

李蒙这一早上,看什么都不顺眼,心里一堆垃圾。他的心态不好,越来越不好,一直斗争着,生着闷气。

直到中午，他才猛然想起心理医生的话："不要老是抱怨，这样你的心里就会变得越来越愤恨，你平常的不愉快，是因为你总去留意那些垃圾样的东西，你留意垃圾样的东西太多了。不要老是注意那些肮脏的、不公道的东西，那样你的心里就很容易被污染。你的恶劣情绪是因为你的心里装了太多恶劣的东西所致，你的问题是你太爱挑剔了。一个挑剔的人，看什么都会找出错，没有一样是完美的……"这是他去看心理医生时得到的劝告。

　　他还想起医生的嘱咐：有时糟糕的不是外在的世界，而是你的内心。你总是去看那些负面的东西并把他们任意放大，这是不好的习惯。心情不好的人，一般都是爱挑剔的人，这是一种自我折磨。记住：一个总爱挑剔的人一般都不会太快乐，因为你的心里总会被不洁的东西装满。一个垃圾车外表再干净，里面也是肮脏的。多去注意光明面，你的人生自然就会摆脱那些垃圾样的东西。

　　他再一次察觉到自己是一个无时无刻不在挑剔的人，他习惯于把全世界的错都挑出来，然后背在自己的身上，让自己去承受。因为挑错，他整天都在愤恨中。他承认他不是一个快乐的人。他想，天下像他这一类人，大概永远都不会快乐了！他想得很对，知道今早又错了！

看玉的秘诀

　　一块含了翡翠玉的石头，放在你的面前，你能通过石头的表面，看清里面的文章吗。千百年来，多少人想掌握这门技术，可惜，至今也没有人能百分之百分的有这种把握。于是，看玉便成了一个相当神秘的行当。

　　正是因为如此，买翡翠玉石，就是一门有相当难度的学问了。民间有"一刀富，一刀穷，一刀死"的说法。因此，你可能暴富，可能上当，还有人倾家荡产。

　　一刀富，说的是一刀切开，石头里面全是绿绿的翡翠，那你就发了，三辈子享受不尽。一刀穷，说的是这一刀切下去，里面全无翡翠，就一块石头，那你可惨了。一刀死，说的是你经受不住这种打击，一刀下来，你赔得个底朝天，承受不起，或投河，或上吊。

　　在缅甸的一些矿石场里，年年都有一夜暴富的人，年年也都有倾家荡产的人，投河上吊的主儿，每年不下几十个。看玉，真不容易！

而今，含了翡翠玉石的价钱，比二十年前翻了上百倍，一块一尺见方的石头，几百万元是它，几千万元也是它，一个子儿不值的也是它。如此水深火热，大悲大喜的结局，让一般人不敢轻易去买玉。怪不得行当里的人都说，买玉，如同一场生死！

　　从古至今，买玉的规矩又是一个双方愿打愿挨的事，是真是假，谁也不能反悔，一手交钱，一手交货，看似简单，其实全系着你的身家性命，脑袋掖在裤裆里的事。一点马虎不得，陷阱套着陷阱，诡诈跟着诡诈。许多人就是发了，也属于九死一生！

　　于是，在中国云南与缅甸一带，就生出一些专门看玉的人。其实就是看石头，这些人通过长期的经验，凭着石头的外表，能看出石头里面到底有多少翡翠来。这功夫可是深了，但由于谁也不知道石头里面的真正情况，看走眼的时候依然还是很多的。

　　在云南，有一位姓许的师傅，看石头比一般人都高明，算是一个奇人。买石的人都委托许师傅帮着去看玉。开得价钱很大，但许师傅反而要得很少。

　　许师傅一家是祖传看玉的，费用却比别人要得都低，就是一块上千万元的石头，许家也顶多只收五千块钱的看石费。当然，如果给人家看走了眼，也顶多赔你五千块。但许师傅十有八九不会走眼，只是轻易不会出山。因此，也就更显得金贵。到中国云南与缅甸一带去买石的人，大都会千方百计，找到许师傅，请他出山帮忙。

　　一来二去，人们发现，许师傅确有看玉的秘诀，玉藏在石头里，现在任何科学仪器都无法断出石头里面到底有多少玉，许师傅却能凭着肉眼，看个八九不离十，这功夫相当了得。于是，多少人更想花钱，买下许师傅的家传秘诀。

但许师傅就是不卖，并告诉人家，这个如同学佛学道，得真正开了悟，因此也就不好学。

几年前，几个汉子动了邪念，将许师傅绑了，不要金银财宝，好吃好喝伺候着，只要许师傅说出看石的秘诀，就放许师傅一条生路。

生死攸关之即，许师傅说出了家传的秘诀：许家的秘诀简单得让人惊骇，许师傅说：就怕我告诉了你们，你们还是不能掌握，汉子们听了全摇头，让许师傅只管讲。

许师傅道：我家秘诀传了三代，其实只传了一个心态，看玉的经验，这世上许多人都会，都在书上写着呢，你们到书店里翻翻，就是那些东西，比我讲得还细，我也就是那些方法。只是我们许家为人看玉，从不贪心，手续费收得最底，如此心态才能平静，心平静了，才能不影响眼力。我家看石，之所以准，再无别的秘诀，只是凭着不贪的心念。而多数人却做不到，见到一块玉，心就跳得不行，马上就起了贪念，怎么还能看好玉。这个天下，无人不贪，一个贪字，便毁了一切，一个贪字，心便先散乱了，散乱了的心，自然就被迷惑，一颗已经被迷惑了的心，还怎么能看透本来就看不清楚的石头。

要学看玉的秘诀，你们先把贪念去了，把这个功夫练好，心里自然就有了准。

汉子们听了全都愣住。

许师傅说，不贪的心态，你们能做到吗？要想得到这个秘诀，你们从现在起就得去修，十年八年以后，说不定会有效果。我是修了十几年，才敢出去给人家看玉。

汉子们无言以对，他们要不是贪念太重，怎么会绑了许师傅，许师傅如此的心境，可是他们学得了的。

看玉，多少年来，除了那些人人都可以掌握的技术，其实就是一个心态了。这是主宰，其他的都是附属。其实世上凡是用心去衡量，去甄别，去判定的东西，都属于一种心上的"技巧"。

用心上的"技巧"去做事，就必须要有一颗平静，纯净、不散乱的心，失去这个，便失去了根本，再大的学问都没有用。心上的"技巧"是要首先去了心上的杂质才成，这个谈何容易！

汉子们无奈，最后只得放了许师傅。

视而不见

　　每个人身上都带有钥匙，少则几把，多则十几把，每天掏来掏去，最少要用两次以上。但你是否留意过，这其中有你永远都不会再用，却依然会挂在你身上的一把，或者两把钥匙。

　　据世界趣味组织调查，有些钥匙尽管永远没有了用处，但它依然会被人们带在身上，少则几个月，多则几年，甚至几十年，最长的要跟随人到终生。生活中，人们每天都要掏钥匙用钥匙，却不知道，也很少理会哪些是属于能用的，哪些已经彻底没有了用处。

　　同样，每个家庭里的抽屉，都装有许多无用的杂物，尽管我们天天都在翻抽屉，却没有意识去清理这些东西，就让它占据着我们的空间，一年两年……永远都是视而不见。

　　由于历史的原因，大多数单位都装有意见箱，里边其实并无信，也无人去打开，箱上的锁，大都因为时间的长久而锈死了，可箱子依然那么挂着。长年累月，人们因为看惯了，反而看不见它的存在。

某寺庙大殿中放有一功德箱，因修庙挪到了角落里，这一挪就挪了三十年，虽然拜菩萨的人每天成千上万，但已无人往这只功德箱里投钱，一年年过去，玻璃罩里已经落满灰尘，钱也都是三十年前的，有些早已不在社会上流通，但箱子就那么放着，无人去动，也无人看它一眼。

　　某些小区，总有破烂自行车被扔到角落里，不是没了轱辘，就是少了车把，风吹雨淋，再无人去动。小区里的清洁工天天都在打扫卫生，但烂自行车却不在清理之内，即使检查卫生的来了，也不会把它列入不整洁的范畴，就那么放着，十年八年，大家也都视而不见。

　　在一国家级的风景旅游区，上山的路上竖着一块石头，一半埋在地下，一半露在地上，路本来就窄，所有人都要绕行。这块挡人的石头为什么不搬走，竟然无人能回答，就那么挡在路中央。据说已有上百年了，就是因为上百年了，所以大家习以为常，视而不见。

　　某些人的脸上会有疤或痣，自己天天照镜子，不一定还会放在眼里，甚至根本看不见了。我们天天看一个人，他脸上的疤或痣同样会被我们完全忽视，虽然天天看着，但未必知道他脸上还有一颗痣。

　　生活中，到处都有视而不见的事情，这很像我们身上的缺点，自己和大家一旦习惯了，就再没有人把它当成问题，以至这些缺点缺陷会一直与我们为伴，并会跟随我们到终身。

目　光

　　女孩林妮的身边有四个男孩儿。四个男孩儿，对林妮都表示出了强烈的爱意。林妮的漂亮让世上的男孩子倾心。为她睡不着，为她颠三倒四，为她想死想活，想发疯的男人不知多少。面对如此的现状，林妮会挑选什么样的男孩儿，大家猜测不一，目光不同，看法也各异。

　　我们认识林妮，也认识那四个男孩。当时的四个男孩儿，对林妮的痴迷程度，既让林妮惊讶，又让林妮感动。可她只能挑选一个。那年的秋天，犹豫不决的林妮，终于让我们为她进行一下选择，她要看看大家的目光。

　　四个人的情况我们都相当清楚。

　　王宏，没什么特点，平日拉邋里邋遢的一个人，有点钱就下馆子请朋友，特江湖义气那种。爱看金庸小说和动画书，工作上很少受到领导表扬。单位里不点名的批评，十有八九倒是在说他。他追求林妮不顾一切，我们却认为这是癞蛤蟆想吃天鸟肉。多数人都看不上他！我们也一样。

李占辉，早起不爱刷牙，晚上也很少洗脚。上班经常迟到，两次受到厂里警告，一次差点被厂里开除。平日弄点古玩，倒点字画，十有八九都是赝品！这人肯定不行！

孙程伟，蔫蔫乎乎的一个人，身边没一个朋友，一身的怪味道，谁都认定，这人早晚精神了！

于文兴，烟酒不沾，从小学就常获奖，直到工作。上班下班，三点一线。做事极为认真，还会做饭洗衣，收拾家物。年底一般都会被评为班组先进或是标兵，不是获得一只脸盆，就是获得一块肥皂，最少也是一只牙刷。

大多数人都把目光放在了于文兴的身上。异口同声对林妮说：当然是于文兴了！我们为林妮选择了于文兴。在那个年代，于文兴最符合生活的理念和社会的准则。这也是我们的目光。

林妮征求了更多人的意见，大家的目光都很一致，就是于文兴！

不过也有人以为该是王宏或李占辉或孙程伟，说林妮你不能光看现在……

林妮请我们喝喜酒的时候，为我们敬酒的果然就是于文兴。林妮说大家的眼睛还是亮的。听了这话，我们都一阵自豪。

时世变迁，二三十年过去，那个被林妮甩掉的王宏，竟然成为了一家金融公司的总经理，每年收入都在百万元以上。在电视台的采访中，我们才惊异地发现，原来他已经是这个时代的企业明星了。

李占辉，被林妮否认，也是被大多数人否认的人，现在已是一位开发游戏软件的知名专家，他的私人公司已有资产三个亿。真是看不出来！

孙程伟竟然成了一位画家，不但事业有成，还活成了人上人。

而林妮现在的男人，当初多数人最看好的于文兴，却因为种种原因下岗，一直在家游手好闲，不是蹲在马路边上下棋，就是弄个竹笼子养鸟。五十六岁的人，倒像了七十六岁的人，再无一点作为。

林妮的命运，较为典型，作为当初的同事，我们常会提及此事。是反省我们的眼力，想起当初，大家都会一阵感叹。

曾经的我们，也都选择过我们认为是最正确、最美好的东西。因为这就是我们的目光，然而，历史常常会否认我们的看法。时光流逝，生活中，许多事，都不是我们当初看到的那个样子。我们的目光或左或右地总会偏离事物的本身。仔细去想，三十年前看今天，我们看错了多少事，又看错了多少人。

那时的目光，只能代表那时的意识。那时的意识，又会让我们的目光变得短浅狭隘。而我们总是依赖着曾经的目光在说人议事，判定着将来。其实所有的将来，都不在我们目光中，也不是我们当初所看到的那个样子。

多数人的目光，其实根本无法穿透时间的屏障，无法真实地看到事物的本质。

不要太相信我们的眼睛了，那不是全部的事实。在我们的目光中，真实的将来，和我们认为最正确的东西，总是被大打折扣，南辕北辙儿！

一根稻草

　　早年，撒哈拉大沙漠的骆驼们曾经历过最严重的干渴时期，没有水。而小骆驼们还在继续出生。但因为缺水，母骆驼们几乎没有奶。在穿越大漠的时候，小骆驼由于缺水干渴都不肯前进。但他们不得不努力追随着母骆驼的奶子，一步步深入沙漠，去寻找另一头的水源。

　　然而，母骆驼却不肯给小骆驼们奶吃，只有到了小骆驼将要倒下去的时候，母骆驼才会给他们几滴奶，然后把他们赶紧甩开，大步前行。任凭小骆驼们怎么惨叫，母骆驼也不会轻易理睬他们。直至他们找到水源……

　　美国经济第二次大萧条的时期，因为没有钱，全美的企业倒闭了大多数。轮胎厂更是如此，欧洲人和日本人乘虚而入，几乎占领了全美的轮胎市场。美国的几家轮胎厂纷纷找到银行家克劳斯，问他怎么办。因为克劳斯在开银行之前，也曾开过轮胎厂。克劳斯想了几天，最后终于站出来宣布，他的银行将拿出足够的积蓄支持大家。但他的前提是，大家首先要变卖自己的家产，不到最后一刻，他是不会动用他的钱的。

当时有四家轮胎厂的经理照做了，他们低廉地卖掉了自己的豪宅，甚至自己的农场。他们之所以这样做，是因为有克劳斯这个银行家站在他们的身后，不管出现什么结果，克劳斯最终会出来帮他们一把。他们有克劳斯做后盾，全都有了勇气。

然而，当他们在遇到困难，去找克劳斯要钱的时候，克劳斯却狠着心，回绝了他们的要求，认为他们还没有到最后的死境。

克劳斯死死地守着他认为的底线，一分钱也不出。大家恨死了克劳斯，但又不敢得罪他。因为他是唯一的最后一根救命稻草。

几年之后，四家轮胎厂渡过难关，都先后复活了，而且蒸蒸日上。直到这时，克劳斯也没有拿出过一分钱。但大家还是感谢克劳斯，因为是他在托着大家的生命底线，没有他，大家怎么敢卖房子卖地。是他一直等在那里，让大家不死。大家怎么能不感谢他呢。

然而，当大家都活过来的时候，克劳斯真诚地宣布了自己当时的情况。他的银行是负债，其实那时他比谁都惨。可是，在他四处寻找一根能抓住的稻草时，他发现，原来人人都在寻找救命的稻草，于是，他便充当了这根最后的稻草。

克劳斯的承诺，使人绝处逢生，怀揣希望。如果说，当时大家的眼前还能看到一点蒙亮的话，那就是克劳斯给予的。在生与死的界线上，克劳斯给人的是心灵的源泉。是走下去的勇气。克劳斯当然不会真的拿出钱来。他是在为大家画饼充饥。

这正像撒哈拉大漠中的母骆驼，猎人发现，母骆驼的奶子里，并没有几滴奶水，所以它不能让小骆驼们知道，更不能让它们喝干。因为那时的储存已经不是奶水，而是在储存生命的希望，小骆驼们是看着它，才走出了干枯的大漠，才能得以幸存。人如此，动物亦如此。

我们说抓住最后一根稻草，我们说画饼充饥，在平日，这只是一种形容，实际上的作用是那么微弱渺小，而又虚幻，完全是无能为力的纸上谈兵。但是，在生与死，存与亡的时刻，只要你还能想到，只要你还肯去抓住这根稻草，只要别人还能给你这根稻草，生命的心灵里，就会充满力量，重新燃起希望。就可以作为我们起死回生的凭借，从而拯救我们的生命。

一根稻草，只要它存在，它就会有力量，就会滋长润滑我们的内心，就会使我们的心灵产生无比的动力和源泉。人，只要还有一根稻草，就应该抓住。这就是不死的、积极的人生态度！

别再计算了

　　登山运动员桑巴，在登山时，离正确的路线只差了一点点，准确地说，大概只差了半只脚。就是这半只脚，使他跌入了冰川，陷入了死亡之谷。整整十天，他在直上直下 100 多米的谷底没有一点办法，他是否能活下来，是个未知数。不过，他很幸运，十天后他被意外获救。

　　大家问桑巴，这十天里，在死亡之地，都想了些什么？

　　桑巴说：想生死。说这十天，他把自己的一生都细细地想了一遍。他发现他的命运，或者说所有人的命运，原来都是不可靠的。不是现在这个样子的可能性是很大的。之所以成为现在的这个样子，实际上也是一个个说不准的意外和偶然。一切都只差了那么一点点。如果再差一点，命运早就不是现在这个样子了。

　　桑巴想到的，先是自己的婚姻。20 岁那年，他险些与另一个女人结婚，只是因为结婚前，那个女人向桑巴的家人多要了一张牛皮。桑巴的家人不同意多给一张牛皮。于是，桑巴便娶了别家的女人。也就是现在的这个女人。一张牛皮，改变了桑巴一生的命运。

这中间，桑巴还看上过别的女人，或被别的女人看上。阴差阳错，都是差了一点点。可能是因为一句话，可能是因为对某件无关紧要事情的态度不同。

桑巴结婚数年后，又差一点点离了婚。他和女人闹不来，于是两人写好了离婚协议书，准备去镇上办离。可那几天突降暴风雪，村子都被大雪封了，无法出门。镇委会离他们家40多里路。准想，风雪停了的时候，两人又什么都不提了，就这么又过到今天。要不是那场暴风雪，桑巴该是和别的女人生活在一起。

如果是和别的女人生活在一起，一切就都不是眼下的这个样子了：时间、地点、工作、环境都不一样了。他大概也不会做个登山运动员。登山运动员是女人的父亲介绍的，如果和女人离了，怎么还会和女人的父亲有关系。不做登山运动员，自然就不会赶上这一次的生死。

说到死，桑巴回想起来，这也不是头一回了。登山的危险不说。他三岁那年，患急性病，昏迷半月。医生查不出他是得了那种病，无奈中宣布了他的死期。家人开始为他准备后事。谁想，这时正赶上一名同样的病人来就诊，而这名病人的病情更加显著，是细菌感染。大夫们恍然大悟，桑巴原来也是细菌感染。大夫们给他重新治疗……他活了。要不是赶上这么一个同病相怜的人，桑巴三岁那年便结束了生命，一生只活到三岁。他能活下来，原来是借助于另一个病人。

七岁那年，桑巴下河游泳，沉入河底。岸上空无一人，那时正是人们吃午饭的时候。谁想，在这最危急的时候，就像演电影一样，岸边突然出现了一位村民，偏偏还是一位水性很好的村民。村民跳下河，救上了桑巴。事后这位村民说，那天他是因为和自己的女人生了气，才跑出来。如果那天这位村民的生活一切正常，该是在家里吃午饭，不会出来乱跑。那样桑巴也就没命了。桑巴活着，是因为一个人与另一个人的赌气，是因为别人家的一件意外。

23岁那年，桑巴出远门时，赶上了火车出轨。桑巴坐的那节车厢，人员死伤最多，17人死，34人伤。列车在出轨前的五分钟，桑巴上厕所。厕所却被人占用。桑巴无奈，只好到别的车厢去找厕所。事后桑巴得知，那位占用厕所的人，就是死者中的一个。桑巴冒出了一身冷汗。他想，如果当时厕所不被人占用，那么他该是17名死者中的一个。

作为登山运动员，桑巴再一次死里逃生。生死的十天中，他想了很多很多。他发现人生原本是没有规律的人生。你可能是这样，也可能是那样。你可能差一点变成有钱的富人，你也可能差一点沦为衣食无着的艰辛者。也许你本该活到七十岁，但有可能你在十岁、二十几岁上便突然故去。可也没准你活过了八十岁，而且依然活着。这都可能。

原来什么都有可能。你跟了这个女人一辈子，其实就差那么一点，你就跟另一个女人过一辈子。那你就是另一种生活，另一个你了。你的胖瘦，你的习惯，你的所思所想就都不一样了。

你可能在偶然中与富人贵事攀亲，于是你成了一个富人。也可能在偶然中陷入穷困，于是你做了一生的穷人。

桑巴把这一切归拢，又把这一切放大。他有一种豁达和窥探的释然。他想，人生还有什么好计算的呢。你差一点点就都不是你现在的这个样子，你还算计什么？不要算计了。还是好好生活吧。什么也别想，把你的眼前，你的现在过好，大概才是最为现实，最为聪明的人生！

　　法国的一个科教片，从各个角度论证了桑巴的想法：其实每个人的一生，都会有很多次可能成为另一个你，而不是现在的你。每一个人都如此。

不要再等了

那还是 20 世纪 80 年代初，为了结婚，妻子买了一件昂贵的翻毛大衣，大概就是因为昂贵，妻子平日根本舍不得穿，总是要等待一个特别的，或是重要的日子。可什么才是重要的日子呢，妻子的心里并没有一个确定。偶尔的所谓重要日子，也不一定就是赶上能穿大衣的冬季。因此，翻毛大衣就那么一直搁着。

寒来暑往，一年年过去，妻子并没有等到那个特别的，或是多么不一般的日子，直到大衣的款式过了时，直到再将它穿出去，已经古板得让人笑话，妻子才不得不把它当作了弃物，不值钱地卖给了收废品的人。为此，妻子相当地惋惜。

也是 20 世纪 80 年代，街上流行过戴帽子，男人出门，头上都会戴一顶帽子。那时我也喜欢帽子，每月挣十六块钱，我竟拿出七块钱，买了一顶深蓝色的呢子帽。因为它的昂贵，反而舍不得在平日戴，也是想着要等到一个隆重的机会，重要的日子里享用。于此，帽子被放在了箱底，当作了一件珍贵物。

一年又一年，除了平日拿出来，在镜前欣赏一下，出门在外，并没有真的戴过它。心里总是等待着某个特殊的、不平凡的日子，似乎这样才匹配，才应该。可生活却是平淡的，一日逐一日，似乎并没有一个特别的、相匹配的日子出现。

　　直到街上不再流行戴帽子，帽子反而更深地被压在了箱底。岁月逐流，帽子成了一件历史遗物，再也没有了用处。

　　而家里的其他所谓珍藏，所谓贵重的物件，有些也因为这种心理而放得过了时，不再那么符合时宜了。

　　十年前，出差的时候，曾看到过一只漂亮的手镯，与妻子的那一只一模一样，妻子也曾有意再配上一只。我站在柜台前，计算来，计算去，总是有些舍不得。等下定决心的时候，已经离开了那家珠宝店，心里想着，回来的时候，一定要将它买下来。

　　谁想，这一趟的路线，却没有再回来的安排，就像走过去的人生，回头的时候是极少的。后来，那只与妻子手上一模一样的、透明的、别致的手镯，我寻找了十几年，十几年里都没有再见过它，而惋惜的心情，却一直保留到了今天。

　　女儿小的时候，总想多带她去郊野、去公园、去"欢乐谷"好好地玩一玩，然而却是想法多，行动少，直到女儿长大，去玩的意义已经失去了，才感到已经晚矣，心里剩下的只有对女儿的欠情。

　　年轻时候，总说要与好友一起去划船，去爬山，好好地聚一聚，但事到临头，又总是舍不得时间，总是觉得，游玩、聚会，还是应该让位于事业。于是总是说，还是等不忙的时候吧。其实人的一生都在忙，每时每刻都有事情要做，漫漫岁月，这样的约会不知流失了多少。人到中年，竟成了一桩桩一件件的遗憾。

那天偶然经过公园，看到几个年轻人载一只小船，于湖光山色中荡漾，突然为自己年轻时的遗憾而深深的自责。仿佛刚刚意识到自己已是中年，时光已去。心里突然就涌起要与朋友一起去划船，去爬山的兴奋。然而那时的朋友早已四散，许多事，因为过了季，而再也没有挽回的机会，即便是去划船爬山，也已经不再是年轻时候的滋味儿。时光荏苒，草木凋零，时间早已不是昨天。

　　那天突然接到朋友去世的讣告，曾几何时，一直想与他见上一面，好好地叙叙旧情，彼此畅快地聊一聊明天，想不到如此见面，竟然是在他的葬礼上，心里怅然得只留下了感叹。

　　生命无常，岁月逝失，人生好多事，反而都是在等待中错过的，因等待而丧失，因等待而变化。回首惊看，真是没有必要把珍贵的东西放在箱底，真是没有必要，非得等待一个所为重要的日期才去怎样。其实生命中的每一天都是隆重的，生活中的每一刻都是要好好把握的，因为我们的每一天都是机会，更因为这样的机会永远都不会再来。

一只苹果

20世纪80年代初，我在一家小工厂上班。妻子要生小孩了，什么都不想吃，一天她突然对我说，她想吃苹果。我吓了一跳，在那个年代，苹果是一种稀物，平日没有人吃得起，也没有人想到要吃苹果。那又是春天，也不是苹果成熟的季节，整个城市也很难找到一只苹果。

妻子说，她只是一时想起来，随便说说，并不是真想吃苹果。她知道这是一件多么难办的事才又这样说。然而我却当了真。

第二天，我便跑到集市上，一个水果店，一个水果店的去寻找苹果。整整两天，繁华的闹市区几乎被我找了个遍，但是没有苹果。苹果在那个年代，算是一种高贵的奢侈品，可我依然不肯罢手。

第三天的傍晚，又寻找了一天的我，终于承认，在这个城市不可能找到苹果了。暮色中，我失望地走出水果店，疲惫地走向车站。

在车站，我一下子惊呆了，苹果！站台上，向我迎面走来的一个上岁数男人，手里提着一个袋子，里面竟然是两只又大又红的苹果。顿时间，两只苹果就像照耀了整个世界，我的眼睛一亮。赶忙走上去，不顾一切地跟他打招呼："您好，您是从哪里买到的苹果？"我的询问带着一种不可抑制的惊呼。

对方抬起头，惊讶地看着我，半晌，他问我做什么？我急切而真诚地告诉他，我的妻子要生小孩了，她是如何地想吃一只苹果，可我翻遍了整个城市，却找不到一只苹果。我急需知道他是从哪里买到的苹果。

他听后，脸上露出了一丝苦笑，说他的儿媳也正赶上妊娠期，身体反应十分厉害，什么都不想吃，也是突然想吃苹果。而他的儿子又因出差不在身边。和我一样，他跑遍了整座城市，却没有买到一只苹果。后来听人说，河北一个地方有苹果，他就跑到了河北。其实河北也没有苹果，只是一个水果仓库正清仓搬家，存有一点苹果。可惜他去得太晚了，和人分了这两只苹果，他说那是一个好人，自愿分给他这只苹果。

我听了他的述说，心里完全凉了。没有苹果。在那个年月里，要想买到一只苹果，不但是一种奢侈，还得有一种奇遇才行。

那一刻，我彻底地放弃了买苹果的打算。谁想，提苹果的人却说："要不，我分你一只苹果吧。"

我惊呆了，没想到对方会做出这样的决定。我感激地连声道谢，两手往口袋里使劲地摸着，是恨不得把身上的钱都掏出来给他。他却执意不要，说这是拿钱买不来的。他的话让我怔愣，可不，这根本不是钱的事，我不知道应该怎样报答他。

最后我感激地请求他留下住址，以便来日方长为他做点事。那时的社会，家庭里根本没有电话，只有相互通信。他没有说什么，给我留下了他的住址，也让我留下了我的地址。临分手时，他说想不到你也是一个如此关心人，肯为妻子跑断腿的人。

后来我给他写了信，表示了我的感激，希望能为他做点什么，但他始终没有来信。大约过了半年，上级调我去局里参加宣传干部培训班，那是我有生以来，第一次被提升，从工人提为国家干部。到了局里，我大吃一惊，我的领导竟然是半年前，那位送我苹果的人，真是无巧不成书。后来我才知道，原来建议我去宣传班的人，也正是他。报名后，他走到我的跟前，又提起那只苹果……

他笑着对我说，从那次我就看了出来，你是一个认真又厚道的人。在人群里，能顽强地为一只苹果，翻遍一座城市的人并不多，做事能做到如此地步，如此认真的人，在这个天下也实为少数，这样的人是最值得信赖的，大概也是最能把事情做好，敢于承担责任的人。

我说是，我是一个死认真的人！

从那之后，我便干起了宣传工作。

时世变迁，这件事情已经过去了三十多年。三十年中，人生也已经有了许多的变化，最少现在到处都已经有了苹果。我是为一只苹果，而得到别人的赏识和信任，并改变了命运的。因此，我总有一种体会，那就是做人一定要真诚地面对生活，真诚地面对每一件事。在你的真诚里，总会生出一些感动，这感动，又总会在岁月中转换成助你，帮你的某种因素。这，大概就是上苍赐予我们，奖励我们的一种福音吧。

一把纱扇

　　那年随中国作家代表团去越南，临行之前，大家带了一些交流用的礼品。外事交流用的礼品，一般并不在于多贵，而是一种程序上的礼节，礼物具有本国特色就行。要求不高。

　　为此，礼品都是我们在北京街头的小工艺品店里买的。比如纱扇，一块钱一把，因为要送的人多，我们一下子买了几十把。

　　到了越南，这些礼品果然派上了用场，我们所到之处，都会拿出来与越南朋友交换。送得最多的就是纱扇。十天，所有的礼物都送得差不多了，就连最便宜的纱扇也快送完了。这时我们才感到，纱扇竟然也成了一种惜物，珍贵得不能再"瞎送"了。送谁不送谁，大家便提前要商量一下，再不敢那么随便了。

　　中国的纱扇，在国内到处都是，但出了国却绝对没有，因为没有，所以外国人都当了宝贝。

　　大概是我们慎重得过了头，临回国的前一天，竟然还有两把纱扇没有送出去。我们多少有些遗憾。不想，那天在街上购物，我们迷了路，两个越南女孩儿友好地领着我们走了三里地，直到把我们带回宾馆。我们感动得不行，为了答谢对方，我们几个人一下子都想到了剩下的那两把纱扇，于是，便把纱扇送给了这最普通的越南市民。

两位姑娘看到礼物，激动得眼里放光，如获至宝，立即给我们在路边买了水果。那水果之贵，在越南也是惊人的。我们因为收到了不对等的回报而忐忑不安，一块钱一把的纱扇，却换回了最昂贵的越南果食，我们都有些不落忍。潜在的对比，让我们心里一直无法承受。

说实话，我们所带的礼品都是外交性的，只是一种礼仪形式，不值钱。而两位路边姑娘的馈赠，却大大超出了这种礼仪上的范畴。她们回赠给我们的是成倍的真诚与热情，没有丝毫的礼仪做派。我们被这种来自民间的纯朴的真诚深深感动。

谁想，第二天早上，我们在宾馆门前，又意外地见到了这两位姑娘，原来她们是从报纸上看到了我们的相片，知道我们是中国作家代表团，她们拿着报纸来让我们签字，说要作为一种永久的珍藏。还给我们带来她们自做的手工艺品——越南的手绣。翻译惊讶地说，手绣在越南的市面上，至少也要卖到九美元一幅，真是很贵的啊！

我们额头冒汗，受宠若惊，谁也不知道该怎么办。两位姑娘送给我们的回赠，让我们吃不消。我们知道，她们是把我们当成了高贵的客人，把与我们的这次相认，当作了一种人生难得的荣耀和幸福，正像我们曾经和某些伟人、名人的偶然相见一样，我们是要好好激动一番，并要努力记住一辈子的事。

兴许，我们还会把与名人的合影高高地挂在墙上，把他们的馈赠，小心地藏在箱底一样。总之，是要当作一辈子的幸事。

生活中，我们总是习惯于把遇到高于我们的大人物，当作一生的光彩去炫耀，最少是要牢牢地记在心里。

只是，在我们如此的炫耀中，对方并不一定还记得我们，甚至在离开的那一刻，就已经忘记了我们的姓氏名谁。这种来往的不平等性，总是被我们所忽略。换句话说，事情并不像我们以为的那样崇尚，那样值得庆幸和去激动。

通常，倒是比我们地位低的人，回报我们的更为实在，也更为真情。接触中，他们给我们的亲切，让我们感到的温暖也更为具体，我们只要稍稍的献出一点诚意，哪怕只是不留意间做出的一点善意善举，对方也会还予真诚的厚赠。

正像生活的温馨，大多数是在我们的下面，只要我们肯低下头来，肯为普通的事情投以爱心，上帝立即就会赐予我们一片泉涌。

从那次之后，我慢慢地懂得，滋养我们一生的事物，通常是在我们的下面，在最普通人的中间。而不是我们一直翘首的上面。

心 的 落 点

冬季，如果人在茫茫的雪地上行走上半天，就会有患雪盲症的危险。令人费解的是，即便你戴上墨镜，挡住阳光落在雪地上的强烈反光，你仍不可避免地要患上雪盲症。为此，人们研究开发了许多为挡住强光的墨镜，但问题还是没有得到很好的解决，患雪盲症的人依然很多。

直到 20 世纪 80 年代，谜底才被揭开，原来雪盲症并不是因为雪上的强烈反光所至，而是因为雪地上空无一物的视界所造成。

雪地上，如果你的眼前总是白色，并且一马平川，一望无际，那么十有八九，你会患上雪盲症。

研究表明，人的眼睛，原来是需要从一个落点到另一个落点的不断转换。如果它在一定的时间里寻找不到一个可以参照的落点，它就会因为焦虑、疲劳和迷茫而失明。事实证明，眼睛总是要看到些什么才行的。

人在茫茫的大海上，如果眼睛总是注视着平静无边的海水，人不但感觉不到平静的所在，反而会无所适从，感到焦虑。所以人在海上，目光总是要禁不住地去寻找一只鸟，一座岛，或一条船。

而人的心和眼是一样的，是需要不断找到落点的，否则就会因为不适而生病。许多人在命运的转换中，之所以会感到焦虑与不适，皆是因为内心的无助和茫然。一些从工作岗位上退下来的人，身心之所以出现疾病，原因也是因为人生突然失去了原本的落点所至。

研究表明，无论什么人，无论他的生活状况怎样，他的心，都要有一个落点。即落在某一个目标上，否则他就会茫然失措。而人的许多苦恼，实际上也是因为人生落点的消失和转移，尤其是在前一个落点消失，后一个落点还没有出现时，人便会感到失落和彷徨，甚至悲凉。这就是人为什么在生活中，有时会感到某种说不出来的无助所在。可见，一个人，内心失去落点是极为可怕的事。

现代人的紧张、压抑，实际上都与内心落点的不明确或失去有关。据西方有关人士统计，许多心理疾病的原因，就是因为内心长期再也找不到落点的缘故。

心与眼是一样的，人的一双眼睛总是在不停地寻找着目标，而人的心，更要有目标的固定才行。落点就是心的家。所以人生不能没有家。去努力寻找落点，因为这是心的需要，心的出路和心的家。

黏玉米

这几年，刘庄人都爱种黏玉米，大片大片的，收成很不错。

村南的冯家人，也种了六亩黏玉米。黏玉米是一种供城里人煮着吃的农作物，有些水果的味道，是近些年引进的新品种，每年的9月上市。黏玉米甜甜的，连玉米秆也是甜甜的，还是喂牛的好饲料，养牛人每年都会按时来收购玉米秆。这样一来，黏玉米从头到脚，便都是钱了。

只是，别人家的黏玉米，一亩地能打2000多斤，而冯家的黏玉米一亩只能出1800斤，比别人家整整少了200斤。

这就有点不可思议了，要说冯家人的田地经营得并不差，应该多产一些才对，怎么反倒少了200斤，冯家人这不是在做赔本的买卖吗。

事实却不是这样，冯家人不但不亏本，外面人还都来争着买冯家的黏玉米，无形中还主动地抬高了一成价。并且每年早早地就与冯家订了合同，连冯家的玉米秆，大家都来抢。冯家的日子因为黏玉米而红火。

冯家的现象成了一个谜，村上人都弄不懂冯家人有什么诀窍，怎么每亩地少收成200斤，反而会比别人家多赚了些。

两年之后，人们才晓得冯家人原来是一片善心使然。

其实冯家的黏玉米，每亩同样也能收获2000多斤，甚至还要多一些。只是这2000斤的黏玉米里，其中有些是个儿头小的，没有完全长好的。冯家人都好心，是替买主着想，怕人家吃了亏，卖时，就让买主儿自己到地里去掰。买主儿巴不得自己去挑，到了地里，专找个儿头大的玉米掰。这样一来，一亩地也就少收了200来斤，剩下了1800斤。但冯家的黏玉米却是个顶个的饱满。大家怎么能不抢着买呢。

剩下的小玉米，就没人喜欢要了。冯家人就留在地里不摘，让给来买玉米秆做牛饲料的人。来买玉米秆的人同样乐不可支，奶牛专门爱吃这种带有黏玉米的玉米秆，这样，饲料里才更有营养，牛才会有更多的奶。

如此，无论是冯家的黏玉米，还是冯家的玉米秆，都有人来抢，还都被人提高了一成价。冯家的收成怎么能不红火呢。

这个道理太简单了。

镇上也有人想学冯家人，其实大家都想学。这个还不好学吗，好学得很，照着做就行了，而且是吃小亏，占大便宜，谁不明白这个理呢？都明白的。不过就是把大玉米先卖掉，小玉米留下，到时与玉米秆一同按饲料价卖。

没想到，关键时候，大家却做不到，原来就是这个不好学，真的到了时候，怎么也下不了决心。玉米就该是玉米价，小玉米也是玉米啊！怎么变成了玉米秆的价，太不划算了。再说，谁舍得把眼看就变成钱的小玉米留在地里，当作玉米秆呢。万一来买玉米秆的人，就是按照玉米秆的价钱收购呢，那不是自己把钱往水里扔吗。

因此，买主儿来时，大家总是改变了主意，还是把小玉米与大玉米混同着一起卖给了来主儿。先拿到钱再说，否则心上不答应。至于学不学冯家人，往后再说吧。

冯家人的红火是出于善良，而善良必须是出自自然，发自内心，装是装不出来的。

冯家人赚钱，并非有意取巧，而正是出于善良的本性。

这就是人生境界了，人活一世，收获与成就，总是与一个人的心胸及善良的天性有关。无论干什么，你的那颗善良的心，不仅能使别人受益，也会使自己受益。

因为等得太久

她是个极为漂亮，又很有气质的女孩儿，因为长得出众，暗中追求她的男孩子就很多。然而她却高傲地没有回应。不过，在心里，她也一直等待着他们中的一个，她相信，早晚会有一个人对她说出"我爱你"这三个字。她很有把握。

可是没有，没有一个男孩子敢对她说出这三个字。她不知道，是她的过分漂亮，过分出众和表现出的高傲，阻挡了男孩子们的勇气，让他们觉得自己有些不配，大家一致地以为，她可以嫁给更好更出色的男人。是这个想法，让男孩子们胆怯畏缩。

不过，她的身边也不是没有勇敢者，一个叫田军的男孩儿就对她锲而不舍，从上中学一直跟随到她工作。这中间，她感觉到被人追求的快乐与幸福。她一直等待着田军对她说出"我爱你"这句话。

他们相互结识了九年，在许多关键时候，她都以为田军要对她说出这三个字，比如金色秋天中的那个欢乐的"十一"，热情似火的那个喜庆"春节"，或是他们随单位一起出游的路上，可田军竟然没有。她一次次地期望着，却一次次地被泼了冷水，她很失望，她想不出田军为什么没有对她说出这三个字。

她并不知道，这一切还是因为自己过于漂亮和高傲的气质，田军也怕自己不配！

在田军追求他的时间里，自然还有其他的人，比如赵伟，比如李小初，比如刘惠新……还有她一时叫不上名字，也在暗中追求她的那些男人。她曾想，或许田军并不那么爱她，是她弄错了，也许赵伟，或是李小初才更爱她。

在等待田军的希望落空之后，她也等待过其他人向她表白。可是没有，没有谁敢真向她表白。

渐渐的，她所认识的追求者们都离开了她，和别的女人结了婚。

她也从激情中退了下来，认为他们可能不是，不是真的爱她，要是，为什么都不开口呢。

等待终于成为了一种煎熬，她越来越困惑，觉得爱是那么的难。

而周围的女伴们，爱得却是那么轻松，结婚的结婚，生孩子的生孩子，她这个从十六七岁就有人追的女孩儿，反而被爱情抛在了门外。直到二十八岁，还没有一个人对她说过"我爱你"。她真的是有些弄不懂了，难道她是个不被人所爱的人吗？

岁月蹉跎，时光慢慢，很快，她已经成了一名大龄青年。她竟开始考虑是否要去电视台，上一下"情人有约"或"非诚勿扰"的节目了。

关心她的大妈们也开始多了起来，有人提议要给她介绍男朋友，她竟走上了要经人介绍的婚姻之路。

她和那个并不相熟的男人见过两次面，她说不上来他是好，还是不好，更说不上来她是喜欢他，还是讨厌他。总之，她没有任何的感觉，她对这一切都麻木了。

第三次见面，他们是在一家咖啡馆，对方手举一束玫瑰花，递到她的面前，深情地说出了那三个字"我爱你"。

她一下子怔住了，半天半天，泪水从她的眼里夺眶而出。她等待了这三个字那么久，她在多少男孩儿身上等待过这三个字，直到今天，终于有人对她说出了这三个字。

她和他结婚了，短短的两个月，男孩一点也不出众，更谈不上什么特点，绝对的一般般。就是鲜花插在牛屎上了。许多曾经一直默默追求过她的男孩儿，都愣在了这个消息中。他们其中的哪一个，都比现在的这个他强。他们一致地闹不明白，她怎么就会嫁给这么一个人。她的品位原来是这么的低！

他们一辈子也闹不懂，她是因为等待了太久太久。这个男人是在她再也等不下去的时候，代替了所有人，说出了那句"我爱你"的话。

她嫁的不是他，而是这句早该属于她的等待。

生活中有许多这样的女孩儿，有许多女孩子的命运就是这样。

生活哲理

是冷是热

去年六月，到四川某地旅游，其中有一个项目是爬山观景。

车子到了地点后，大家纷纷下车，下车后才现发，天气很冷，甚至身体都打了哆嗦，此刻已是海拔 1000 多米的高处，气温比山下冷了许多，好在路边的小店里就有出租棉大衣的，真可谓雪中送炭。于是大家纷纷前去租用棉大衣，有经验的导游却制止大家，说不用，这里的天气根本用不着穿棉大衣，但这话对于浑身打哆嗦的我们来说根本无济于事。

大多数人都租用了棉大衣，棉大衣穿在身上，大家一下子就暖和起来，人人都是一脸的幸福感。那些没有租上大衣的人只能干挺着，多少显得有些可怜。

谁想，几分钟过后，还没有走到爬山的地点，有人就感觉到了热，穿棉大衣的人开始脱掉大衣，才几分钟，大衣反而成了累赘。

原来天气根本不冷，只是下车那短短的一瞬间里，车上的温度与车下的温度相差太大，造成了人们暂时的不适。还没等正式爬山，大家已经浑身是汗了。

租了棉大衣的人连呼上当，反而因为热，不得不将大衣抱在怀里或是扛在肩上，有人闹着去退，真是得不偿失。

生活中是冷是热，是远是近，是好是坏，有时不是我们最初的那个感觉，我们总要再等一等，再看一看，才能获得更可靠，更准确的信息。不过，像如此景点上的感觉，在许多风景区都有，十分类似，最初的感觉总是和后来的结果两码事情。

我们这一生，会有许多的亲身感觉根本靠不住，我们甚至常被这些感觉所愚弄，犯下许多错误。感觉固然真实，但并不一定准确。这就是人与客观的差别。人被自我的感觉所欺骗的时候是很多的，在这种时候，我们常常很容易犯下错误。所以即便是真实的感受或亲身的经历，我们在做出决定之前，也需要再等一等，再看一看。

想要的和需要的

年底的时候，领导很想为大家花点钱，置办点东西。只是花钱得有明堂，顺理成章才好，领导想了很久，大家也想了很久，其中有几件事竟然双方都想到了一块去，算是不谋而合吧，比如为每一个人配制一台笔记本电脑。

领导的这一决定，赢得了大家的一片欢呼。于是，说做就做，领导拍板，给每个人的办公桌上配制了一台笔记本电脑，原来都是台式的，现在气派了很多，讲究了很多，大家都觉得满足。

谁想，随着时间的推移，大家发现，笔记本电脑越来越成了一种摆设。尤其一阵新鲜感过后，用它的人越来越少。因为每个人的桌上本来都有一台台式电脑，作为办公工具，真正省力方便的，当然还是台式电脑。这一点，长期用电脑办公的人都有体会，如果一天八小时都用笔记本电脑办公，人会觉得很累。

许多人虽然配制了笔记本电脑，但并没有真正用过，真的就成了摆设。再往后，人们就觉得，这样一台笔记本电脑放在桌上不但不方便，还占了很大一块地方。有些人本来已经把台式电脑搬到了一边，可用了一阵子笔记本电脑，又将台式电脑换了回来。

时间再长，大家都有些后悔。有人就说，还不如拿这些钱买点什么别的，大家听了一致赞同。忘了当初买笔记本电脑时，大家也是一致赞同的。

生活中，我们想要的东西很多很多，但当你真正拥有了之后，你会发现，那并不是你生活中真正需要的。你所需要的，和你想要的，有时完全是两码事情。我们这一生，会为很多无用的，但却想要的东西去奔忙劳累，付出很大的代价而不知。

换 个 想 法

　　一个法国女医生在非洲援助。她的丈夫莫耐准备去看她，并准备替换他。女医生在信中告诉丈夫，这里非常寂寞，大多数援助人员都忍受不了这里的生活，他们纷纷提前回国了。劝他不要来。而莫耐也是一位医生，从前学的是生物。

　　在信中，女医生还告诉丈夫莫耐，这里除了一些当地的土著人，就是寸草不生的荒芜土地，除此，再没有什么可看的了。没有交流，没有娱乐……该有的，这里都没有，甚至经常没有电，是让莫耐做好充分的准备。

　　莫耐不信，他到了目的地后才发现，当地的生活环境，比他想象得还要糟糕。他和爱人生活在荒漠中的一间小屋里，两人又不会土著语言。离开翻译，寸步难行。而翻译也只是在有土著病人时，才陪着病人来看病。没有病人的时候，也就没有翻译。

　　这里无人对话，没有事做。走出小屋，就是光光秃秃的，一眼望不到边的土地。晚上到处一片漆黑，没有路灯，只有满天的星星和讨厌的蚊子。

莫耐这时才相信，为什么那么多人都离开了这里。原来谁也受不了这种的可怕孤寂。好在，莫耐还是有准备的，他带了许多闲书以供自己消磨时间。

妻子走了后，他坚守在这里。这天，莫耐在书中翻到了一段关于"换个想法，便能换来一切"的精辟论证。

莫耐看完放下书本，望着赤裸荒凉的大地想，这种论调真是可笑，难道这种理论在眼下的情景也能适用吗？如果按照书中所言，在这里，人也可以发财或是经商了？莫耐摇头。结论是否定的。

当然，莫耐是特别希望这种理论能够成为普天下的一种真理，适用于任何地方。真能如此，他也能换换自己的生活了。

"换个想法，便能换来一切。"莫耐虽然否认它，但还是极力试图这么去做，因为除了少量的病人，他很多的时候无事可做。"让自己换个想法"，他在这样努力。

谁想，接下来，他开始了一连串惊人的发现。在他试图改变想法的同时，他的视角开始变化，移向自己从不注意的世界。他真的就有了一些新的发现。

首先他发现了土著人的手工艺品。他想，这能不能运往外界贩卖做成交易？他还发现，这里的红色泥土非常的特别，能不能用来做陶器？

他开始离开小屋，去发现更多。结果就有了更多。他发现当地有一种芨芨草，治疗外伤非常的神奇，抹在皮肤上，伤口就会慢慢地愈合。当地人都在这么用。那么多抹一些，加强浓度又会怎么样？

莫耐是学生物的，他为这些发现兴奋不已。从此，他不但不再那么寂寞，反而有做不完的事情。他投身到了对芨芨草的研究工作中。同时，也利用自己的便利，做一些土著人工艺品的交易。想不到两者都很有出路。尤其对芨芨草的研究，进展顺利。

非洲没有变，荒芜的土地没有变，土著人没有变，星星更没有变。变化的只是莫耐。是他的想法有了不同，一切也就随之有了不同。

在后来的几年里，莫耐对芨芨草的研究取得了很大的成绩，当地政府和一家制药厂，把他的研究成果开发成了药剂。莫耐竟成为了一位企业家。他的研究打开了非洲市场，为非洲的发展做出了自己的贡献。接着，许多更新奇的草药被他发现。

莫耐如同我们许多人一样，他的改变不在别人和外界，而是在自己的内心，是内心的想法变了，于是一切都发生了巨变。

据世界科学协会对五百例重大科学贡献的调查证明，许多科学奇迹，早就存在于世。困难的是，我们固有的想法是否能够打破我们的界限，我们的目光是否能够自我改变。只要我们换个想法，改变了我们的思维，那些有价值的东西就能被我们轻而易举地发现。

"换个想法"，直到现在，科学家们每天所做的种种探索和努力，百分之九十以上，都是以换个想法，再换个想法为突破基础的。

人在世间，要打破的，和最难打破的，就是我们自己的想法。我们的想法如果能够改变？我们就会更好的发现这个客观世界。无穷的奇迹就会跟随而来。

"换个想法"是天下任何科学、宗教，以及我们日常生活的核心！也是世界上最伟大的一种学说。

上铺，下铺

　　老刘是个开朗的人，什么事都能想得开，整天一脸的艳阳，笑得总是那么灿烂。可谁也不知道他为什么老能这样开心。人活在世上，都想让自己想开些。因为想开了，才能好活。想不开就得受罪。这个理儿，没人否认。

　　因此，许多人问过老刘，老刘，为什么你总不知道犯愁呢？可老刘似乎回答不上来，这是真的。一般开朗的人和不开朗的人，很难自己说得清楚。

　　一次单位到外地旅游，是坐火车。老刘和老吴都是六十岁了。可坐火车，分配铺位时，却都给分到了上铺。而年岁小的人却被分到了下铺。不知道是不是领队把人名给弄错了。

　　火车虽然只有一天的行程，可被分到上铺的老吴却想不通，对人说，我这把年纪了，怎么还让我爬上爬下的睡上铺。老吴本来就是个想不开的小心眼，结果这次旅游，老吴又是一肚子的不痛快，我还不如不去呢！他说。就因为给他分了个上铺。

而同样被分到上铺的老刘，却依然很开心，一路玩得挺好。像根本没有上铺下铺这回事。人们都觉得奇怪。问老刘，为什么不像老吴那样不满意？给你分了上铺，是有些不方便。

　　老刘说，我被分到上铺，说明大家没有在乎我的年纪，还拿我当年轻人，起码说明我的身体还不错，这是大家对我的奖赏，没人嫌我老！我高兴还来不及呢，怎么会有意见。而且上铺没人打扰，睡得好！

　　同样是上铺，老刘和老吴却是绝然相反的想法。

　　其实人的开朗与否，是决定于一个人对事物的看法的。人如果都能像老刘这么变换角度地看问题，把一切事物都看成是对自己有利的。那么，他就在心里扫清了障碍。所谓的"看开"，多少是有一点学问的，那就是转换角度，把不利的东西在心上扭转过来。

　　在心理学上，这被称为光明面。光明面的东西对人是相当有益的，而要是负面的东西多了，则会给人的心里添堵。负面的东西越多，人的压力越重，必然会造成不快乐。

　　人世间，一切问题都在自己怎么想。所谓的想得开，不是空想，而是要想到位。让自己的心落实到正确的观点上，既人生的光明面。

　　做人应该学习老刘，六十岁了爬上铺，不但不认为是别人安排错了，还认为是别人以为自己年轻，没把自己当老年。这样活着就有奔头，不高兴才怪！这是一个真实的故事，虽然只是一个上铺下铺，但却是一个乐观人与悲观者的分水岭。

暖 颜 色

　　抑郁症患者，总会感觉冷，总会莫名其妙地沮丧，心里充满灰色的事物。因此总也快乐不起来。

　　抑郁症患者初期并不知道，温暖对他们有多重要。在病的时候，如果身体发汗，要比寒冷好得多。心中充满暖颜色，要比沮丧好得多。

　　冬天的夜晚，心理医生带着几个患有严重抑郁症的病人去逛冰雕展。在冰的世界里走了一圈后，心理医生向几个患者提问，我们刚刚走过的冰雕展，有什么景色是暖颜色吗？

　　一个患者皱着眉头说，这里的世界都是冰冷的，怎么会有暖颜色，就是没有暖颜色！另一个说，冰雕展里寒风刺骨，我从心里都觉得冷，就是找不到暖颜色！

　　医生问，整个冰雕展真的就没有一点暖颜色吗？

　　大家回答是的，到处都是寒冷的，什么都是冰做的，怎么会有暖颜色。

医生说：好吧，那我们再走一圈看看。于是，医生带着患者又走了一圈。走到一个硕大的花灯下时。医生问，花灯是不是暖颜色的？大家迟疑一下，回答说是暖颜色的。走到大红的，挂着横幅的气球下，医生问，这么红艳的大气球，这么热情的大标语，是不是暖颜色的？大家不得不点头。医生又指着热情洋溢的解说员问，如此热情的解说，是不是让我们感到温暖？大家无法反对，说是的。

医生说，还有，这么多五彩缤纷、五颜六色的装饰是不是暖颜色的？大家相互看看，更是无法否认。医生说，参观者的笑脸是不是暖颜色。大家承认，笑脸确实象征着暖颜色。

医生说，你看，我们就是在如此冰天雪地里，都能找到这么多的暖颜色，我们平常的生活里，又该有多少暖颜色呢。不要只注意那些灰色的冷颜色，不要去放大那些冰冷的，让人感到沮丧、忧愁、伤心和失败的事物。我们的沮丧常常是我们自己寻找和放大的。生活本身并不是这样。从现在开始，我们就要训练自己，在最冰冷的世界里，也要找出暖颜色。何况，我们的生活到处都充满了暖颜色，怎么能视而不见呢！

人生在世，有人开朗，有人忧愁，有人只注意类似寒冷的东西，而面对温暖和快乐的一面却视而不见。

如今世界医学已经对此有了共识，抑郁症患者虽然有性格的因素，但也是思维模式和认识习惯所养成。病人是可以通过纠正自己的思维，改变看问题的角度而得到改善的。

去努力培养自己，训练自己，你就能随时随地发现那些令你感到温暖的事物。这，就是积极而光明的人生。由此，你的生活里到处都会充满暖颜色，即便是在冰天雪地里，你的心里也可以是温暖的！

失败与投降

有一年的夏天，我去旁听一个私人企业的董事会，会议的内容是如何在北京建造亚洲最大的游乐场，总投资三十二亿元。十二个人，就是这项投资的董事们，可以说个个精英。人人都是当今的成功者。面对自己的计划，他们发言的精彩让我敬佩，然而更让我惊讶的是，居然没有人谈成功。整个一上午，十二个人的发言，谈得都是如果失败怎么办，以及在哪一步上，最有可能失败。

直截了当地说，这个会议简直就是来谈失败的，只是大家在那一步上能够接受失败。最后老总问大家，如果一旦失败，我们在什么时候投降？我听得更是惊讶不已。

这让我想起以往世界上的许多重要战事，据内部文件透露，军官们并不是一味的要求成功和必胜的。他们总要在打仗前做好失败的准备，并拟好一旦失败，何时交枪的时间表。好像这是一种理所当然。

如今，各国在发射导弹之前，几乎都有两份书面材料，一份是成功的材料，一份是失败的材料。这已经不是什么秘密了，而是必须的准备。如果你没有准备这份失败的材料，反而会让人大惑不解。如果你正常，你必须在事前做好失败的准备。

我的朋友谢大伟，那年从四川老家跑到北京来开饭馆。他在筹备时，我去看他，问他有多大的把握，他谈的不是怎样成功，而是如果失败他的退身路是什么。他当年准备赔到二十万元。如果还不能赚钱，他就投降，宣布失败。

他从千里之外来到北京，经过周秘密的计划，拿出来的就是一张失败的赔单。谢大伟是我看到的第一个如此缜密的生意人。他的失败计划让我吃惊，也让我开窍。从他的失败计划里，我似乎看到了他的希望。后来他成为了北京餐饮业的名人。他给我留下印象最深的，就是他当初的那份失败计划。他在没有成功之前，就已经提前咀嚼了失败的苦涩与伤感。

我认识的另一个朋友，三十二岁那年辞退了公务员的工作，下海去做一名房地产商。记得那天我们坐在茶馆里，他谈的也是如果失败，他下半辈子还能做些什么的话题，他想找辆卡车跑运输，等等，都是失败后的打算。在那一晚上，那时的情调，使人完全想不起来他是一个要去成功的人。后来他成功了。很有名的。

在我接触的许多成功人士中，闯荡前似乎都是做了周密的失败打算的，他们的成功计划反而更像是一种失败的流程。而我见到的那些最终失败的人，却很少做过如此失败的打算。

把失败计划好，也许才是成功的第一步。知道可能失败的人，大概才知道怎样成功。人在该投降时，更要无怨言地接受投降，这才观客。天下没有地方写着你总是赢家，别人都是输者。

记得英国首相邱吉尔在战场上对将士们说过，我们该投降时，一定要心平气和地投降，学会投降是一门学问，因为我们总可以再来！我们得为再来做准备！

而中国的传统文化是不赞成失败和投降的，中国的文化教育更是一味地宣传成功。尤其是现代人的观念，越来越把成功捧为神灵，失败视为可耻。在许多领域，许多时候，失败与无能、与错误，与不应该划为等号。

而人间太多的悲剧与不幸，其实都是因为把成功当作了唯一的目标。一旦失败，便从心理上一败涂地。认为全都完了，彻底完了！人生中会有许多成功，也会有许多失败，谁都一样！只允许成功，不允许失败的绝对观点，反而把许多人毁了。在一些白领阶层，失败甚至就意味着生命的完结。在许多时候，不是失败毁了你，而是这种可怕的观念毁了你。

人生不如意之事十有八九，这才是我们要过的正常日子。打理好失败，该投降时则要投降，这才是真正的现实人生，这种观念才能使人保持正常超然的心态，积极地去生活。只想成功，不理解失败为何物的人，大概真的很难成功。也很难经得起失败的打击。

选择小齐

　　小齐有点憨，也有点痴，其实是有点愚，胖胖矮矮，肉墩墩的一个人。二十年前，小齐是我们小城的文学青年，那时文学青年多得打蛋，走在大街上，一帮一伙的，遍地都是的那种。人堆里儿，小齐不算出众，写作水平也就将够到县级，编辑们要是不同情照顾一下，他的文章大概没地方发表。不过小齐人却可爱，憨憨的。绝对靠得住的那种。

　　记得有一天他来我们文化馆，我们正要誊写稿子，事儿急，让小齐赶紧去买两本三百字的稿纸。小齐一去不归。我们都骂小齐误事，说这个呆子，准又犯呆了！直到下午，小齐才满头大汗的回来，原来小城里的文化用品店，哪都没有三百字的稿纸，他竟骑车三十里，到临县为我们买来两本稿纸。我们望着稿纸怔愣，都怨小齐不该为两本稿纸骑车三十里。大家都想骂他，可望着他一脸的汗水，谁也骂不出口。

　　后来我们文化馆要借人帮忙出小报，县里能人一大把，可我们不约而同地都提的是小齐，提完名，大家又都奇怪，说怎么搞的会是小齐。小齐就被借调来。小齐真的来了，我们反而有些搞不明白。

后来因为生活，小齐去了一家乡镇企业，是去为人家推销产品，很辛苦的，属于临时工。小齐的推销业绩平平，他本来就不是有多大本事的人。但厂子最后就留下了一个小齐。我们问过老板，为什么就留下了小齐。老板说，大家都知道厂子不景气，一定干不长，所以推销员们就都报车费、饭费补偿自己，能捞多少，先捞多少。小齐居然骑着自行车去推销产品，也不知道报饭费单子。他是一个傻人，我们就留下了这个傻人。

后来小齐进了国营的一家正式工厂，因为在乡镇企业搞过推销，就到了销售科，半年过后，竟当上了科长。这让我们惊讶，我们问他的处长怎么回事？处长想了半天，似乎也没想明白，说一次进材料，小齐当众问他，对方要给回扣，问他怎么办。那时大家正在开会，小齐傻傻地突然问这事。处长说，吃回扣的业务员遇到这事，都是自己"私了"，哪有这样公开请示的。可这样公开的人，就是诚实的人，没有心眼儿的人。

诸如此类，处长反而喜欢上了小齐，重用上了小齐。

二十年后，小齐所在的工厂倒闭了。又来为我们帮忙，是一堆杂事。这时的小齐已经成家立业，可他还是那么笨，肉墩墩的憨。为县里各单位送刊物时，每家送多少，至少他要数三遍，其实多一本少一本的无所谓。他将刊物捆得整整齐齐，是头是尾。一次给老部干局送刊物少了两本，他竟然东借西借，借到了我们局长手里。说李局长，您要不看，把刊物给我吧。老干部局少两本。闹得我们局长十分尴尬。因为我们局长确实不看自家办的刊物。

局长碰面和我们说起这事，我们都怪小齐不懂事，让局长别介意，这小齐，局长再不看，你也不该从局长桌子上把刊物拿走啊。

去年，我们文化局要招人，听到消息的人打破脑袋，大学生研究生都有，托门子的更多。没想到，一天局长问我们，那个小齐怎样？问得我们一愣。两个月后，小齐被正式调到我们文化部门。小齐只是个高中毕业。

我们不能不承认，我们都喜欢这个笨笨肉肉的小齐。其实我们也常在悄悄地学习小齐，只是他的天然成色，令我们很难学到。

随着年代的推移，社会人事的复杂，小齐的单纯、笨拙、诚实和憨厚，也就越来越成了一种完美。人都说，小齐能来我们单位，是挤掉了一名大学生，或是研究生，他占据了一个可能更出色人才的岗位。但不管怎样，人们有时宁可牺牲其他，也希望身边多一个像小齐这样的人。

人在世上久了，总会去想，去衡量什么更重要，更宝贵，并最终会用诚实去顶替那些看似很重要的东西，这种选择，也会成为许多人，许多部门的最终选择。小齐再次被选中，也就不稀奇了。

小刺与小错

爬山是有危险的，然而，真正威胁到生命的危险并不多，倒是路边的小枣刺、小荆棘很讨厌，不但会划破人的衣服或手脚，还会让爬山人感到行进的艰辛。漫山遍野的小荆棘、小枣刺和小磕绊，给人添的麻烦，其实占据了爬山人烦恼的绝大部分。

是小荆棘、小枣刺挡住了人们前行的脚步。当人们看到山路坎坷不平，又长满了荆棘小刺时，往往就会停住脚步，或绕道而行。确切地说，真正挡道的是小荆棘、小磕绊，而不是其他。

非洲草场上，羚羊被狮子追赶时，羚羊的速度永远都比狮子快。按说，如此的羚羊是永远也不会被狮子吃掉的。

问题是慌乱之中，羚羊总要犯一些小错，在左拐或右拐中，羚羊逃跑的角度总有些不正确，这给狮子提供了机会。狮子知道自己跑不过羚羊，但也知道羚羊会犯些小错误。因此，狮子能否吃掉羚羊，完全取决于被追赶中的羚羊到底犯几次小错误。

羚羊所犯的错误不能超过两次，如果超过两次，那它将把自己送到狮子的嘴里。可见，小错犯得多了，也是致命的。

人们吃鱼的时候，大刺很少能刺到人的喉咙，倒是那些看不见的小刺，往往把人卡住。因此，许多人吃鱼时，真正怕的是那些小刺。

人与人交朋友，或作为同事在一起工作时，真正使人们彼此感到不快，或者不能相容的原因，从来都不是什么大缺点，反而是那些说不出来，甚至说出来，也让旁人感到没有什么了不起的小错、小毛病在起作用，类似小刺在喉，使人不爽。

朋友、同事之间相触，谁都会有一些大的闪失或是过错，可你要仔细研究一下，就会发现，这些永远都不是使人们真正产生矛盾的原因，往往倒是使人彼此同情，化敌为友的一些机遇。

真正闹不到一块的，其实都是那些说不出口的小毛病，小缺点，小习惯。是些"小刺""小个性"使人彼此看不习惯，甚至无法彼此相容。

这正是我们日常生活中的小荆棘。因此，与朋友或同事交往，我们身上的那些小毛病与自我偏执的小个性，往往才是我们的大敌，也是造成妨碍我们与他人交往和发展的主要因素。

一个人，能否与人打成一片，能否适应复杂的社会环境，能否结交更多的朋友，往往要看他身上的小毛病有多少。

英国的心理学家肯特，曾对那些在人际关系上做得很好的人进行过大量的跟踪调查，其结果表明，这些成功人士身上的小毛病小缺点是最少的，他们可以与人一致的地方，就是毛病少。肯特对那些所谓宽心大度人的调查也表明，这些人的所谓优良品行，主要是自身没有多少毛病，仅此而已，并非其他。

过来人的财富

　　女人是和自己的男人结婚第三个年头上，开始嫌弃自己的男人的。女人嫌弃自己的男人不像个男人，嫌弃男人婆婆妈妈，嫌弃男人家长里短，嫌弃男人没有志向，更嫌弃男人缺乏情趣。女人说，男人应该顶天立地，应该有所闯荡。

　　人家问女人，当初你都没有发现吗？女人说，恋爱时没发现自己的男人不像个男人。其实是女人又喜欢上了另一个男人。

　　男人自然感觉到了女人的变化，男人还是一如既往，并没有怪罪女人。男人是个好人，好人很容易宽容别人。

　　可是女人并没有这样去理解男人，女人反而肆无忌惮，开始夜不归宿，开始和那个男人更多地在外边约会。她等着再回到家时，自己的男人和她打一架，和她大吵大闹，和她摔盆子摔碗，和她凶凶恶恶的撕破脸皮……

　　女人，正等待着这样一个结局。

　　可是没有，她每次回到家，男人都是用一桌子好饭对待她，问她胃病犯了没有，说天气太冷她穿得太少，容易感冒。

女人没有感激，心里反而是一肚子气，心想，他怎么不和自己打一通，打一通多好！就没见过这么不像男人的男人！

这样的情景又过了半年，女人实在忍不住，终于试探着提出了离婚。男人说，真的要离吗？女人坚决说，当然要离！不离等什么！男人说，你要找一个什么样的男人才满意呢？女人说，找个有志向、有本事、有作为的男人。男人说，你想得太幼稚、太美好，过日子，不会像你想得那样好。不管你和谁在一起，只要是过日子，就都是平淡的。女人说，不见得。男人说，你要后悔的。女人笑起来，她笑自己的男人憨，太不了解别的男人。

有一天，自己的男人和外边的那个男人相遇了，是在街上。女人正和外边的那个男人挽着手。女人很尴尬，两个男人也很尴尬。在那短暂的一瞬里，时间像是被凝固了，天地再也不动，什么都静止了。女人愣着，不知道如何是好。

最终。还是女人的男人先打破了平静，他对自己的女人说，我能不能和他单独说几句。女人不置可否。

两个男人走到了一边。那一刻，女人的心里紧张到了极点，她等待着一场难堪的结局。女人心跳如鼓，想谁会把谁打倒呢，万一闹出人命案来怎么办。那一刻，女人只有后悔，后悔自己没有和男人坚决地离。如果她再坚决一点。如果她已经离了，这一切也就不会发生，这一切就合情合理合法了。

然而，女人的担心并没有出现。女人的男人对另一个男人说：她有胃病，不能吃太凉的东西，今后你得让她注意。她还怕冷，一到冬天手脚就像冰块，得穿厚一点的袜子。她脾气不好，遇事太急，你要原谅她。有时她还很天真，说话也不大注意，太容易伤人，但她不是故意的……

这场相见就这么结束了。

事后，女人问外边的那个男人，他是不是没有骨气，是不是不像个男人，是不是婆婆妈妈的。

另一个男人始终没有说话。他们再次约会时，另一个男人对她说：如果你的男人打我一通，骂我一个狗血喷头，我心里倒舒服些。女人说，他就是这么一个窝囊废！

男人说：你的男人是个好人，天下难找的善良，这样的男人我不忍心冒犯，不忍心夺走他的女人。他的心胸比我宽阔，他的善良是真正的善良。如果我和你结婚，我肯定不如他。根本做不到，其实我哪点也比不上他。你我都花了眼。你回去吧。你本来已经找了一个天下最好的人，你却无知无觉地要离开他。真的，他是天下最好的人，我能看得出来。

正如佛家所言，天下处处无明，人由于看不到，看不出来好坏，而常在错误里。

女人没有离婚，另一个男人再也没有来找过女人。

天下事就是这样，在好人和善良面前，错误会自化，邪恶也会自己打退堂鼓。

直到若干年之后，女人还很内疚，她差一点因为自己的无知，因为自己的浅薄，而离开一个好人。

直到老了，女人才发现，她的男人真是一个好人，一个天下难寻的好人。只是，天下许多事，只有经过漫长的时间后才能辨认，还有许多事，只有到了晚年，在我们老了的时候，在历尽了世间的诸多好坏与坎坷之后，才会产生正确的认识和恰当的总结。

这，便是过来人的财富。

赛马手

有一位谁也打不败的赛马手，整整在赛马场里做了三十年，人称赛马场上的常青树。有人为了给他写书，对他进行采访。当问及他，人生的座右铭时，他的回答让人费解："记住你生活中最寒冷的那个日子！"

采访者问，你生活中最寒冷的日子是什么时候？

他将采访者带到自家后院的一座老式马棚里。马棚里又臭又脏，地上泥泥水水，根本无处下脚，与赛马手漂亮气派的大宅子极不相称。

赛马手指着泥水地上的一堆马粪对采访者说，你敢躺在上面吗，说话之间，他自己已经躺在上面了，枕着一堆又臭又脏的马粪。

采访者惊呆了。

赛马手躺在马粪上说，你不觉得这里很舒服吗？那一晚上，天气总有零下二十几度，滴水成冰。两天没有吃饭的我，人虚弱到了极点，走在路上，我只想躺下来。可我知道，只要躺下，我就会被冻死。我身无分文，没有出路。于是，我钻进了这座马棚，我本以为马棚里会有草，让我暖和一点，但马棚里光秃秃的，只有马槽里有少许的一点马料，不过里面总比外边暖和，于是我躺了下来，就蜷缩在这堆马粪上，和现在一样。

我的身边是几匹退役下来的赛马，他们老了，或许很快就要被主人杀掉。半夜，我被饿醒了，我爬到马槽边上，从里边找到一小块豆饼。

我啃着冰凉的豆饼，望着头上的星星不停地想，我早晚会被冻死，因为这个冬天，肯定会有比这一天更冷的天气，我怎样才能结束这样的生活呢。那时我还是一个孩子，身边的赛马让我自然地想到壮丽辉煌的赛马场，让我看到获胜的赛马手们得到的大把奖金，那就是衣物和食品，就是暖烘烘的屋子和舒适的床被。我想，如果我也能成为一名赛马手……

第二天，我去了这个城市的赛马场，没有人要我。我对他们说，我干什么都成，只要不被冻死，只要有一口马料。真的。这就是我最初的底线。

第一天，我吃的就是马料。他们不相信我能承受非人间的待遇。而第一天的活儿，是掏马屁股，一匹赛马七天没有拉屎了，它患了便秘。主人让我把手上涂满肥皂，不断地伸进马屁股里去掏马屎。

就这样，整整七年，我干起了整个赛马场里最脏、最累、最没有人干得的活儿。一点点，我从第一天掏马屁股，直到后来成为了一名赛马手，从赛场上的倒数第一，变成了前三名的赛手。

这中间，一晃就是十几年，我曾被别的赛马手不断地击败，甚至两三年里再也拿不到名次。大家嘲笑我，说我老了，赛马场是年轻人的天堂，他们劝我退下来，我也很沮丧。每当这时，我就来到这座马棚。我很早就把它买了下来，而且一直保持着它原来的样子，又臭又脏，屎尿成堆。我要保持着我的底线。无论多么困难，我想我的生活，都不会比这更糟了。

每次来到这里，我都会感到知足。你知道，那个时候，我很有可能根本度不过那个寒冷的冬天，我的生命很有可能就在那一天夜里结束，可后来我又赢得了很多很多。

是这个底线摆平了我的一切，让我感到满足，并信心百倍。我的生活曾是这样的糟糕，赛马场上的任何失意，都不会比这更糟了，那我还怕什么，还在乎什么呢。就是失败，也比这个底线美好了上千倍。

人，重要的是怎么去比较。我设定了这个底线，它就像一把尺子，是这把尺子让我舒心，永远不会再被生活打倒。

有了这把尺子的对照，我的生活什么时候都是美好光明的，难道不是吗！我感谢这里！我常躺在这堆马粪上，只有你真实地躺在这上面，你才会懂得感恩，才会觉得，你现在的一切是多么的美好！

精神，生命的配方

　　麦考尔是美国某小镇"阳光岛"上的一位中产阶级。岛上整日阳光灿烂，海水碧蓝。麦考尔一家也一直过得像阳光一样舒适的日子。但是，在麦考尔年近六十的时候，却赶上了美国的经济危机，人们手中的钱一落千丈。更惨的是，这时的麦考尔偏偏又得了一种据说必死无疑的怪病。

　　医生如实地告诉麦考尔，他只能在这个世界上再活两年的时间了，要他好好地珍惜生命，享受岛上的阳光。

　　听了这话的麦考尔，心理上自然受到了从未有过的沉重打击。这等于宣布了他的一切都完了。而这时迅猛异常的经济危机又如风暴一样刮上小岛，麦考尔家里的几个钱眼看就要打了水漂，根本经不住这场危机大潮的折腾。岛上的一些小店已经宣布破产。麦考尔眼前的一切都是那样的糟糕。

　　面对疾病折磨的麦考尔，经过几天的认真考虑，做出了一个大胆的决定，即把家里的钱马上全部投出去。他想买下两栋房子，然后再将房子租出去，水涨船高，钱虽然不值钱了，但房价也会一路攀升的。这个主意得到了全家人的支持。于是，麦考尔把家里的600多万美元全都拿出来买了房子。

可是，当时所有的美国中产阶级都是这样扒拉的算盘，大家都将手里的钱投向了房地产。结果事与愿违，房子多得不但没人租，还要支付养房子的开支。这对病中的麦考尔真是雪上加霜。

麦考尔的计算失败了，他不但没能保住家里的钱，还让全家人在一夜之间成了穷光蛋。更惨的是，这时据医生宣布他死亡的日期，只有一年半的时间了。麦考尔也已经过了60岁，真正地成了一个老人。可他不忍心在自己离开人世前，让全家人背上如此沉重的包袱。

于是，他努力打起精神，让自己振作起来，也让全家人从中受到鼓舞，不要过于沮丧。

麦考尔的精神果然在家里起到了很大的作用。不仅如此，麦考尔还做出了更为惊人的举动，他宣布要重新投入工作。他说干就干，向朋友借钱开了一家香水店。他决心用自己最后的一点余生，为家人做一点贡献。在卖香水的过程中，麦考尔还对香水的配方很感兴趣。动手研究。想不到，经他亲自研制的一种香水竟然在当地一炮打响，非常的销畅。他万万没有料到事情会是这样。

麦考尔从此忙得不可开交。而那时他又在阳光岛上发现了一种更纯正的天然植物可以作为新的香水配方。这使他激动不已。

而这时与麦考尔患同一种病的人，已经提前死去了大半。麦考尔离医生宣布的死亡日期也越来越近了。可麦考尔依然感觉完好。麦考尔想，一定是老天有眼，要让他为人类配制出这种天然的新型香水后，再让他去见上旁。

可是，直到麦考尔的新型香水摆满了全美的各大超市，他依然还活着。那时他已经又多活了两年的时间。

麦考尔搞不懂这是怎么回事。他再去医院检查时，医生告诉他，他的病情正在好转。这一点连医生也感到惊奇。几年之后，麦考尔的病状全部消失了。医生和麦考尔一致地觉得，这是一种强大的精神力量支持的结果。正是这种前所未有的精神力量让麦考尔脱胎换骨，活了下来。

要说麦考尔是发现了香水的配方，还不如说他是发现了生命的配方：一种奇特的忘我的精神。

从此，麦考尔就那么精精神神地走在太阳岛上。他的样子成了全美老人们的榜样，他的相片被刊登在美国的许多报刊上，他迎着阳光，笑得一脸灿烂。那时所有的老人都在效仿麦考尔。因为他说明了生命的奇妙在于人们内在的精神。这是一种勇敢，无畏，开朗和豁达。

现代医学早已证实，强大的精神支柱，不但能给人体提供许多新鲜而活跃的再生物质，增强人体的免疫力，有时还能激发出一种生命的再造功能，甚至使人起死回生，创造奇迹。

麦考尔不但神奇地活了下来，而且还成为了那时美国最有名的香水大王"麦考尔香水"家族的总裁。在他75岁的时候，他还投资成立了美国的一家出版社《精神出版社》专门出版论述精神一类的书籍，以鼓舞人们更精神地活在这个世上，他希望人们能以精神的力量与人间的种种不幸和病痛做斗争。

"精神——人类最为宝贵的财富。"这是麦考尔为美国一家康复医院的老人们题的字。同时也是他走遍世界，留下的最为诚挚的一句告诫——你要想活得好，就请你精神起来，因为这就是生命的配方！

都会遇到的选择

芬兰的船王老哈尼，在选择儿子小哈尼能否接班时，表现得忧虑不决，他拿不准儿子是否能担起船王的重任。于是，他干了一件出人所料，多少有点不可思议的事。

他开始向世人征求意见，大报上公开发布消息：凡是了解儿子的人都可以提出自己的意见，看看小哈尼的身上都有什么缺陷，尤其是那些致命的缺陷。

老哈尼的这个信息发布以后，在社会上引起了不小的轰动，因为没有人这么干过。与此同时，小哈尼就像被贴在了墙上的一幅画，被人品头论足。

那些认识哈尼一家的人，就更是关心此事了。他们不但了解老哈尼，对小哈尼也十分熟悉。于是，小哈尼身上的弱点和不足很快便被一一找了出来：首先小哈尼的成长经历不够丰富，他几乎没有经历过什么正经的风浪，社会经验比起老哈尼更是相差甚远。何况他还不善于管理……意见一一击中了小哈尼的要害。这令老哈尼更加忧郁。

那么谁能来承接老哈尼船王的班呢，老哈尼已经 60 多岁了，掌门人不提早定下来，他怎么能够放心。谁想，就在老哈尼忧郁的日子里，人们又找出了许多小哈尼的不足，一条条，一件件，小哈利的身上简直一无是处，不可救药。

人们的意见，让老哈尼沮丧之极，在大家的眼里，小哈尼简直就是一个废物。谁来接班的问题，在船王家族中遇到了前所未有的阻力。老哈尼只好先放下这件事再也不提。

一天，老哈尼去教堂时，把自己的苦恼讲给了牧师，希望牧师给他拿个主意。

牧师听后笑了起来。说错误根本不在小哈尼的身上，而是在老哈尼你自己的身上。是你把整个事情弄拧了。

老哈尼听了瞠目结舌，他没想到这会是自己的错，他更不知道自己错在哪里。

回去之后，老哈尼按照牧师的方法，重新发布消息，让大家看看小哈尼身上到底有什么优点，消息发布后的第二天，就有人总结出了一堆小哈尼的优点，他聪明，善于及时发现问题，精力旺盛，做事肯下功夫，而且很容易与人打成一片……几天过后，小哈尼的全身都成了优点，被人美化得像个神仙。

这样一个优点多多的人，怎么不能继承船王的业绩，当然能！

不久，小哈尼继承了老船王的工作，作为新一代的船王，他干得很卖力气，很快便使哈尼家族的事业有了耀眼之处。而在多年以后，实践证实，小哈尼完全是一个优点多于缺点的人，他把船王世家的业绩发扬光大，使哈尼家族的事业更有朝气。

而在老哈尼的心里，却含着深深的忏悔，他因提议让大家找出儿子的缺陷，对儿子不放心，而险些葬送掉儿子船王的地位。也许，那才是哈尼家族真正的危险所在。

　　然而像老哈尼如此做法的人，在世上却是很多的，人们出于对某件事物的担心与责任，往往会首先去看待那个人的不足与负面，向外发出的信号，也是负面的。

　　这种导向性的错误，很容易让更大的负面来决定事物的发展。结果可想而知。

　　而人一旦发出积极的信号，情况就会大不一样，他收到的反馈信息，自然就会是积极的。事实证明，积极的导向，总是有利于事物的发展。消极的导向总是放大了负面的效果。

　　我们做事时，是选择了前者，还是后者，这永远都是问题的关键。世上的许多决定，原本就在我们最初的决定中。所谓的选择，很多时候，都是被我们先入为主的担心和看法所左右着。

旺旺和朱永发的生活

旺旺和朱永发同住在一个村子上，两家紧挨着。因为村里抽地下水，朱永发说他家的房子有些往下沉。

朱永发急急地去找旺旺，大惊失色地问旺旺：你家的房子是不是也在下沉？那时的旺旺正在地里播种晚玉米，听着朱永发的话，仍不理会地专心种他的晚玉米。

朱永发惊恐不安地道，我们都会被砸死的，村里抽地下水，会让房子往下沉，你还不回去看看你家房子沉没沉？你还有心种玉米！

旺旺说，不至于吧，抽点水就下沉，怎么会有这种事。说罢继续种他的晚玉米。

朱永发却为此忧心忡忡，觉不安眠，食不下咽。他开始为潜在的可能的房子的危险而发愁，焦虑无比，每天除了用一根皮尺丈量房子的高矮，再也干不了别的。旺旺却是该干啥还干啥，每天按时下地，按时吃饭，按时地去找人说笑。好像房子根本不会发生那样的情况。

朱永发觉得旺旺是个缺心少肺的人，活得过于稀松糊涂，不能跟他一般见识。于是他再次找到村长，说他家的房子确实在往下沉？村长还是否认，说我们看过了，没影的事。

朱永发又开始仔细地观察自家的墙壁。终于，他发现墙壁上已经有了一些裂痕。惊恐的朱永发如天塌了一般，气喘吁吁地去找村长，让村长快想办法，不要等到人命关天的时候再打主意。村长这次也有点吃惊，带着技术人员匆匆赶来。技术人员看了朱永发家的房子，认为墙上的裂缝不是新的。笑朱永发没有必要这么惊慌失措。这让朱永发很不满意。

朱永发跑到隔壁的旺旺家去寻找裂痕，旺旺家的墙壁上裂痕更多，而旺旺却在呼呼大睡。朱永发叫醒旺旺，让他一定注意。说不成我们就到县里去告村长糊弄咱。旺旺说，村长不是说了，如果发现大的问题，他们一定负责吗。

雨季来临时，朱永发又发现自己的房子有些浸水，他去找旺旺。旺旺正在菜园里种菜，眼前一片绿油油的旺盛。朱永发说，旺旺你还有心思种菜！不怕房子塌了都把咱砸死！旺旺说怎么会！朱永发在心里骂旺旺是个猪，怎么能这么没脑子地生活。如此大事，总该操心才对啊，什么人！

因为房子的事，朱永发寝食难安，心里装满了烦恼。这一年，朱永发什么也没有干，是干什么都没了心思。年底的时候，他发现这一年来，他的收入锐减，好多事都被他荒废了。

而有同样遭遇的旺旺，却什么也没耽误，仍是快乐收获的一年。

其实朱永发就是没有遇到房子的问题，他也会因为别的什么问题而忧郁发愁。

朱永发就是这样一个人，即我们通常说的"操心的命"！在这个世界上，像朱永发这样的人是很多的。他们总是为了还未到来的事情苦恼，忧虑，计算着，并因此而感到生活的挫折与不幸。他们常常被打垮的，是自己无休止的对生活的担心和猜疑。他们最为不幸的，是总要去寻找存在于生活中的那些负面的、消极的东西，然后惴惴不安地等待着事情的发生。

生活中，永远都会有不利于自己的因素。而朱永发这一类人，就是要提前将这些不利的因素找出来，摆在自己的面前，一而再，再而三地难为自己。如果没有诸如此类的烦恼，反而不知道日子应该怎么过下去，这是他们的习惯。

这些人，就是靠着一堆的担心和没完没了的焦虑过日子的。

有人要这样持续很多年，有人要这样过一生。

朱永发的房子其实属于正常，远没有到了让他如此疑虑的程度。这不是房子的问题，而是朱永发自身的问题。

第二年，朱永发又因为院里的水井开始变得苦涩去找旺旺。那时的旺旺已经包下了一片果园，正在种植樱桃树。朱永发不安地说，旺旺你还有心思种樱桃啊，水井都发了苦味道，再把咱毒死。

旺旺笑了起来，知道朱永发又在小题大做。说真要是那样，我更要在死之前种好樱桃树了！这就是旺旺。活一天，就要有一天的事做。活一天，就要有一天的想法和奔头。

而朱永发却是活一天，就得有一天的忧虑，活一天，就得有一天的担心和烦恼。

都是人，活着的质量和对生活的体验却是天上地下，两重模样。

"真要是那样，我更要种好樱桃树了。"这是旺旺，是何等正确而又开朗的心胸。抱着这种心态去生活的人，生活还能有什么烦恼和不愉快，天天都是乐子了！

胆为先

　　1945年的春天，美国费城的一位乡村农场主皮特，要在费城最大的报纸上刊登他的农场报道。记者以为皮特的生意一定十分红火，赶到农场时，却大吃一惊，原来皮特并不知道自己在干什么。皮特听人说，加工牛奶非常赚钱，他就花了五百万美元购置了生产的机器，结果损失惨重。皮特走投无路，想让记者为他做做文章，看看谁还能来跟他一起生产牛奶。记者拒绝了皮特的请求。

　　当时人人都认为皮特是在胡来。可谁也想不到，皮特不知又从哪里听说，加工牛奶的机器也可以生产氨基酸。皮特又冒着风险转向了氨基酸的生产。其实皮特同样不懂得氨基酸，但他却为此再次贷款了二百万美元。

　　人们都觉得皮特做事太不谨慎，办企业怎么能像种小麦。果然，皮特的生产再次受到重挫，整个农场也因此垮了下来。正在大家为皮特叹息时，一个商人跑来，要与皮特合作，所谓的合作，就是要皮特的一半利润，条件是帮着皮特推销产品。但如果对方推销不出去，皮特也要付给他相应的报酬。

人人都认为这是一个骗局，太不平等了，劝说皮特不要上当。可是皮特却又接受了这个近乎荒唐的合作。

这次记者来了，将皮特的如此鲁莽行为报道了出去，大家都笑皮特胆子太大了。这哪是办企业，明明是在砸锅卖铁。

但谁也没有想到，皮特的命运却从此被改变，他的产品迅速地铺向全美。在短短三年的时间里，皮特竟然成了亿万富翁，全美最大的氨基酸生产厂商。

不管是加工牛奶，还是生产氨基酸，皮特都是一概地不懂。后来皮特又转向了房地产的开发，他同样不懂得房地产是怎么一回事。投资房地产，在美国的风险很大。人们都说，这次皮特一准得赔得只剩下一条内裤。

皮特因为不懂，而接手了一项谁都认为没有利润可赚的老人公寓。皮特当年确实赔了钱。可没想到，在过后的五年里，正赶上全美老龄化的高峰，费城也是一样，皮特的老年公寓大受欢迎，价格猛增，皮特不但狠狠赚了一把，还由此成为了当时最走红的房地产经营商。

皮特说的一句名言就是："别人因为什么都懂而发财，我是因为什么都不懂而成名。"这真是一句名言。让人寻味的是，世上好多的成功人士，并不在于他们懂得什么，而恰恰是由于他们当初什么都不懂。什么都不懂的人，顾虑才少，才会没有负担地抓住瞬间而至的宝贵机会。

当然，他们的共同之处就是大胆。有一颗过人的胆量。

中国有句古训："才、学、胆、识，胆为先。"有人以为胆量算不上什么，然而仔细看一下我们周围的人，你就不难发现，天下其实永远都不缺少有才华的人，有才华的人反而是到处都是。但真正有胆量的人，人群里却是少之又少。

许多能人，做事冷静沉着，看问题仔细清楚，洞悉破解事物的本领到了惊人的程度，但他们却做不来事。有时正是由于他们的精明，一生平平淡淡，淹没在自己的所谓智慧里。

因为他们没有胆量！没有胆量有时就没有一切，也做不来任何事！

据美国企业家协会的调查统计，天下真正做大事的人，不一定都是精明的人，但却一定都是有胆量的人。做一个有胆量的人，比做一个有能力的精明人更难。所谓的胆量，说的是失与舍，以及对未知事物的甘心承受。这种胆量，往往是特指承受失败的认知和勇气。

在日常生活中，有多少人会选择在没有把握的事上折腾，然后承受一个失败的恶果呢。太少了！

精明人，有能力的人，大都不愿意这么做事，更不愿意这么生活做人。只有有胆量的人，不怕挫折的人，甚至是不怕死的人，才肯这么去做事。但凡天下大事，又必须要有一个胆量才能做得起，撑得住，走得下去。

有意思的是，英国心理学家在调查中发现，许多的能人，精明人，为了成就他们所面临的事业，他们长年学习和掌握的，不管怎么高深复杂，原来都是围绕着一个如何提高自己胆识的问题。他们终日在心里默默训练的那个东西，原来也是一个承受的胆量。他们说的要全面提升素质，原来就是如何提升自己的胆量。

为此，英国科学家得出一个结果：胆量，往往是承受生活中一切艰辛，做一切事物的条件和根基！

秘密是一种黏合剂

    每个人都会有自己的秘密，因为每个人的生活中都会有隐私。因此，人活在这个世上总也离不开秘密。只是秘密有大有小，有多有少。秘密会因为人的经历不同而各不相同，各有特别。但无论怎样都是秘密。

    秘密有苦涩的，也有甜蜜的，有复杂的，也有简单的。不管是哪一种，都很像是暗恋中的伴侣，在漫漫长夜里陪伴你，与你相依相随，甚至折磨着你。而无论是何种秘密，只要是秘密，就会占据着你，丰富着你，甚至还在一直左右着你。你的人生也会因为不同的秘密而被这样或是那样。

    秘密之所以被叫作秘密，是因为秘密的极其个人化和不易外露的内容。然而心理学家也指点，秘密如果真的只是属于个人的，封闭的，那人生就会变得十分狭窄，生活也会像是一潭死水。

    从经验来看，人生没有永不泄露的秘密，哪怕它再私密，人们也会相互交换各自的秘密，以释放、宽容、疏解自己。

秘密的另一个功能，是相互交换。人与人讲出了秘密，彼此就会更深一层，更为交心。

人在一生当中会有很多说不清的秘密。这些秘密憋在心里，人同样会感到不适，不畅。于是，很多人从小到大便都有透露自己秘密，与人分享秘密的习惯。很多人向别人说的所谓"心里话"其实就是自己的个人秘密。

仔细观察就不难发现，日常生活中，谁对谁更为密切，更为友善、更为交心时，其实就是双方透露各自秘密的时候。

与人交流秘密，既是自己的需求，也是别人的需求。求同存异，双方都很容易达到一致，由于秘密的吐露，拉近了人与人的距离。吐露秘密的时候，人与人的相触会是人生来往中最为亲密的经典阶段。人往往在向别人吐露秘密时，会放下一切戒备，变得对对方无比的信赖和友好。这时人和人的关系也最为融洽。由此不难看出，原来秘密是人与人相容时最好的黏合剂。

不过，人是不会和所有人交流秘密的，人在交流秘密时选择的对象也是十分慎重的。只有对可以信任的人，只有对值得交流的人，只有对没有危险的人，才会透露秘密。

因此，人与人透露秘密时，永远都有一个相对固定的圈子。这个圈子会令你放心，让你感到温暖和可靠，也是由于秘密的吐露，才使你的这个圈子变得更为牢固而有意义。

吐露自己秘密的过程并不是一件坏事，而是一种共同的分享。在这一刻，秘密会成为你疗伤的秘方、可以舒缓你不佳的情绪，甚至帮助你改善对生活的认识。真的，每当有人倾听你的秘密时，你就会得到某种心灵上的安慰，感到某种安全感和内心的解脱。

你会和谁交流秘密，谁大概就会成为你的朋友。在你与人吐露秘密时，你会发现你正在变得真心，别人也在变得真心。同时，对方也会和你交流他的秘密。

自然，生活中不是每个人都愿意向别人倾吐秘密的。有人只是不小心的泄露，并非诚恳。这样的人生活得都较为封闭。而那些快乐的人，心胸坦白的人，则不会把秘密永远地存放在心里，他们要不时地拿出来与人分享，简直就像一块蛋糕。于是，秘密便成了人与人关系的纽带，将彼此的关系越拉越紧。甚至把许多人拉到了一个阵营。

可见，秘密是日常生活中一项重要的交流内容。世界上最怕的是从不讲出自己秘密的人。这样的人不但活得缺少愉快，还要有很多的伪装。在缺少真心的同时还会为自己平添许多障碍，比那些愿意打开心扉的人要劳累许多。

在通常情况下，你对别人讲述的秘密越多，你听到的秘密也就越多，这是同等的。你听到的秘密越多，越证明你是一个同样可以信赖的人。

在这个世间，大家总愿意把秘密讲给那些善良、宽厚、有包容心的人去听。而一个愿意讲出自己心中秘密的人，一般也是心存友善，待人宽厚和可以交往的人。

捉　弄

　　早上，麦克吃早饭的时候，不慎将一只玻璃杯掉在了地上，在砰的一声爆响中，麦克心里很不安，续而又觉得这是一个不好的预兆。大早上的，怎么就会打碎了一只杯子。麦克瞪着眼睛想：这一天不会发生什么不测吧？他心里开始有些惶惶不安。

　　他开车行驶在高速公路上时，一辆警车从后面追了上来，拦住了他，警察检查他是否带了行驶证。麦克十分不悦，觉得今天对自己来说就是一个背兴的日子。

　　到了公司，麦克依然身心不宁。他去做会议纪要，同时心里还在想，早上怎么会打碎了一只杯子。他已经许多年没有打碎东西了，这到底预示着什么？

　　会散了，麦克突然发现，在纪要上，他忘记了依次写下发言人的名字，到底谁在前，谁在后，记录上都没有记。麦克的脑子里嗡的一声，一阵轰鸣。忘记写发言人的名字，是会议纪要最忌讳的事。

麦克颤颤抖抖地把会议纪要递给了上司，上司一眼就看出了问题，脸色顿时一阵难看。麦克忙说：今天早上，我打碎了一只杯子……上司没有听懂他在说什么。是的，这有什么关系呢！

回到办公室，麦克感到今天的一切更加不对，他索性拿起电话，取消了傍晚给朋友去过生日的约定。尽管他觉出自己的做法有些欠妥，但他还是觉得今天最好什么也别干。麦克的这一决定无疑伤害了朋友，但他已经顾不得了。

中午，麦克去餐厅吃饭，餐厅里拥拥挤挤，他走近女友吉娜，希望改变一下心情。可走近了他才发现，眼前是一把三条腿的瘸腿凳子，麦克感到三条腿的凳子是有危险的，今天他很不顺，不能再赶上倒霉事，他无论如何不能坐这把三条腿的凳子。

在麦克愣神的时候，他的情敌霍顿已经一屁股坐在了瘸腿凳上，看来凳子并没麦克想的那么危险。他如此犹豫已经令女孩儿吉娜对他有些不满：麦克你是不是对我有什么意见……吉娜的目光分明是在这么说。可麦克怎么解释呢，怎么说清他今天早上打碎了一只杯子呢……

下班的时候，售楼处突然打来了电话，让麦克赶紧去看他预约了许久的房型。排队看房的人不只麦克一个。麦克曾对那个小区十分满意，一直梦想在那里购置一套公寓。然而麦克觉得今天一切都不顺，再好的事，在今天办，也会出问题。电话里，麦克拒绝了去看房子，说他今天有更重要的事。麦克失去了一次最理想的搬迁机会。

早上打碎的杯子，一整天都在骚扰着麦克。

晚上麦克回到住处，心里依然十分郁闷，他准备冲个热水澡，试图改变一下心情。回想这一天的事，他发现自己一直都是处在焦躁中，仿佛所有的事都在和他作对。麦克站在水龙头下，水流似乎不够，其实和平常差不多。麦克将开关拧到最大，还是觉得水流太小。麦克气得猛然一拧，把一天的愤然都集中在了手上，他终于爆发了，只听咔嚓一声，水龙头竟然被他彻底拧断。顷刻之间，水流如注，浴室、客厅里一片汪洋。麦克气愤地想，今天就是一个倒霉的日子，楼下的住户说不定也被淹了。

是的，一切都是从早上那个被打碎的杯子开始……

以上是英国心理学家理查德案头上的一个典型的心理案例。

一只杯子被打碎了，与一天的事情到底有什么关系？统统都没有关系。但麦克却从心里把它们弄在了一起。

有关系的是麦克的自我暗示，在自我暗示下，麦克一整天都在捉弄自己，虐待自己，怎样不好，怎样倒霉，他就怎样想，然后认定，这一天的事情就是这个样子。于是，本来平静、平常的一天，在麦克的坏情绪下，变成了最糟糕的一天。

幸运的是，麦克只是一天，有人却是一个月，一年，一生都是如此。

在心理上，许多人习惯这种自我捉弄。早上出点事，便会暗示自己一天都不好，如果一年的开头出点事，便暗示自己这一年都不好。这之中，一旦发生什么问题，便会认为：事情就是这样的，就该这样的，早就这样安排好了，老天早就有了预兆！

其实不是的。如果你不是这种心态，事情就根本不会是这个样子！一切都是你自己安排的。这是一种典型的自我捉弄，自我虐待。有这种习惯的人，总是以降低生活的质量，打击自我的情绪为代价的。经常给自己做这种暗示的人，最终会轮为生活的失败者。

多给自己一些自信和阳光，你的生活就会灿烂起来。多想一些好事，你的事情就会顺利起来。这看似简单的心态，直接关系着你的一天，一年，甚至一生。而一旦你丢掉了那种不好的，习惯性的暗示，你的一生都会美好起来。

打　劫

　　事情发生在北京丰台区，冬季 2 月的一天深夜，天气非常寒冷，他手持一把手枪，站在路边，准备实施打劫，时间是深夜一点半钟，四下刮着小风，路上的出租车明显已经很少，平均十几分钟才会有一辆。他一直在黑暗中紧张地等待着，是在等待着某一位女司机。打劫者深知，在这样的深夜，对付一个女司机总是比较容易的。

　　大约 40 分钟后，在他的手脚快要冻僵的时候，他终于看到一位女司机开着车子驶了过来。他心狂跳不止，一场惊魂动魄的打劫即将开始。他抬起了手，出租车在他的跟前停了下来。女司机打开车门，友好地问他："你上哪？"

　　他抑制住狂跳的心，按照原定的计划道："前边，找一家便宜的旅店……"说着他跳上了车。这时他两手已经紧张得满是汗水。女司机把他带到最近的一家旅店，这一段他无法下手，街道太繁华，路灯太亮。他让她等他一下，他装模作样地奔向旅店，旋即又跑了出来，说这家旅店太贵，他没有多少钱住这么贵的地方。

女司机说：那就上城乡结合部吧，那里的旅店会便宜点儿。他的心一热，发现她是一个好人，竟然没有对他提防，反而还在为他着想。他摸摸腰里的枪，一辆警车突然驶过，这自然不是下手的时候。女司机带他转来转去，一共找了四家旅店，他都说太贵而回到了车上，时间已经过去了一个小时，计价器上的钱数已经上涨到200多块，他真怕她随时停下来跟他要钱，别说200块，他身上一分钱都没有。

她突然说话了："你渴吗？车上有热水。"

可能是由于紧张，他的牙齿有些打颤。她以为他是口渴，说实话，他的嗓子一直都在发干，他的确很想喝一口热水，可他抑制住了，说不渴。话里已经明显地带有几分感激。

车子拐进了一条又黑又窄的小胡同，这是最好的下手时机了，再也不能等了！他开始掏枪了。她说：你冷吗，我后备箱里有一件厚衣服。他吓了一跳，原来由于紧张，他的身子一直在发抖。她的关怀突然让他想到母亲，在这个世上，只有母亲才会这么关心他，对他问寒问暖。他下意识地向她瞥了一眼，是的，她的长相也有点像自己的母亲。

此刻，女司机突然做了一个让他想象不到的动作，她伸手停了计价器。他瞪大了惊恐的眼睛："你要干什么？"他问。

她轻声地说："钱太多了，你不管到哪，我都不再向你要钱，就200块吧，为你省着点儿。"一股暖流瞬间让他的心里发热。他确实没有遇到过这么好的人，而他却要对她打劫。他摸摸腰里的枪，竟然没有勇气再拔出来。

车子在又一家旅店门前停下来。他忧郁地不知怎么办，这一次他没有下车。

她问："你是不是没有钱住旅店，那我拉你回家吧，你家在哪？"

他再也抑制不住自己的感情，颤抖地说："大姐，我，我是打劫的，可，可我不忍心对你下手。"

她愣着，踩住刹车，不相信地看着他。一辆巡逻的警车正巧驶过来，感到了他们的异样。他对她说："你去报警吧，我真的是打劫的，你不报警，没准我还要去打劫别人。"

她似乎这才醒了过来，说："你能认识就好。孩子，别做傻事，我还是送你回家吧。"

"不。"他大声叫起来。

两名警察走过来，问她发生了什么事，她没说他是打劫的，因为她明显地感觉到，他已经放弃了打劫的念头。他却走下车，主动地交出了那把假枪；说："我是打劫的！我想抢她的钱。"

警察感到有点莫名其妙，但还是将他带走了。他是北京某大学的一个学生。因为被人骗过两次，家境又异常贫困，才在那天晚上，走上了犯罪的道路。可是，他没想到，他会被他要打劫的人感动。他没想到，他因为感动而下不了手。她让他想到了自己的母亲，在一个个寒夜里，母亲给他的那些温暖。

法院没有起诉他，在对他的调查后，在全班同学和老师的联名恳求下，他重获自由。他说，是一个好人改变了我的一生。否则，我将从此成为一个罪犯。这则真实的案例，在电视台报道后，感动了许多人。

其实世界上有许多这样的案例，因为好心，因为真诚和善良，而阻止了一起又一起邪恶的举动。善良，爱心，以及真诚的力量，在特别的时刻，往往有着特别的效力，甚至会大大超出人们的想象。是的，善良与爱，也是带有魔力的！

平　庸

　　瑞典心理学家威廉，是研究精神方面的一位专家，他很早就发现，人在精神领域里的成长，常常是被扭曲的。成功、事业、名利、权势等，人们所追逐的对象，往往正是扭曲人们精神的因素。这些因素十分类似香精或是大麻的中毒，往往会把人的精神引向一个与自然生活相悖的领域，使人陷入无端的烦恼而不知。所谓人生中的苦，大都是因为精神上的需求不能得到满足，才体会到了苦。

　　通常情况下，如果所谓的精神支柱，不能陪伴人走完一生的话，人就会因为缺乏这种支柱而出现各种各样精神上的不适，其中有60%的人还会因此减少寿命或患上各种疾病。

　　因此，威廉得出结论：事业、名利、权势等等精神方面的支柱，可以使人突飞猛进的成长，达到某些领域的巅峰，获得人生的幸福与快感，但也可以把人击垮，彻底地毁掉一个人。

　　这种精神支柱类似某些香精的作用，两者十分接近。

　　由此，威廉曾在十几年中用小鼠做过几千次的实验，他把不同的香精点燃，放在小鼠笼子的四周。不同的香精，能够刺激、提高小鼠的精神享受。这些香精日日夜夜熏染着小鼠，小鼠们在香精的陪伴下会变得异常振奋，吃得香甜，睡得安逸，他们精气十足的模样似乎整个天下都掌握在他们的手中。

正因为如此，无论把哪一种香精撤走，小鼠们都会因为失去了某一种需求，即缺少了部分精神上的支柱，而变得焦虑，团团打转，甚至几天不吃不喝，夜不入眠。这正像人们丢掉名利与权势的特征。

而一旦将所有的香精都撤走，小鼠的精神便近于崩溃，他们慌作一团，萎靡不振，拒绝吃喝，这时小鼠的患病率也会猛然提高许多倍，免疫力飞速的下降，惶惶不可终日，然后慢慢地死去。

香精对小鼠的刺激，正是使小鼠精神变异的根本。成功、权势、名利对人的刺激则很类似香精进入大脑后对小鼠的刺激。这时人所体会到的幸福指数实际上是一种变异，这种变异一旦瓦解或者失去，人便很难承受由于长期刺激所习惯了的感觉。

调查发现，人一旦离开了这些精神上的支柱，便会感觉生活枯燥，前途无望，严重的还会有生不如死的绝望。

因此，很多人从名利权势场上退出下来以后，都会相当的不适，患上抑郁症的可能性大大增加，如同世界末日来临一般。

而我们很容易就会发现并且承认，那些普通的人，那些一生远离名利、权势和成就的人，却能一直生活在一种适当的感觉里，他们在精神上不会产生裂变，越是到了人生的后半段，他们越是平静，越是能享受生活带来的诸多快乐。看上去，他们的生活也就更本质，更自然。幸福好像更容易光顾到这些人，而不是降临在名利场或在权势圈里奋斗的那些人。

这一点，正像普通的，没有沾染过香精的小鼠，他们的生活反而会更安逸，更幸福。因此，美国著名心理学家伯恩斯所倡导的"平庸"理论，便得到了广泛的认同。

如果你真正懂得平庸的价值，那么无论你身陷怎样的名利圈，无论你有多大的权势，就是失去，你也不会落入不幸或痛苦的陷阱，因为你的骨子里还是平庸的。

我们并不是有意提倡平庸，更不是希望人生无为，只是平庸与名利、权势相比，它更本真，更天然，更平民化。在人生的许多比较中，"平庸"的感觉反而更人性，更有利于现代人的身心健康。

在这个世界上，凡是受过"香精"熏染的人，都有其自身的深刻体验。到头来，他们拼命去做的，就是一心要回归到平庸世界里的种种努力。

蒙汗药

2002 年，湖北警方接到第一起使用蒙汗药为手段的诈骗案：三位民工从建筑工地挖出 47 枚金元宝，因害怕被国家没收，或在倒卖时被抓，便托到一位有钱的同乡老板，希望他能将这 47 枚金元宝收下，或是帮助他们卖掉。

老板相当慎重，认为这是一场骗局。当场找来钢锯，锯掉了一枚元宝的一角，然后拿着这一角儿，到金融机关去鉴定。鉴定的结果，让怀疑满腹的老板大吃一惊，兴奋不已，元宝是真的。是清朝末期的产物。

于是，老板将这 47 枚元宝以最低的价格收购。老板没想到天上掉馅饼，让他拣了这么一个大便宜。他可以纯赚人民币 360 多万元。两天后，老板以绝对的真货，开始向外出售。购买者同样提出，要去鉴定元宝的真假。谁想，这一次的鉴定结论却是，47 枚金元宝全部为假货。老板震惊，哭天抹泪地向警方报案。

报案时，老板提供了一个非常重要的情节：对方与他交易时，使用了蒙汗药，以致他当时完全丧失了理智。他明明看着是真货，金融机关鉴定也是真货，可人一走，眨眼工夫就成了假的。于是，公安机关根据他的描述，以有人使用蒙汗药诈骗而立案。

三名诈骗犯在两月后被缉拿归案。原来只有被锯掉的那块元宝是真的，其余的全是假的。只是，三名罪犯拒不承认在诈骗中使用了蒙汗药。

2004年，河南发生了几起利用蒙汗药诈骗的案件。在一次改造农田的移坟中，人们眼睁睁看到从坟墓里挖出了四尊一尺高的小金佛，当场就有人提出要收购。坟墓的拥有者，以每尊金佛2万元，卖给了两位来者。全部过程有上百人可以见证。一切都是真的。但两位购买者回去后，却发现金佛是假的。

报案时，两人异口同声，说之所以上当，是对方给他们使用了蒙汗药或迷魂散，使他们完全失去了辨别能力。警方以使用蒙汗药诈骗立案，并向上级机关做了汇报。

2005年，北京一位精明的古玩爱好者，在街头遇到一位乡下大爷，乡下大爷来京卖一件祖传瓷器。双方拿着瓷器到有关部门鉴定，鉴定结果为宋代官窑瓷器，买方以300万元的银行卡与这位乡下老大爷成交。

第二天，买者便感觉不对，经查，是被人掉包，自己买下的是一件仿制品。买者向公安机关报案，称自己被对方的蒙汗药迷惑，不然凭着他几十年在古玩市场上的眼力，绝对不会看错走眼。

在这前前后后，全国各地的公安部门，相继接到这类诈骗案件几十起，报案人的共同特点都是称自己被人使用了蒙汗药，然后失去了理智和判断力，鬼使神差地任人摆布。公安部门对此非常重视，组织人力调查。

遗憾的是，这些案子在破获后，没有一个骗子承认自己曾使用过蒙汗药或迷魂散。

经过公安机关的周密调查，最终证实，没有谁使用了蒙汗药。

但受骗者们却一再坚持，认定对方就是给他们使用了蒙汗药。不然他们不会像被施了魔法一样不分东西，丧失起码的判断力。这其中，北京的一位老太太在报案时，还描绘了骗子使用蒙汗药的过程。说她亲眼看到骗子掏出一只小瓶，喷出粉红色的气体。然后她就失去了主张，喜欢上了骗子手中的一个玉镯。

然而，事情确确实实是没有人使用过蒙汗药。

最终，还是一位刑侦心理专家一语道破了机关：蒙汗药是有的，但不是在骗子们的手中，而是在被骗人的心里。在诱惑面前，是受骗者自己刹那间有了痴迷。

到现在为止，世界上还没有如此的蒙汗药。所谓的蒙汗药，大多是人在利益面前，自己所起的那个贪心贪念。

要说世上真有什么"蒙汗药"与"迷魂散"那么它一定是来源于我们的内心！人们被迷惑的，不是外界，而正是自己内心对利益的无止境追求和无限膨胀的贪念。

据世界医学界公布，至今为止，世界上还没有一种能够完全迷惑掉人心智的药，没有强大到让你向东，你就向东，让你拿钱，你就拿钱的药物。没有，根本没有！如果非说有，那就是你自己的为心所造。

守住自己的内心，克制住自己的欲望，就能防止住世间任何一种蒙汗药！

造　化

美国电影演员耐特·汉森，那一年拿到了奥斯卡男配角奖。他由于激动，竟然半分钟都没有讲出话来。而他台下的妻子更是热泪盈眶，激动得双手颤抖。

汉森讲完感谢词后，主持人破例请上他的妻子金娜。当金娜走上台时，台下报以热烈的掌声。因为谁都知道，汉森的成功，来源于这个默默无闻的女人。影迷们也终于看到了这个传奇式的女人。

汉森领完奖，走出大厅，和妻子匆匆往家里赶，进了家门，他立刻脱掉西装，像七年中的任何一天，开始为妻子做饭。这就是汉森多年来的真实写照。

汉森不是美国人，12岁时从墨西哥移民到美国，原先的名字叫塔塔旺，因为一心要进好莱坞而没有任何工作。与金娜结婚时，戒指是从街上的小摊上花2美元买下的假货，而这一点，金娜完全知道。

正因为如此，金娜的父亲对她暴跳如雷，说万万想不到，女儿会嫁给这样一个穷困潦倒、游手好闲的人。

小时候，父亲带金娜去看相，看相师说，金娜的相貌是人群中最有造化的那种，父亲也一直这样认为，女儿是有造化的。想不到，婚后的金娜，却穷得吃饭都成问题。

金娜看中汉森的，是汉森对事业真诚追求的勇气。人们却说，金娜是被汉森骗到手的。没有人看出，跟了汉森的金娜，会有什么造化。

自从金娜与汉森结婚，她的生活便跌入谷底。汉森每天早起就去电影厂，在大门外等待有人来挑选群众演员。一般都是无功而返。中午回家为妻子做饭。然后在家看影碟。晚上在镜子前模仿自己喜爱的角色。天天、月月、年年，在六年的时间里，汉森只被电影厂看中过三次，是三个小角色，在影片里露面共计二分钟。这就是他长达六年时间里所谓的"业绩"。

而金娜就是为了这个微不足道的成就，付出了六年的青春，一直养活着这个游手好闲的男人。六年，金娜也只是在最低的职位上谋职，收入十分可怜。六年中，他们的住房从50多平方米，一直住到30来平方米。生活也像这越换越小的房子，窘迫难堪。

但金娜对汉森的选择没有怨言。她出去给人做低廉的工作，汉森在家做着他自以为的各种角色。两人的生活在美国已经属于最底层。人们说，是金娜的善良无知，毁了她自己的生活。

直到第七年，汉森被导演希尔看中，并成功地因影片《将来并不遥远》获得了奥斯卡配角奖，他们才得以翻身。

然而刚刚下走下台的汉森，却与金娜过惯了底层人的生活，他们从颁奖大厅走出来时，金娜正听到有街人议论，说店里的鱼子酱正在降价，金娜竟然忘记了自己是刚刚获得奥斯卡男配角的妻子，她不顾身边的汉森，一头钻进了路边小店，去买便宜的鱼子酱。而汉森也早已习惯了这样的金娜。

直到这天晚上，两个人似乎才回过神来，往后他们已经用不着如此的生活了。望着领回的大奖，金娜说，我嫁给你真是一种造化。汉森说，不，正是因为我娶了你，我才有了今天的造化。除了你，我不知道这世上还有哪个女人，能如此心甘情愿地养活一个男人七年。

造化，原来竟是一种心甘情愿的付出。

笔体与心态

    美国华裔商人李万久死后，留下了三亿美元的财产，因为分配问题，一时间成为美国人关心的一桩悬案。其中有两亿美元是他留给自己的女儿李媛道的，另外一亿美元，是留给他后来的妻子王玉清的。

    李万久死后，作为李万久的第三个妻子王玉清，则向法院提出了重大嫌疑，既李万久的遗嘱签名是伪造的，假的！而李万久生前曾答应过她，要将家庭财产的一半分给她……

    一时间，美国各大报纸都登载了这条消息。其实世界上的许多重大疑案，常常都与人的签名笔迹的真伪有关。尤其是伪造死者签名，制造假遗嘱的情况一直很多。

    由于李万久的遗嘱是用汉字立书，美国司法机关在调查时，请了三名中国笔体专家协助进行鉴定。同时美国方面也派出三名笔体专家共同参与。

    没想到，中美两国的笔体专家分歧却很大，美方专家认为，李万久的笔体为伪造。中方专家则认为是真迹。

客观上看，李万久的签名与他生前的笔体确有很大的差别。调查中发现，李万久一生的签名笔体，大约有十二种变化，有些签名完全走了样，无人能看出这是李万久的签字，所以笔体专家分为了两派。

法庭一时难以判定谁真谁假，要求双方的笔体鉴定专家，拿出各自的有力依据，以证明自己的观点。经过一年零六个月的调查和对比，中方的笔体专家拿出了更有力的证据，证明李万久的签名为真迹。最后，这场轰动一时的三亿美元遗产案终告结束。李万久的遗嘱被认为是真实的，有效的。他和第一夫人的女儿李媛道获得了两亿美元的遗产。

而世界上由于签字真伪所造成的案件，每天仍在发生。每一桩辨别起来都很有难度。因为即使是一个人的签字，也会有很多变化和不同。根据笔体专家的研究表明，一个人在一生中，由于处在不同的环境与不同的心情下，签字时，笔体从来都不会是一模一样的。字体的变化之大，有时连签字者本人都不一定能认识。

当一个人烦躁不安，或是处在焦虑紧张时，他的笔体就会变得潦草，笔划不到位。而一个人在心情愉悦时，笔体又会变得较为夸张，伸胳膊伸腿。当一个人生活顺畅时，他的笔体就会变得漂亮舒畅。而当一个人处在兴奋时，他的笔体又会显得苍劲有力，这都是暂时的变化。还有一种是处在长期变化中的，当一个人在大段的时间里，生活处于坎坷、挫折时，他一贯的笔体特征还会丢失，甚至会变化出新的特征。这就是为什么一个人的签名，有时会完全走样。

心理学家在测试心理病人时也发现，一个有心理疾病的患者，他的笔体会变得相对古怪，而当他的心理疾病减弱或康复后，他的笔体便会恢复原有的面貌。

一个人的笔体尽管会由于长期不写字，而变得不流畅，不美观，但并不会变得太糟，但一个人处于长期的焦虑中时，笔体就会显出别扭和拙劣。

因此，要想把名字签得漂亮，首先就得提升自己的心情，让内心愉悦起来，许多人否认自己是处在长期的紧张状态，否认自己有焦虑情绪，其实写一写自己的名字，便会是一面镜子，尽管你可以伪装，但你的字体还是能照出你真实的心态。这就像测谎仪一样，不管你怎样纠正自己，还是会留下一些特别的痕迹。

距离，只有一点点

　　两个乡下人，一同来到一座大城市，都因为两眼一抹黑而生活无着。过了一段时间，两个人商量，选择了卖菜。卖菜属于小本小利，好操作，简单的生活没有问题。成就往下做，不成就拉倒。

　　两个人在一个菜市场里，摊位挨着摊位，菜价是一样的菜价，早起晚归也是差不多的，按说没有区别，命运本不该有多大差异。谁想，几年之后，两人却卖得有了天壤之别，一个卖成了蔬菜批菜商，俨然菜市上的老大，手里竟然有 200 多万元。一个却因为经营不下去，无奈中又回到了乡下。

　　成功与失败，说起来往往显得十分遥远，像是两回事情。但事实上，往往只差了那么一点点。彼此的真正距离，有时小得不足挂齿，和风细雨地看不出踪迹。这种现象，许多过来人都有体会。

　　就拿两个卖菜的人而言：成功者每天卖菜，都要拿出一点时间，把黄菜叶子和烂根去掉，弄得水灵灵地好看。失败者却从来没有理会过这一点儿，卖菜怎么能没有黄叶子烂根呢！没事捣啥乱！

成功者每天总是把菜擦净，尽量干干净净后，再运到市场上。失败者却说自己是卖菜，不是大厨子，没事给人家洗什么菜！

成功者每天总是把菜摊儿收拾得规规矩矩，把菜码放得整整齐齐，看上去总像在办蔬菜展，让人一眼望去，心里舒舒服服的感觉。失败者只把菜往地上一堆。爱怎样怎样，卖菜要那么多讲究干啥！怎样不都是拿回去吃吗！

成功者每天要多卖半个小时，尽力全部卖出去再走。

失败者认为无所谓，今天卖不动，还有明天，为那点剩菜何必那么辛苦。

两个人的距离实在是小得可怜。但天长日久，一个在城市站住了脚，有了成功，一个却卖不下去，只好再回到乡下。一个因站住了脚，而有了发展的机会，一个因回到乡下，人生更加闭塞。说起来也没有什么，这个过程是藏在每年每月每天的日常中的，被分解得平淡无奇。淡而又淡。

不过，天下好多事都是这样，说起来多少有点乏味，缺少色彩，更缺少惊人的震撼。事实上也只是这一点一滴的距离。成败之间，有时真的并没有多远。

日本的丰田汽车，跟美国同类型的汽车几乎是一样的。可是丰田汽车却在世界上销量第一，原因是它比其他同类汽车的密封系数高1%，省油1%，噪声少1%。1%是差多少，实在是没差多少，很多时候可以忽略不计，但这就是距离。就是因为这么一点点距离，1%，而画出了成功与失败的界线。

听说名扬全球的可口可乐中，只有1%的配方是自己独特的。就是这个神奇的1%使它在全球饮料市场上成为了老大。让人追赶了百年，百年的时间都没有追赶上。

而运动员，只差零点零零秒的距离就被淘汰，从此英雄不在的例子更是比比皆是。零点零零秒，不够喘口气的工夫，你说能有多大距离。

成功与失败，有时真的不是差得很远，更没有想象中的那种大段大段的跨度。没有，根本没有。往往只是那么一点点，近在咫尺，绝对看得见，摸得着的。不过，就是这一点点，又是经过了非凡的努力，总是充满了智慧和勤奋在其中的。并且，一定是精心打造出来的一点点。

奇妙的分享法则

爱德华的父亲临终前，对爱德华说：我要送你一笔财富。谁都知道，老爱德华是美国华尔街上的一个富翁。

父亲去世后，爱德华将父亲送给他的盒子打开，却发现里面空空荡荡，只有一张纸条，上面写着："我的财富已经捐得一分不剩，你要想得到财富和幸福，只要学会与人分享，财富和幸福就会像潮水一样，滚滚涌来。"

当时的爱德华并不能透彻地理解父亲的意思，但他觉得这句话一定非常的重要。否则父亲不会把它当作财富传授给他。

事实证明，正是这句话，使后来的爱德华登上了事业与人生的顶峰。那是一个非常偶然的机会，这个机会其实是摆在千百人面前的。但谁也没有办法得到它。

事情是这样的：20 世纪 30 年代初期，美国的许多保健品，也像现在的中国市场一样泛滥。百姓根本无法辨认哪一家的商品更好一些。这使企业家们非常的头痛。于是，厂家纷纷印制了自己的小广告，到各商店的门前去散发，以扩大自己的影响。

但正如我们现在的情景一样，人们大都厌恶了这类做法，就是接到手里的广告，也会马上把它扔掉。而这些企业，为了让人们能看上一眼自己的广告，不断加大开支，广告越印越精美。成本也不断增加。但情景还是不尽人意。

于是，美国的一家奶业化妆品公司便贴出一则启事：如果谁有办法，能使该公司的小广告让80%的人自愿接到手里，并能给予关注，每月将得到公司的高额报酬一万美元。

一万元，这在当时已经是一个惊人的天价了。

于是，聪明人蜂拥而至，想尽了各种办法。可还是没有能实现该公司的目的。

爱德华是在几个月之后才听说了这件事的。他同样被该公司的高额奖赏所吸引。那时他突然想起了父亲"与人分享"的精神，并在心里猛然有了火花。

他兴冲冲地找到该公司，问清了印制广告的成本，每张广告竟高到两美元。爱德华对老板说：我不要你的每月一万元。只要你把这项业务给我，我会让90%的人自愿看你的广告。公司老总问他用什么办法。

爱德华笑说："我想，我们应该把钱分给天下人！只要我们能做到，便能得到天下人的帮助。"

当时谁都以为爱德华是一个疯子。但公司既然试了那么多次，并不在乎再试一次。爱德华接过了这项业务。

30年代，美国有许多私人小银行。爱德华找了一家最小的银行，与银行达成协议，然后申请到了专利。接着，爱德华把小广告制作成了这家银行的存折。成本不过三角钱,在后面印上了广告的内容。还为每个想得到它的人存入了 1.2 美元。这样也不过才花了一元五角钱,爱德华自己则从每一个折子中留下了五角钱。

爱德华完全是运用的"分享"精神。结果,人们排着长队领取爱德华手中的存折,即小广告。每个人都可以从中得到 1.2 美元。

爱德华的做法,让全美震惊。那时所有的公司都想学爱德华的方法。但爱德华已经申请了专利,无人再有权力这样做。

结果,这家银行和这家奶业公司,在美国名声大噪,格外受人爱戴。它们在爱德华的分享法则中,得到了一种前所未有的信誉和知名度。业务直线上升。而爱德华本人也被这家公司聘为了董事。一年之后,这家奶业公司成了美国的奶业霸头。

当年,很多记者采访爱德华,问他是怎么想出来的这个神奇主意。事情真让他给做绝了。爱德华说,只要想着去与人分享。很多奇妙的事情就能显现在眼前。这不是智慧,而是善与爱的力量。

与人去分享,把钱、把利益分给别人。它会给你带来惊人的收获。这包括物质和精神两种财富。

"只要你去尝试分享的法则,财源就会滚滚而来!"老爱德华说对了。当然,前提是,你必须是真诚的,充满爱意的。真诚的愿意把财富分给别人。为别人去着想!这也是最积极、最光明的处事态度。

据世界企业家协会对五百家企业的调查表明,所有的成功典范,有意无意中,在他们创业的旅途中,都运用了这一伟大又神奇的法则。"与人分享"的法则。也正是这个基础,才会给人带来无穷的智慧和更多的出路。

因为已经有了

　　每年夏秋两季，牧民们都要将羊群迁移几次。在迁移中，羊群要经过的地方，不是危险的山口，就是狭窄的盆地。这地方总会有狼群出没，每次不损失几只羊，是无法走过这些险要地带的。

　　狼是非常聪明的，他们十分清楚，什么时候山口或盆地的道路上，会有羊群经过。于是，每当羊群迁移的时候，狼们就会在这里等候，牧民们没有一点办法。

　　而狼又是国家保护的二级动物，打又打不得，牧民们相当犯愁。为了不让羊群损失太多，牧民们想出过各种各样的办法，比如多养狗来保护羊群，然而养狗的代价比失去几只羊的代价有时更高，得不偿失。

　　最后，牧民们终于想出了办法，每次迁移，他们都会准备一堆带肉的羊骨头，将这些骨头煮熟，用小麻绳紧紧地捆住，使狼啃起来要费很大的力气，然后将这些骨头仍在羊群路过的山口或是盆地中。

狼本来是在等待羊的，他们是奔着羊而来的，却在途中意外地发现了香喷喷的骨头，于是便纷纷啃起了骨头。每当这时，一定是羊群通过的时候。

狼会眼睁睁地看着大群的羊从他们的前方通过，却顾不得太多。因为此时此刻，他们的嘴里正啃着骨头。狼们因为有东西吃，而失去了捕捉羊的机会。

牧民们用极小的代价，防止了极大的损失，这是因为狼已经有了。狼们不会知道，他们因为已经有了，而失去更多。

深秋，一群天鹅从西伯利亚飞往南方去寻觅食物，途中，他们要经过西斯亚利湖歇脚，那里的游人很喜欢喂养天鹅。于是，天鹅有了吃的。因为有了吃的，便不再飞往南方，结果往往会被冻死。

几个河南木匠坐火车，准备到北京打工。中途，车下有人喊，是打工的吗，我们需要人……于是，大家便像是得到了便宜，纷纷下了火车，在开封市打起了工。一个木匠在开封市干活，一个月是800块钱左右，管吃管住。而一个木匠，到了北京，一个月是2500到4000块的工钱，同样是管吃管住。几个木匠因为已经有了挣钱的机会，而失去了挣更多钱的机会。

有一年，清华大学管理系的学生还没有毕业，98%的学生就被各家招聘公司定了下来。等到真正毕业时，一个系里，只剩下两名学生还没有着落，这时美国等几家外国大公司来清华大学挑选在中国的代理人，年薪都在30万元人民币以上。于是，剩下的两名学生，统统都是最好的工作。

他们当然不是最优秀的，但最优秀的都已经有了自己的去处。是因为已经有了，而失去了更好的。

生活中，我们因为已经有了妻子甲，或丈夫乙，所以当遇到更好的丙或丁时，也只好作罢。我们的一生，也许可以发展得更有成就，更辉煌，更有前途，但由于我们早早地有了其他选择，而失去了可能更辉煌的机会。

一个人正是因为已经"有了"，反而失去了很多很多。

由此看来"有了"并不一定就是件好事。"没有"倒是一张白纸。因此，我们没有什么的时候，不但不应该遗憾，反而应该庆幸，因为这也许正是一种福音、一种机遇。

奥　秘

　　美国女影星林达，在美国影坛上走红了许多年，她的整个青春几乎都是在喝彩声中度过的。林达的名字曾在美国家喻户晓，她的相片挂得到处都是，整整一代人是看着她的相片长大的。

　　但有一件事又是美国人公认的，那就是林达的演技并不是一流的，有时是真的不大好。不要说影视圈里的人，就是大街上的一般影迷，也认为林达的演技很一般。但这并不妨碍人们对她的喜爱。

　　是的，林达的文化水平也是不敢让人苟同的。她小学都没毕业，最早是个满街跑着卖糖果的小女孩，脏兮兮的。那么林达成为大红大紫的人物是背后有人捧她吗？还是因为别的什么因素。不是，也没有人特地捧她。

　　没有什么人特意去把她捧红抬紫，甚至个别影视公司为了证实林达的演技不是那么好，而从不和她签约，以说明她的糟糕。

　　但是影迷们却不是这样看，他们热烈地希望看到林达，只要有林达上演的影片，影院里就会爆满。这可真是怪了。大多数影视公司不得不拉上林达的原因太简单了，那就是为了一个票房价。

但林达到底好在哪里，大家很长时间都说不清楚，也搞不懂。

当年美国人还拿另一位女演员和林达相比，这位女演员是温莎，温莎受过高等教育，上过电影学院。演技是影视圈里公认的一流。但她无论怎么卖力，都比不上观众对林达的热爱。这真是没有办法的事，谁也不知道问题出在哪里。

演艺圈里不少人研究过这种现象，他们横比竖比，却没有比出一个究竟。四十年来，人们都无法破译林达为什么这么受人欢迎，而温莎为什么就不行。很多影评家为此既不评论林达，也不评论温莎。

后来一个社会上的心理小组，也发现了这一奇怪的现象，这种现象其实在其他领域里也普遍存在。原来用圈内的尺寸是根本得不出结论的。

这个心理小组经过研究，在一项"另类"调查中终于找出了结论。那就是人们并不是喜欢林达的演技，并不是完全因为她上演的那些角色。人们喜欢林达，真的不是因为这些。而是别的，是因为林达的自身，林达的本质。

美国是一个竞争激烈、工作紧张的国家。劳累的人们太希望看到喜庆、欢快、直爽、简单的性格了。在心理学上，只有这种性格的人，才能给更多的人带来精神上的释放，让人感到轻松和舒展。

而林达正是这样一位性格的演员。林达的受欢迎，是因为她的满脸灿烂，和时时漾溢出的热情，她言语简单，对生活充满了纯朴和真挚，从没有失去希望。她的模样让人感到温暖和安详。这一切都不是什么演技，也超出了所谓的"演技"范畴。人们要看的恰恰是这种欢快、喜庆、温暖、直言和单纯。一种轻松的生活。人们是这样被感染，这样喜欢上林达的，喜欢以她的模样去生活，像她一样微笑。

在这个世界上，许多行业里的人，之所以受人喜爱，并非全是因为工作的能力，工作能力有时是相当次要的，而是因为这类人的欢喜、温和、简单的性格，和开朗的笑容。人们常常需要的是一种生活的态度，和一种健康的活力。

在另一组调查中发现，在美国的离婚案中，70%的复婚原因，竟是因为原来的伴侣能给自己带来喜庆与活力的感觉，甚至是留在对方印象里的微笑，而别人不行。

一个总有微笑，总以简单方式待人的人，真的有这么重要吗？在美国大规模的民众调查中证实，事实就是这样！就是这么重要。人生来喜欢快乐，厌弃沮丧。

快乐、喜庆、简单热情所组成的魔力，往往会一直支撑着人们一生的命脉。

穿针眼儿

去欧洲旅行，在街上遇到过许多杂耍，自然也都是些赚钱的把戏。其中有些把戏之简单，令人瞠目结舌，比如套圈，比如变纸牌。甚至有人只拿一根跳绳，只要在规定的时间里，你能跳过多少次不失败，你就能赢得 10 欧元，拿一根绳子竟然也能赚钱。

还有更简单的：穿针眼儿。一个中年人在地上铺一方手帕，上面放着一条线，十根针。你在规定的时间内，如果把一条线穿过这十根针，他就给你 20 欧元。20 欧元，就是人民币 200 来块钱。当然，如果你失败，你得给他 2 欧元。看起来并不难，也划算。

针是大号的针，针眼儿自然也很大。摆摊儿的中年人给得时间似乎也很宽余，20 欧元，看上去唾手可得。

人，都有想试试自己运气和本领的欲望，我们一行中，就有一位女孩子对此很感兴趣，非要一试不可。她说她小时候给奶奶纫针线，一纫一个准。大家就起哄，鼓励她试一试。有人还替她扔给摊主儿 2 欧元。女孩子真就蹲下来，拿过线，开始往针眼儿里穿。许多外国人也围上来看，都投以鼓励的目光，我们也让她沉住气，谁想，她却两手哆嗦，一脸的汗水，线穿到第五根针时，时间已经到了。

女孩子不服，说一定要再试试。这时大家才觉得事情并非那么容易，这 20 欧元恐怕是挣不到的。她再试，果然又失败了，又交给人家 2 欧元。

晚上回到旅馆，女孩子竟然不死心，出门买了十根针和一根线，针还是小针，针眼儿自然也小了很多，女孩子让我们看着表，看她在规定的时间内，能否将这条线穿过这十根针。练到第九遍时，她终于可以在规定的时间内，顺利地将十根针穿在一条线上了。

大家一片掌声。女孩子兴高采烈地说，明天我们再去，这回得挣够回国的路费。接下来，大家都争着试穿针线，居然有人也在规定的时间内，把十根针都穿在了一条线上。大家信心十足，都说这一回，那个老外真得赔个精光了。

第二天，大家一致让导游缩短参观的时间，省下一些工夫，一定要再去找那个穿针线的老外，赢他一把。

导游小姐却笑，说游客都是这样，但我还没见过谁真赢了那个老外呢。我们当天又回到那条街上，女孩子再次蹲到了摆摊人的跟前，再次拿起针线，可她的手又突然抖了起来，拿着线，就是纫不到针眼儿里。比自己练习时慢了许多，穿到第七根针时，时间又到了。昨晚她在宾馆还练得好好的，这会儿竟然又不成了。

我们之中就有人不服气，蹲在地上再来，一遍又一遍，谁也不甘心。可最好的就是纫到第七根针，全都败下阵来。那一天，我们交给老外 26 块欧元。

后来我们遇到一位牧师，他听了这段趣闻笑着说，你们还是没弄懂这个把戏儿，摊主儿选得地方是闹市区，人声鼎沸，充满嘈杂，而且人又拥来挤去的，这就给你制造了一个心慌意乱的场面，让你无法安定下来。更主要的，穿十根针，就给你 20 欧元，你的心怎么还能平静。他在利用种种技巧和你的贪心扰乱你，使你的情绪不能稳定，穿针引线，是个要平心静气的活儿，如此糟乱的场合，如此不能让你平静的欲望，你怎么能够把针穿上。

导游也告诉我们，她带过许多团，多少人都以为这事容易，可三年多的时间里，她没见过一个人赢过这个老外。

直到回国很久，我还无法忘记这个把戏儿，老在琢磨它。我们的输，是输在尘世的嘈杂与混乱上，是输在内心摆脱不掉的欲念上。不是这个游戏有多么复杂，而是我们一颗无法平静的心制约住了我们。

滚滚尘世，许多事并不难，所谓的难，是难在我们能否降服我们自己的这颗心上。

简单理由

    九寨沟旅游区，上百家旅店竞争激烈，却有一家不起眼的小店，回头客一拨接一拨得多，谁也弄不清这家不起眼的小店为什么总会顾客满员。有一天终于有人弄清缘由，原来竟是因为小店里的枕头洗得特别干净，总飘着一股清爽洁净的香气，还有一床散发着同样清香的被褥，让人睡得香甜，一切的原因竟然只是因为一只清香的枕头！

    作为一个游客，仔细去想，难道不是这样吗？是这样的，每次出游，我们常常就是希望所在的旅馆里能有一只洗得干干净净，没有汗味儿，散发着清香气的枕头。这，往往就是我们的期望和满足，别以为多么复杂。

    广东的一家餐馆被大家称为整个广东最干净的餐馆，可你到了后厨发现，这里与其他餐馆并没有什么两样。原来凡是跑堂的伙计，手里都拿着一条雪白雪白的毛巾，擦桌子、擦板凳都用它，而其他餐馆却是用变了色的抹布。一条雪白的毛巾，改变了所有人的认识。赢得了所有人的心!

多数的心理医生并没有什么灵丹妙药,然而他们掌握着共同的要领,就是去倾听,什么也不说,绝不多说一句是他们的法宝。

病人可以不厌其烦地述说自己的一切,就像面对着一面镜子,说够了,说累了,病情也就缓解了。病人需要的只是有一个人倾听,并不住地点头表示理解,所谓治疗一个小时,病人自己讲了50分钟,医生的所讲还不到10分钟。然而这就够了。事情就是这么简单,别以为医生要跟你说一个钟头,是你自己要说一个钟头。

有人去超市购物,并不一定是因为要买一大堆东西,而只是为了去买一袋别处没有的南方小菜。因为一袋小菜,我随手买了比小菜多得多的东西。超市里的东西千千万万,而只是为了买一袋小菜,一支牙膏,一瓶酱油的人占了大半,虽然出来的时候,大家都买了许多,但事情简单到就是为了买一袋小菜。

城市的繁华地段,数家大餐馆中夹杂着一家小吃店,却只有小吃店的门前拥拥挤挤,有时还要排队。小吃店里没有什么稀罕的饭菜,只有一张好吃的肉饼。一张好吃的肉饼,能有多少技术含量,却往往能打败众多的大餐馆。但天下事,经常就是这样,是以简单取胜。

城里的人很少去剧院看戏,一场演出经常冷冷清清。农村却不然,每次剧团下乡都是人山人海。有人说农村人喜欢热闹,懂不懂的都去看那个场面。其实也不是,而是所有剧团下乡都是免费的,人们是因为免费的才去凑那个热闹。只有免费的,农村人才肯人山人海。

小时候,我住的小镇上有不少人家开了茶棚,但前后都倒了,只剩下奶奶家的茶馆风吹雨打不倒。外人都以为奶奶有多大本事，其实只是奶奶家的茶馆门前有一棵千年古槐，遮天蔽日的凉快，大家是来纳凉，顺便喝点茶水。那时乡下人没有空调，奶奶家的茶棚不倒，不是因为奶奶有什么高明的手段，不是。一切只是因为这棵遮阳蔽日的苍天古槐给了大家一地荫凉。

白领的相亲会上，一位女孩儿接到了到场的 105 位男士的一致求爱，也就是说百分之百的男士都向这位女士递交了自己的联系方式。要说谁也不认识谁，怎么会百分之百的好人缘。道理简单得很，来相亲的女人大都不漂亮，漂亮的只有这一位。在谁也不认识谁的情景下，漂亮就是第一位的，大家只认识漂亮，不认识别的。找漂亮的挑，拣漂亮的选，是男士们的一种本能。事情也是十分的简单。

小时候，老爷看中了姥姥，并娶了姥姥，只是因为姥姥在众人都对一件事情恼火急躁时，姥姥却是一脸的祥和微笑。这一脸祥和微笑让老爷吃惊，看出这是一位温顺并有教养的女人。老爷就是因为这一脸的祥和，决定了终身大事，娶回了姥姥。

这世上不管是男人，还是女人，都不会是因为一大堆理由才看上了对方，不是的。让一个人喜欢上另一个人，并跟定这个人的原因，只是一些简单的理由。有人只是喜欢对方的笑，有人只是因为对方的忠厚，甚至有人只是因为对方的个头，或爱听他说话的声音。世上没有人是因为一大堆的理由才嫁给谁或娶了谁的，没有。一个简单的理由足以决定一个人的眼光和一生。

生活中，人们总爱把世间的事物赋予很多种意义，使生活复杂化。其实人生在世，无论做什么，都是因为一些简单的理由。是一个又一个简单的理由支撑着我们的生活，并使我们从小到老地走下去。

砍掉一些

　　刘庄人种草莓，却怎么也种不过邻村人，收成总是不太高。于是，他们请来行家做指导，上边派来一个技术员。技术员在各家的草莓大棚里走了走，看了看草莓的长势，说没问题，种得都很不错，只是种得太多太密了，每亩最少砍掉三分之一。

　　村人听了都惊着，心里不情愿。本来收成就不好，再砍去这么多，还不赔死吗。技术员只说了一句村人都能听懂的话："贪多嚼不烂！"谁想，砍掉三分之一后，草莓长得又大又甜，反而卖到了高价钱。

　　张宝喜在县城的繁华街面上，开一家饭馆，开了两年了，饭菜的品位还算到家，价钱也算合理，但前来光顾的食客就是稀稀落落，半死不活。厨师换了三次，依然不见起色。

　　张宝喜无奈，请来一位多年经营饭馆的高人。高人来了，本想让他教几样拿手菜，可他什么也没教，只在饭馆里待了两天，也没见有什么新鲜点子。临走，他在菜谱儿上勾勾画画，要求张宝喜把饭馆里的上百种菜，砍掉多一半，剩下 40 来种。说先这样试试看，然后就走了。

40来种菜，对于一个中型饭馆是少了一些。谁想，顾客并不挑剔，反而一天天的增多，原来店里剩下的都是有地方特色的菜，道道都有品味。虽然什么都没改，但却突然像是上了一个档次，甚至整个风味都有了不小的区别。从此，该店生意兴隆。一切皆因被砍掉了。

美国电影《阿凡达》，是世人公认的经典大片。只是起初的片子要比现在的这个故事复杂得多，情节环环入扣，矛盾激烈交织，看得让人喘不过气来。可在内部征求意见时，大家总是觉得什么地方还是有毛病，几经改编，剪接，还是不能令人满意，要说故事情节可谓是佳作中的精品了，可看了就是让人不爽。

后来一位编剧琢磨多日，提出一个令人匪夷所思的想法：是不是情节太好看了，这么多好看的情节堆在一起，让人看着会不会起腻，消化不了。真是这样吗？导演在怀疑中开始试着砍情节，砍了一段又一段，砍过之后，一切变得清清爽爽，就是现在的这个样子，谁看了都说好。这才公布于天下。

结果《阿凡达》当年的票房价，创造了史上第一。

一位中年人，竟然患有几十种病，常年久病纠身，除了看医生，还是看医生，这个病没好，那个病又来了，怎么也看不好。无奈之下，他跑到大城市来求医，寻找神药。专家们给他会诊后，并没给他开什么神药，反而把他先前的药全砍了。过去他每天要吃17种药，现在只剩下了三种。一年以后，他的病渐渐地好了。

面对现实，如今的人，自然是担心太多，忧虑太多，想得太多，准备太多，生活得过于复杂，砍掉我们心中多余的，无用的，留下简单的，有时一切便会好起来。

这就是生活

　　徐明为买房子，五年中，从东城跑到西城，从南城跑到北城。五年的时间里，徐明看了无数的楼房、楼盘，参加了无数的房展会，辛苦得让自己感动，让别人同情。可到头来，他却万万没有想到，自己竟然买了一套二手房。就是自己选中的。

　　五年中，他从来没有关心过二手房。也没有想过二手房。二手房不在他的计划与视线里，也不在全家人的计算中，谁都没有这样想过。可到头来，他买的就是二手房，很像是一瞬间的决定。一瞬间的决定，代替了他五年的全部奔忙，全部计划和辛苦。直到他住进了二手房，他与全家人还在惊异，事情怎么会是这样，完全没有想到！

　　李修仁在网上、在报上、在车市上，看了整整两年的日系车，全家人异口同声，就是要买日系车。结果真买的那天，只是那天，一家人却鬼使神差地选了一辆德系车。李修仁没有想到，全家人更没有想到，竟是这个结果。两年来，一家人所有的关注，所有的用心和比较，全白费了。李修仁从来就没有关心过德系车，可结果买的就是德系车。开上德系车的那天，他自己好像还是没有搞明白。

丁家林学了一辈子的书法大字，一心一意，这辈子就想做一个书法家。为此，他几十年含辛茹苦，没早没晚，伏案而作。世上的哪一种字帖他没临过，天下有名的书法大师，李爷、王爷、赵爷他都拜过。可他万没想到，写到最后，书法没写成，竟然于无意中学会了写诗，结果成了一位公认的诗人。真是出人意外。

吕达文从中学时，就抱定要做一名伟大的摄影家，最终的目的是要在省里拿一个一等奖。他深受一位同乡老辈的影响，同乡就是因为拿了一个一等奖，命运改变得翻天覆地，从一个乡村的普通人，一步步，走到了省文联，不但成了专业摄影家，还做了文联摄影协会的主席。

12年过后，吕达文果然在全省拿了摄影一等奖。摄影的技术，绝对在当初的同乡之上。可惜，12年过去，社会上已经无人再拿这种奖项当事了。天下有的是一等奖、特等奖，得了又怎样，不怎样！无人再为他喝彩，更无人认为他该怎样！没有那个事了。吕达文用了12年的时间达到了他的目的。可他的人生却没有一丝一毫的改变。12年的光阴不算短，可他还是普通着。没错，还是一个小职员！

在林卜的内心，一直想娶一个高个子、圆脸的女孩儿为妻。他从青春期开始，直到24岁，八年的时间里，他从人群中、画报上、影视作品里、大街上，关心关注的都是这一类的女孩：高个，圆脸。别的不看！绝不看！

谁想，到了结婚的时候，他竟娶了一个小个子、尖脸庞的女孩儿，与他八年的心思满拧。他吃惊事情怎么会是这样，自己怎么竟然否定了自己八年来的爱好。结婚的那天，他还没有琢磨透，还在呆呆地盯着这个小个子、尖脸庞的女人。女人以为他是没有看够。其实他是没有琢磨透他自己。

琢磨不透的，谁也琢磨不透。这就是生活。

人生经常就是这样的。你曾经精心计算过的，细细准备过的，认定了多年，并抱定了多年的事物，到头来往往南辕北辙，总是对不上号。并是那么轻易地就被外在的事物，或是你自己改变了，化解了。

人一辈子，到处都是这种现象，结局总是始料不及，人们为之苦苦奋斗的那个将来，那个确定，到头来，总是没有想到的另一面，另一种。

这类事，发生在我们每一个人的身上。大大小小，存在于我们的一生中。每一个人都无法避免。一切都被那句古语所言中："人生不确定！"

不要苦苦地计算了，不要过分地准备了，更不要去精心地安排什么了。大都是没有用处的。是真的没有用处。也许，这就是佛家一再对我们劝解的大悟。无为而为的道理。

冥冥之中，上苍为我们安排的事物，是我们永远也猜不透，摸不着，搞不清的，更不在我们的想象中。也许，这就是人类的局限性。过好每一天，照料好每一刻，才是我们真正的生活！